DAS MÄDCHEN VON RAVENSBRÜCK

Roman

von Susanne Ayoub

Susanne Ayoub

DAS MÄDCHEN VON RAVENSBRÜCK

Roman

braumüller

Bibliografische Information der Deutschen Nationalbibliothek
Die Deutsche Nationalbibliothek verzeichnet diese Publikation in der Deutschen Nationalbibliografie; detaillierte bibliografische Daten sind im Internet über http://dnb.d-nb.de abrufbar.

1. Auflage 2012

Servitengasse 5, A-1090 Wien
http://www.braumueller.at

Druck: Ferdinand Berger & Söhne Ges.m.b.H., A-3580 Horn
ISBN 978-3-99200-007-4

„Aber sie sind blind!
Und wo sie nicht blind sind, lieben sie die Verblendung.
Wie könnten sie leben, ohne diese selbst geschaffene Blindheit!"

(zitiert nach Adelheid Popp)

1. TEIL

EIN KIND BEIM VERHÖR

1. Kapitel

Da ist eine Stimme. Rau klingt sie, dunkel und zärtlich. „Leni", ruft sie, „wo bist du?"

Und da sind andere Geräusche. Die Blätter eines Baumes. Eine Amsel. Rundherum summt und zirpt und raschelt es unaufhörlich, der Lärm von vielen winzigen Lebewesen, die in der Erde wohnen. Selbst das Gras hat einen eigenen Ton. Eine Melodie wie die Lieder der Vögel, nur viel leiser, zart und sägend.

„Magdalena", erhebt sich nun von Neuem die Stimme. „Komm heraus! Ich kann dich sehen."

Nane ruft nach ihr. Nane, ihre Großmutter, der wichtigste Mensch in ihrem Leben. Nun endlich kann sie die Augen öffnen und sieht Nanes Figur im Rahmen der Küchentür stehen. Der Himmel ist blau, die Sonne steht über dem hohen Nussbaum. Die Amsel zwitschert immer noch, unermüdlich, und nun beginnen auch die Kirchenglocken im Dorf zu läuten.

„Zwölf Uhr. Mittagessen ist fertig."

Bei dem Wort „Essen" spürt Leni ihren Magen knurren. Sie springt auf und läuft über die Wiese. Das Gras steht hier so hoch, dass es ihr bis zum Bauch reicht. Der Klee duftet. Sie muss die Beine hochwerfen. Nane schaut ihr entgegen, mit ihrem sanften, freundlichen Lächeln, das in den Augen sitzt. Nie spricht sie ein ungeduldiges Wort. Wenn Leni nicht widerstehen kann und einen der leuchtenden Schmetterlinge, die über der Wiese tanzen, in ihrer Schürze fängt, streckt Nane nur ihre kleine braune Hand aus und sagt: „Schenkst ihn mir, Lenerl?"

Dann öffnet Leni ihre Schürze und lässt den Schmetterling fliegen.

Im Haus ist es kühler als draußen. Die Wände sind dick, selbst im heißesten Sommer erwärmen sie sich nicht. Leni liebt das kleine Haus. Nane ist klein und sie selbst noch kleiner. So passt das Haus genau zu ihnen. Eine Küche und daneben die Schlafkammer, wo der frisch gefüllte Strohsack liegt. Er riecht süß und vertraut wie Nane selbst, und wenn Leni in der Nacht aufwacht, atmet sie den Duft von Heu und von Kräutern und schläft gleich wieder ein. Auf dem Kohlenofen sieht sie die Palatschinken in der Pfanne liegen, mit Marillenmarmelade gefüllt und mit Staubzucker bestreut. Leni jauchzt. Eine Wespe kreist gierig über der süßen Speise, gleich wird sie sich darauf niederlassen. Schau doch, Nane, will Leni sagen. Sie wendet sich nach der Großmutter um, aber dann, plötzlich erschrocken, schlägt sie die Hände vor die Stirn. Was ist das? Sie hat sich den Kopf angestoßen. Ein ekelhafter Geruch steigt ihr in die Nase. Leni öffnet den Mund, aber kein Laut kommt über ihre Lippen. Da ist eine Wand, sie kann sich nicht bewegen. Entsetzt hält sie still.

Es dauerte lange, bis Leni sich damit abfand, dass sie nicht wieder einschlafen konnte. Der Traum war so klar gewesen. Die Kirchenglocken hallten noch in ihrem Ohr. Der Himmel war so blau, und die Nüsse reiften schon. Nanes Stimme. *Magdy, édeském.* Mein Liebling. Leni erhob sich von dem verfaulten Strohsack, der ihr Lager war. Verwanzt und verlaust, die Decke starrend vor Schmutz. Durch das Fenster hoch in der Wand schlich schon ein grauer Schimmer Licht in die Zelle, gerade so viel, dass sie die Gitterstäbe ausmachen konnte. Es war mehr als ein Traum, eine Erinnerung. Das Schönste, was ihr in ihrem jungen Leben widerfahren war, die sechs Jahre bei Nane. Leni hatte sich gesträubt, als die Eltern kamen, um sie abzuholen.

„Ich will nicht zu euch nach Wien! Ich will bei meiner Nane bleiben. Nane, sag ihnen, wie brav ich immer war und dass du mich brauchst. Wer wird die Hühner füttern und das Gras für die Haserln auf der Bachwiese pflücken?"

Leni liebte ihre zarte, weißhäutige Mutter Wanda und ihren Vater Jakob, der laut und lebhaft werden konnte, wenn er einmal in Stimmung kam, was aber nur selten geschah. Sie hatte nichts dagegen, auf Besuch in die große Stadt zu fahren. Dort, in der Lechnerstraße im dritten Bezirk, war sie auf die Welt gekommen. In der Küche-Kabinett-Wohnung konnte man sich kaum umdrehen vor lauter Enge, aber ganz in der Nähe führte der Donaukanal vorbei, ein Ort, der Leni anzog, weil sie dort immer Kinder zum Spielen fand.

Schon eine Woche nach Lenis Geburt musste ihre Mutter wieder arbeiten gehen. Sie war Kellnerin im Café Melzer, und wollte sie die Stelle behalten, durfte sie nicht länger wegbleiben. Der Vater verließ schon im Morgengrauen das Haus. Er hatte eine schlecht bezahlte Arbeit als Pferdewärter in der Neulinggasse. Bestimmt tat es ihnen leid, dass sie sich von ihrem neugeborenen Kind trennen mussten, doch sie hatten keine Wahl. Nane war nur zu gern bereit, auf Leni aufzupassen, aber nicht in Wien.

Dort wollte sie nicht einmal begraben sein. Nane nahm ihre Enkelin bei sich auf. In Radersdorf sprach man deutsch, weil es die österreichische Amtssprache war. Untereinander aber redeten die Leute im Dorf ungarisch und kroatisch. Leni wuchs mit allen drei Sprachen, Deutsch, Kroatisch und Ungarisch, auf.

Die Eltern wohnten inzwischen nicht mehr in der Lechnerstraße. Sie hatten eisern gespart, um die neue Wohnung in Favoriten anzuschaffen und ihr Kind endlich zu sich zu holen. Doch Leni war darüber nicht froh. Im Gegenteil, die Übersiedlung nach Wien war der traurigste Tag ihrer Kindheit. Sie konnte nicht aufhören zu weinen, obwohl sie wusste, dass sie ihre Eltern damit kränkte.

„Denk daran, Lenerl, dass du jetzt ein Schulkind wirst. Darauf wartest du doch schon lange", tröstete Nane. Sie versprach, oft nach Wien auf Besuch zu kommen. Da erst hörten die Tränen auf zu fließen.

Jakob Tomić arbeitete nicht mehr bei den Pferden, er hatte eine besser bezahlte Stellung als Pflasterer bekommen. Die meisten Pflasterer kamen aus dem Burgenland, so wie er. Viele der Straßen Wiens waren noch nicht gepflastert und die Pflastersteine nutzten sich auch schnell wieder ab. Dann wurden sie umgedreht. Die Straßen gaben vielen Männern Arbeit.

Auch Wanda war nicht mehr in ihrer früheren Stellung. Sie servierte jetzt im Bürgerhof, einem gut besuchten Restaurant, wo sie mit mehr Trinkgeld rechnen konnte. Ein Kollege aus dem Café Melzer hatte ihr diese Stellung vermittelt. Wenn die Mutter Spätdienst machte, kam die

Nane nach Wien und passte auf das Kind auf. Oft war Leni aber auch allein.

*

Draußen vor dem Fenster war inzwischen die Sonne aufgegangen. Schräges Morgenlicht fiel in die Zelle. Leni besaß keine Uhr, aber sie hörte die Glocken der Votivkirche und, mit einer kleinen Verzögerung, eine Glocke von der anderen Seite des Donaukanals. Wenn sie hier je wieder herauskam, wollte sie die Kirchen aufsuchen, deren Glockenklang sie jeden Morgen hier hörte. Leni hatte die „Liesl", das Gefangenenhaus an der ehemaligen Elisabethpromenade, schon als Kind kennengelernt, damals, als der Vater verhaftet worden war. Mit der Mutter war sie unten am Wasser gestanden und hatte zu dem Haus mit dem Turm hinaufgeschaut. Sie durften ihn nicht besuchen, ihm nicht schreiben und ihm nichts bringen. Daran hatte sich bis jetzt nichts geändert. Das Wort „Liesl" klang so harmlos. Aber es herrschten schlimme Zustände hier. Jeden Morgen musste sie sich von neuem Mut zusprechen. Der Vater hatte es überstanden, Leni würde es auch aushalten.

*

Wenn der Sonntag kam, traf sich Jakob Tomić im Park neben dem Amalienbad mit anderen Arbeitern. Die meisten von ihnen waren kroatische Burgenländer, aber es gab auch eine Gruppe Tschechen, die sich auf der anderen

Seite versammelten. Leni beeindruckte am meisten das große Schachspiel, aber das war nicht der Grund, warum die Männer zusammenkamen, wie Leni schnell herausfand. Sie diskutierten über Politik.

Die Arbeitslosigkeit in Wien nahm immer dramatischere Formen an. Hunderttausende standen schon auf der Straße, ausgesteuert, ohne Einkommen und wussten nicht, wie sie sich und ihre Familien ernähren sollten. Alle hassten das Dollfuß-Regime. Die Sozialdemokratie schien diesen Armen der einzige Ausweg zu sein, der Kampf für die Sozialdemokratie das Einzige, was sie ihre Existenz ertragen ließ. Diese Hoffnung gaben sie trotz aller Not nicht auf. Vater nannte als Beispiel immer Adelheid Popp, die sozialistische Abgeordnete. Als vierzehnjährige Fabrikarbeiterin hatte sie begonnen, Zeitung zu lesen. Sie war so arm gewesen, dass sie auf ihr Essen verzichten musste, um sich Zeitungen kaufen zu können. Diese Vorstellung beschäftigte Leni. Wie konnte die Zeitung wichtiger sein als das Mittagessen? Dann sah und hörte sie Adelheid Popp einmal auf dem Viktor-Adler-Markt zu den Leuten sprechen. Sie schimpfte über die hohen Zuckerpreise, über den Kanzler Dollfuß, den es nicht bekümmerte, dass das Volk vor seinen Augen verhungerte. Zornig und ohne Furcht vor der Polizei hielt sie ihre Rede. Danach begann Leni zu begreifen, was ihr Vater mit Adelheid Popps Beispiel meinte. Wenn die Menschen nicht wussten, welche Politik in ihrem Land gemacht wurde, konnten sie ihre Lage auch nicht verbessern. Deshalb war die Zeitung wichtiger als das Essen.

1935 wurde Jakob Tomić verhaftet. Zuerst brachten sie ihn in die Liesl, von dort in das Gefängnis in der Hahngasse und schließlich entließen sie ihn wieder, aber mit der Auflage, dass er sich nicht in Wien aufhalten durfte. Sein Arbeitgeber, die Firma Kraft Pflastersteine, hatte ihn während der Haftzeit nicht entlassen. Der Betrieb lag in Inzersdorf, einem Vorort, der noch nicht zu Wien gehörte. So konnte er sich dort anmelden. Der Hauptauftraggeber von Kraft Pflastersteine war die Gemeinde Wien. Jakob fuhr jeden Tag mit den Pflasterern nach Wien, zum Schlafen kehrte er nach Inzersdorf zurück. Zu seiner Familie durfte er nur auf Besuch kommen. Manchmal blieb er trotzdem heimlich über Nacht. Die Polizei behielt ihn jedoch im Auge. Von der Wache kam regelmäßig ein Beamter, um nachzuschauen. Leni kannte ihn schon, sein Name war Muracher.

„Eigentlich ein ganz anständiger Mensch“, fand ihre Mutter, „er hat bloß den falschen Beruf.“

An einem Sonntagmorgen, als der Vater noch drinnen im Kabinett schlief, saß Leni auf dem Gang und putzte seine Schuhe, als sie den Polizisten die Stiege heraufkommen sah. Blitzschnell sprang sie hoch und setzte sich auf das verräterische Schuhwerk. Ihr Röckchen breitete sie sorgfältig darüber aus.

„Leni“, fragte der Muracher, „ist dein Vater zu Hause?“

Leni polierte heftig ihre eigenen bereits geputzten Schuhe. „Nein.“

Da ging er wieder.

Irgendwann hatten die Eltern beim Rechtsanwalt Doktor Ressel vorgesprochen, damit er die Wiedereinbürgerung des Vaters beantragte. Das kostete viel Geld, alles, was sie an Ersparnissen hatten. Die politische Arbeit setzten sie trotzdem ohne Unterbrechung fort. Vor allem Lenis Mutter hätte die Arbeit für den Widerstand niemals aufgegeben. Schon Wandas Vater war für den Kampf um die Sozialdemokratie in Ungarn drei Jahre ins Gefängnis gegangen.

*

Als die Zellentür aufging, erhob sich Leni von ihrem Lager. Jeden Tag um sieben Uhr in der Früh kamen die Fazis.

Was „Fazi“ bedeutete, hatte man ihr schon am ersten Tag erklärt. Ein Fazi war ein Kalfaktor. Inhaftierte, die ausgewählt wurden, für das Wachpersonal Hilfsdienste zu leisten. Jeden Morgen holten sie die Strohsäcke aus den Zellen und brachten den Häftlingen ihre Kleider, damit sie sich anziehen konnten. Während der Nacht durfte Leni nur ihr Unterkleid behalten, ein Nachthemd besaß sie nicht.

Ein junges Mädchen schaute bei der Tür herein. „Ich bin die neue Fazi“, sagte sie. „Ich heiße Fanny.“ Ihr Deutsch hatte einen harten Klang und sie verwendete alle Artikel falsch. „Ich komme aus Polen.“ Sie zerrte Lenis Strohsack aus der Zelle.

Leni folgte ihr. Sie wartete, bis die Aufseherin in die nächste Zelle ging, bevor sie Fanny zuflüsterte: „Was ist los mit dir, wieso hast du das Kleid zerrissen?“

„Das war die Gestapo.“

„Was hast du getan, dass sie dich so behandeln?“

Fanny schüttelte nur schweigend den Kopf.

Bei der Aufnahme in die Untersuchungshaft mussten die Häftlinge alle ihre Effekten abgeben, nur die Kleider beließ man ihnen, die nachts in einem Papiersack verwahrt wurden. Leni holte das Kleid heraus, das sie bei der Verhaftung getragen hatte. Sie gab es Fanny, die sie ungläubig ansah und ihr dann um den Hals fiel.

„Für mich? Danke! Aber du ...“

„Mich lassen sie nicht so bald aus.“

„Wie alt bist du?“

„Sechzehn.“

„Madonna!“ Fanny streichelte mitleidig Lenis Wange. „Ich bring’ dir was mit.“

„Fazi, wo bleibst!“, brüllte die Aufseherin draußen missmutig.

Fanny musste weiter.

*

Was Faschismus und Verfolgung bedeuteten, wusste Leni schon von zu Hause, seit 1933 die ersten Flüchtlinge aus Deutschland bei ihnen auftauchten und um ein Versteck gebeten hatten. Nachdem sie am 11. März 1938 die Rede von Kanzler Schuschnigg im Radio gehört hatten, ging Leni mit ihren Eltern ins Arbeiterheim auf der Laxenburger Straße. Dort versammelten sich die, die nicht auf dem Heldenplatz mitjubelten.

„Nicht alle sind für die Braunen!“ Jakob Tomić wiederholte es immer wieder. „Wir leisten Widerstand. Wir haben es 1934 getan. Wir tun es wieder. Wir werden nicht aufgeben. Niemals!"

Warum verstand Lenis Familie, dass dieser Hitler für Österreich nichts Gutes bedeuten konnte, und so viele andere taten es nicht? Da war zum Beispiel Lenis Lieblingslehrerin, die Geschichte und Geografie unterrichtete. Auf ihrem blauen Arbeitsmantel trug sie die österreichische Kokarde.

„Sie ist eine Christlich-Soziale", hatte der Vater Leni erklärt. „Das macht sie, damit sie ihren Arbeitsplatz nicht verliert."

Nach dem Einmarsch Hitlers prangte auf demselben Arbeitsmantel ein großes Hakenkreuz mit Goldrand.

Leni zeigte auf und fragte: „Frau Lehrerin, warum haben Sie jetzt so ein Abzeichen?"

Voll Stolz antwortete die Lehrerin: „Das ist das goldene Parteiabzeichen."

Das Hakenkreuz und seine Bedeutung kannte Leni. Ihre Lehrerin war bei der Nazipartei.

Drei Mädchen fehlten an diesem Tag.

„Fragt nicht mehr nach ihnen!", befahl die Lehrerin. „Judenkinder haben in unserer Klasse keinen Platz."

Alle drei waren brave Schülerinnen gewesen. Oft hatte die Lehrerin sie bisher für ihren Fleiß gelobt. Und sie hatte selbst ein kleines Mädchen daheim. Wie konnte sie so einen Unterschied machen?

Das zweite Erlebnis passierte am nächsten Tag in der Neilreichgasse 5, wo Leni und ihre Eltern wohnten. Es war ein kleines Wohnhaus mit nur neunzehn Parteien, die sich alle persönlich kannten. Um die Ecke gab es eine kleine Molkerei mit vier oder fünf Kühen, dort holte Leni jeden

Morgen frische Milch. Als sie an diesem Tag von dort zurückkam, hörte sie auf der Straße plötzlich jemanden wimmern. Sie sah sich um und entdeckte Herrn Oberländer, den alten Nachbarn aus ihrem Haus. Er bewohnte mit seiner Frau ein feuchtes Gangkabinett im Parterre.

„Herr Oberländer, sind Sie gestürzt?"

Ein paar Stufen führten zum Kartoffelgeschäft hinunter. Dort lag der alte Mann auf dem Boden. Leni wollte ihm aufhelfen.

„Nein, ich bin Jude, mich haben sie hinausgeworfen."

„Wo ist Ihre Frau?"

„Ich weiß es nicht."

Leni lief nach Hause. „Wir müssen ihn holen!", drängte sie ihre Mutter.

Doch Wanda bedeutete ihr nur, still zu sein. Das ginge jetzt nicht. Erst in der Nacht schlich sie heimlich hinaus und brachte ihm etwas Warmes zu essen.

Am Morgen war Herr Oberländer fort. Niemand konnte sagen, wohin man ihn gebracht hatte. Weder er noch seine Frau kamen in die Neilreichgasse zurück. Da ahnte Leni, dass alles, was die Flüchtlinge aus Deutschland berichtet hatten, auch hier passieren würde.

*

Schritte, die vor ihrer Zelle halt machten. Sekunden vergingen. Eisen knirschte auf Eisen, der Schlüssel drehte sich im Schloss, die Tür flog auf und knallte gegen die Zellenwand. Tosend der Herzschlag in ihren Ohren. Sie zitterte. Nicht weinen, nicht schwach werden. Es hatte keinen Sinn, sich vor dem Unabänderlichen zu fürchten.

Der Mann, den sie Schiller nannten, obwohl das nicht sein Name war, stand vor ihr.

„Komm, du Flitscherl!"

Es hieß, dass er mit allen Frauen so umsprang. Aber das half ihr nicht, wenn sie mit ihm allein war. Sie ging vor ihm her über den offenen Laufgang, von dem aus man hinunter in die Vorhalle im Erdgeschoss sehen konnte. Er war vergittert, wahrscheinlich, damit keiner hinunterspringen und sich so dem Arm des Gesetzes entziehen konnte. Die Schritte auf den steinernen Fliesen hallten wider, dass es in ihren Ohren dröhnte. Der Wachebeamte öffnete das schwere Eisentor. Ein sommerlich warmer Luftstrom kam ihr entgegen, der Geruch nach Wasser und frisch gemähtem Gras. Liebe Nane, begann sie den Anfang eines Briefes, an dem sie in Gedanken schrieb, immer dann, wenn sie verzagt war. Der Himmel ist blau. Jetzt kann ich ihn ohne Gitterstäbe sehen. Sie stieg in das schwarze Auto ein, das vor dem Gefangenenhaus auf sie wartete. Die Schwalben fliegen sehr hoch über das Land. Das Wetter wird schön bleiben. Auf unserem Baum sind die Nüsse grün, bald reifen sie. Dann kommt der Herbst, Du backst wieder Nuss-Strudel, ich werde nicht mehr hier sein.

Der Wagen hielt vor dem Hotel am Morzinplatz. Die zwei Männer stiegen aus und nahmen Leni in ihre Mitte. Und bitte schreibe mir auch bald! In Liebe Deine Leni.

Sicher hatte Nane ihr eine Postkarte geschrieben. Aber sie gaben sie ihr nicht. Sie gingen durch die Tür, die noch immer aussah wie damals, als sie der Eingang zu einem richtigen Hotel gewesen war. Was für böse Sachen sich diese Menschen ausdachten.

*

Gleich nach der Volksabstimmung begannen die Verhaftungen. Einer der Ersten war Franz Derdak, ein Tischler aus Mödling, der wunderbare Intarsienarbeiten herstellte. Er kam gleich mit dem ersten Transport nach Dachau. Im kleinen Park neben dem Amalienbad gingen die politischen Versammlungen weiter, auf der einen Seite die Kroaten, auf der anderen Seite die Tschechen. Sie erklärten sich solidarisch, Derdaks Frau mit den zwei kleinen Kindern zu helfen. Die ersten Flugblätter gegen Hitler entstanden, kleine Zettel, mit einem Stempel bedruckt, und Zeitungen auf dünnem Papier, um die Leute gegen Krieg und Faschismus aufzurufen.

Auf den Litfaßsäulen hingen blutrote Plakate: „Als Volksverräter hingerichtet!" Darunter standen die Namen der Leute, die geköpft worden waren. Das brachte die Widerständler nur noch mehr gegen Hitler auf. Sie schlossen sich dem Verein der „Roten Hilfe" an. Der Vereinszweck lautete, den Armen und Bedürftigen beizustehen. Nichts Politisches. Die Treffen wurden beobachtet, man musste sich vorsehen, mit wem man ein offenes Wort sprach. Überall trieben sich Spitzel herum.

Als Lenis Vater zur deutschen Wehrmacht einrücken musste, setzte die Mutter seine Arbeit fort. Es fiel ihr nicht leicht, neben ihrem anstrengenden Beruf. Häufig musste Leni einspringen, weil Wanda so erschöpft war. Bis eines Tages gar nichts mehr ging. Als Leni von der Schule kam, lag die Mutter im Bett und schlief, obwohl es erst vier Uhr nachmittags war.

Später rief sie Leni an ihr Bett: „Komm zu mir, Liebes. Ich möchte mich mit dir unterhalten."

Leni setzte sich zu ihr.

„War heute nichts los im Café? Bist du deshalb früher nach Hause gekommen?", fragte Leni. In Wandas Augen las sie, dass das nicht der Grund sein konnte.

Das Café Tirol, wo sie eine neue Anstellung bekommen hatte, war jeden Tag bis auf den letzten Tisch besetzt. Die Kellnerin hatte Glück, wenn sie zwischendurch ein paar Minuten zum Verschnaufen kam. Indianer und Negerküsschen waren die Kuchenspezialitäten des Lokals. Aber Leni machte sich nichts aus Süßem. Am liebsten hatte sie den Spinat, den die Mutter manchmal mitbrachte, wenn ein Rest übergeblieben war.

„Ich muss dir was sagen. Komm, gib mir dein Handerl."

Wandas Haut war feucht und weich, sie fühlte sich fremd an, als ob die Muskeln darunter weggeschmolzen wären.

„Du musst jetzt stark sein, weil ich es nicht mehr bin", sagte Wanda.

Da erfuhr Leni, dass ihre Mutter eine Krankheit hatte. Was ihr genau fehlte, wusste man nicht. Sie hatten kein Geld für den Arzt und er hätte ihr auch vielleicht gar nicht helfen können. Solange sie dazu imstande war, arbeitete sie weiter als Kellnerin. Leni vertrat sie bei der Roten Hilfe.

„Bis es mir wieder besser geht."

Doch Wanda wurde nicht mehr gesund, im Gegenteil, sie musste ihre Stellung aufgeben. Bald war sie zu schwach, um aufzustehen. Leni pflegte die Kranke so gut sie konnte. Die Mutter nahm immer mehr ab, Schwindsucht, sagten die Leute, die sie sahen. Aber es war nicht die Lunge.

„Was ist inzwischen passiert?", fragte Wanda, wenn sie zwischendurch wieder zu sich kam. „Magdalena, gibst du auch gut acht?"

Pünktlichkeit und Vorsicht seien das Wichtigste bei der Arbeit für den Widerstand, schärfte sie ihrer Tochter immer wieder ein. Leni kannte nun auch das Losungswort für die konspirativen Treffen. „Stechmücke" hieß es. Man musste sich auf die Minute genau am verabredeten Ort einfinden, das Losungswort sagen und weitergehen, ohne sich etwas anmerken zu lassen. Selbst dann war Vorsicht geboten, ob einem nicht jemand unbemerkt folgte. Eine große Gruppe im zehnten Bezirk war von der Gestapo verhaftet worden. Die Rote Hilfe unterstützte die Angehörigen der Verhafteten mit Lebensmittelkarten. Jeder Bissen war vom Mund abgespart. Die Gefahr, dass man beobachtet wurde und selbst in Schwierigkeiten kam, wuchs.

Am 22. Juni 1941 begann mit dem „Unternehmen Barbarossa" der Überfall der deutschen Armee auf die Sowjetunion. Mitten in den Vormarsch der Deutschen traf ein

Feldposttelegramm für Jakob Tomić ein: „Mutter schwer erkrankt."

Er suchte sofort um Heimaturlaub an.

Am 10. Juli kehrte der Vater von der Russlandfront nach Wien zurück. Da lag Wanda schon im Sterben.

„Mein armes Kind", sagte sie zu Leni. Und dann nichts mehr.

Jetzt, im letzten Moment, wurde Leni nach dem Arzt geschickt. Zu spät. Als sie heimkam, war die Mutter schon tot.

Am 14. Juli fand das Begräbnis auf dem Zentralfriedhof statt. Danach begleitete Leni ihren Vater zum Ostbahnhof. Er musste wieder an die Front, nach Odessa. Leni blieb allein zu Hause zurück.

*

Bevor die Tür hinter ihr zufiel, schaute Leni noch einmal zurück, auf den blauen Sommertag.

„Schau dir nur alles genau an. So wie du beieinander bist, wirst du nicht mehr viel Gelegenheit dazu haben", sagte der Mann, den sie Schiller nannten, neben ihr. „Du stehst es nicht mehr lange durch, ich kenne das."

Das hatte sie schon einmal gehört, am Tag, als sie geholt worden war. Redeten sie so zu den Häftlingen, um ihnen den Lebensmut zu nehmen? Er stieß sie in die Seite. Sie stolperte und fing sich wieder.

„Was sagst, die ist ja jetzt schon so gut wie tot, was?", wandte sich Schiller an den zweiten Mann, der keine Antwort gab.

Sie fuhren mit dem Aufzug in den zweiten Stock. Dort waren die Vernehmungsräume. Leni hatte davon gehört, was hinter diesen Türen vor sich ging. Sie selbst war bisher noch glimpflich davongekommen. Er beschimpfte sie unflätig und gestern hatte er ihr das Kleid zerrissen, sodass sie entblößt vor ihm stand. Sie hatte den Blick nicht niedergeschlagen.

„Das gefällt der Hur' noch."

Sein schmutziges Lachen. Aber er war ein Tier, kein Mensch, er konnte sie nicht beleidigen. Schiller nannten sie ihn, wie den Dichter. *Zu Dyonis dem Tyrannen, schlich Damon, den Dolch im Gewande.* Mama hatte die Bürgschaft auswendig gekonnt, alle Strophen.

Er setzte sich an seinen Schreibtisch. Leni musste vor ihm stehen bleiben. Er lümmelte sich in seinen Stuhl, die Beine weit von sich gestreckt und musterte sie. Er ließ sich Zeit. Sie durfte nicht daran denken, was er sich gerade ausmalte. *Ihn schlugen die Häscher in Bande. Was wolltest du mit dem Dolche* – Wenn sie nur ein wenig die Schultern hängen ließ, herrschte er sie an.

„Wirst schon müde? Ja, das glaub' ich, die Huren wollen am Rücken liegen und die Beine breit machen. Aber heute geht's nicht so gemütlich zu. Heute spielst dich nicht mehr blöd mit mir!"

Er sprang auf und schaute sie drohend an. – *Sprich! Entgegnet ihm finster der Wüterich. Die Stadt vom Tyrannen befreien! Das sollst du am Kreuze bereuen.*

Ungefähr hatte sie sich schon zusammenreimen können, wie viel die Gestapo wusste. Die meisten aus der Gruppe waren verhaftet worden. Aber einige mussten noch in

Freiheit sein, die durfte sie nicht verraten. Alles, alles, aber das nicht. Lieber sterben. Sterben. Sie dachte an ihre Mutter. Der Tod war sanft zu ihr gekommen. Aber wer wusste das schon, vielleicht war sie nur zu schwach gewesen, ihren Schmerzen Ausdruck zu geben? Schwindsucht. Sie war verschwunden. Wohin? Und die Bürgschaft, wie ging sie weiter? Der Blick, der sie durchbohrte, sie konnte ihm nicht mehr standhalten.

„Heute werden wir andere Seiten mit dem Flitscherl aufziehen, was?"

Er sprach, als wäre da noch jemand hinter Leni, damit sie den Kopf wendete, aber sie blieb stehen, ohne sich zu rühren, und sah, dass er etwas aus der Schublade zog. Eine Art Peitsche, aus Eisenstäben, die mit Gummi umwickelt waren. Die Enden waren ausgefranst wie bei einem Pinsel.

„Da, das Tischerl in der Ecke, herholen!", befahl er ihr.

Sie musste sich mit dem Bauch auf den Tisch legen und ihr Kleid hinten in die Höhe ziehen.

„Jetzt gibt's fünfundzwanzig auf den Arsch. Der wird dann ausschauen wie bei der dicken Resi." Seine Stimme war nun nicht mehr laut, er sprach fast schnurrend und beugte sich dabei nahe über ihren Körper.

Sollte er sie nur schlagen. Sie hielt sich am Tisch fest, mit geballten Fäusten.

„Zähl mit. Werden wir schauen, wie lang du das aushältst."

Er holte aus. Sie hörte auf zu denken. Sie zählte und wusste die Zahl nicht. Fünf? Zehn? Es konnten nicht fünfundzwanzig Schläge gewesen sein.

Die Tür ging auf. „Redet die Kanaille schon?"

Das war der Zweite, mit dem sich der Schiller abwechselte.

„Nein."

Eine Hand riss Leni am Haarschopf in die Höhe. Sie bekam Schläge, links, rechts, sie hörte es krachen und dann spürte sie Blut im Mund. Ein Zahn auf der Seite war abgebrochen, ob sie ihn sich selbst ausgebissen hatte oder er ihr ausgeschlagen worden war, vermochte sie nicht zu sagen. Ein Sirenenton sang in ihren Ohren, sodass sie nur von fern hörte, was Schiller zu dem anderen sagte: „Du hast eine feste Handschrift."

Dann lachten sie beide. Leni sah ihnen zu, wie in einem Stummfilm.

„Wasch dich, du Sau ", sagte Schiller angeekelt.

Der zweite Mann wandte sich ab und ging hinaus. Blut tropfte aus ihrem Mund und ihrer Nase in das Waschbecken aus elfenbeinfarbenem Porzellan. So schöne silberne Armaturen hatte Leni noch nie gesehen. Sie war vorher noch nie in einem Hotel gewesen.

Inzwischen rief Schiller einen Beamten herein. „Ich habe eine Überstellung."

Es war vorbei. Sie brachten Leni ins Gefängnis zurück. Der Himmel war lila und rot. Die Sonne ging schon unter und Leni wusste nicht, wo der Tag geblieben war.

Etwas Schlimmes musste ihr geschehen sein. Die Wachebeamtin im dritten Stock, die ihnen im Laufgang begegnete, schlug die Hände zusammen.

„Ja, was ist denn das, jetzt prügelt ihr schon die Kinder zusammen!"

Der Gestapomann zischte sie drohend an. Aber dann, bevor er Leni in die Zelle brachte, ordnete er an: „Holt einen Doktor."

*

Vater war fort, an der Front, und Mutter, endgültiger Abschied. Doch ihr Leben ging weiter. Nicht anders als vorher. Sie hatte schon lange aufgehört zu spielen, sich mit Gleichaltrigen zu treffen und zu vergnügen. Da war anderes, Wichtigeres, das zählte. Die politische Arbeit ihrer Mutter, die sie allmählich übernommen hatte, während die Krankheit voranschritt, der Haushalt, die Krankenpflege. Leni war fünfzehn und beherrschte schon alle Fertigkeiten, die nötig waren, um den Alltag zu bewältigen: Kochen, Waschen, Bügeln und dazu ging sie noch in die Handelsschule und arbeitete für die Rote Hilfe. Als die Mutter nicht mehr aufstehen konnte und ständige Pflege brauchte, hörte Leni auf, in die Schule zu gehen. Jeden Tag radelte sie viele Kilometer, um einen Extraliter Milch für die Kranke zu beschaffen. Auf Bezugschein gab es für Erwachsene nicht so viel.

Wanda Tomić war in den Sommerferien gestorben. Im September hätte Leni wieder in die Schule gehen sollen. Aber sie konnte sich einfach nicht in das Schulkind von vorher zurückverwandeln. Das war vorbei, unwiederbringlich. Als Waise bekam sie fünfundachtzig Reichsmark Unterhalt ausbezahlt. Bei sparsamem Wirtschaften würde sie damit auskommen. In den Nächten wachte sie auf, weil sie glaubte, die Mutter in ihrem Bett stöhnen zu hören. Es war nur der Wind, doch sie konnte nicht mehr einschlafen. Sie nahm die Decke um die Schultern und ging auf den dunklen Gang. Im Haus war es still, alle schliefen, doch wenn sie angestrengt lauschte, hörte sie manchmal ein Husten, Rascheln, einen Schnarcher. Lebenszeichen. Dann fühlte sie sich erleichtert, nicht so allein.

Johann Sokopp stieß zur Gruppe. Er war Zollbetriebsassistent gewesen, bis man ihn zur Wehrmacht einberief. Wegen einer Erkrankung der Hände befand er sich jetzt auf einem längeren Heimaturlaub.

„Tomić Leni? Kannst du schweigen? Wir bringen die Druckmaschine zu dir."

Sokopp wurde Lenis nächster Kontaktmann. Bei ihr zu Hause in der Neilreichgasse fertigten sie die Flugblätter an, die Leni weit weg in den vierzehnten Bezirk brachte, wo sich die Stadtleitung der „Gruppe Neustadtl" befand. Die Flugblätter wurden dann von anderen Gruppenmitgliedern in ihren Betrieben verteilt oder irgendwo aus Fenstern geworfen.

An einem Sonntagabend kam eine Frau zu ihr auf Besuch. Sie hieß Leopoldine und war die Frau des Widerstandskämpfers Karl Krivanek, den Leni durch ihre Eltern kannte.

„Sie haben den Karl zum Tod verurteilt. Er wird hingerichtet." Leopoldines Stimme zitterte nicht, als sie den schrecklichen Satz aussprach. „Ihr müsst ab jetzt noch vorsichtiger sein, Leni. Es gibt einen Spitzel, den Lavra, ich hab' ihn schon bei der Gestapo gesehen, und jetzt gerade vor dem Haus. Wahrscheinlich beobachten sie euch."

Minderjährigen war es verboten, sich abends nach achtzehn Uhr auf der Straße sehen zu lassen. Wenn ein Mädchen bei einer Kontrolle erwischt wurde, konnte sie als Asoziale verurteilt und in ein Erziehungslager gesperrt werden. Dennoch hielt es Leni nicht im Haus. Sie musste zu den anderen hinüber. Es war schon spät, eine der schwülen Julinächte, in denen es nicht wirklich dunkel wird. Der Himmel war gelblich, sternlos, mondlos. Zwei Stunden lief sie durch die Nacht, um ihre Kameraden zu warnen. Aber die belächelten sie nur, als wäre sie ein Kind, das sich wichtig machte. Sie glaubten ihr einfach nicht.

*

Lenis ganzer Körper schmerzte, am meisten der bloßliegende Nerv des abgebrochenen Stockzahns. Der Doktor kam auf Visite in ihre Zelle. Er beugte sich über den Strohsack, schaute sich Lenis Wunden an, ohne sie näher zu untersuchen und ging wieder.

„Gebt ihr einen Viertelliter Milch und ein Grahamweckerl, lasst sie drei Tage liegen", hörte sie ihn draußen zu dem Beamten sagen.

Obwohl der Schmerz sie peinigte, tröstete diese Anordnung sie ein wenig. Das Essen in der Liesl war noch schlimmer als die Läuse und Wanzen, ein Schlangenfraß. Ob es nun Brennesselspinat gab oder Kraut, am Boden des Topfes fand sich immer ein Bodensatz von Sand, der zwischen den Zähnen knirschte. Trotz ihres ständigen

Hungergefühls konnte sich Leni den Ekel nicht abgewöhnen. Ohne das monatliche Lebensmittelpaket von zu Hause hätten es die Gefangenen nicht ausgehalten.

Leni lag still und wartete auf den Schlaf. Der Zahn ließ sie nicht zur Ruhe kommen, er klopfte und klopfte, er weckte die Sorgen in Lenis Hinterkopf. Was soll ich gestehen? Was soll ich nur gestehen? Ich muss etwas gestehen. Sie schlagen mich sonst tot. Schweine sind sie, nein, keine Schweine, Schweine sind klug und nützlich. Sollen sie mich totschlagen. Sie sind Mörder. Auf eine mehr oder weniger kommt es nicht an. Nicht aufgeben, vielleicht gibt es doch etwas, das mich retten kann.

*

Leni hörte gerade den englischen Sender, die Nachrichten für Österreich, als jemand laut an die Tür schlug. Sie schaltete das Radio von Kurzwelle auf Normalwelle und stellte den deutschen Sender ein, bevor sie öffnen ging. Die zwei Männer vor der Tür kamen von der Gestapo. Sie machten keine langen Faxen. Kaum hatte ihnen Leni aufgemacht, stürzten sie herein und durchwühlten die Wohnung von einem Ende zum anderen. Vor Schreck gelähmt, sah sie ihnen zu.

„Sie kommen mit. Waschzeug, Zahnbürste, Wäsche einpacken."

„Aber warum? Kann ich nachher nicht wieder heim?"

Darauf bekam sie keine Antwort. Nur einen drohenden Wink, worauf sie ihr Köfferchen packte. Erst beim Absperren wagte sie noch eine Frage:

„Der Schlüssel. Wenn mein Vater von der Front zurückkommt, wie kann er in die Wohnung? Und meine Nane aus dem Burgenland?"

Gnädig erlaubte ihr der Gestapomann, beim Nachbarn anzuklopfen. Dort wohnte der Wiesinger, ein Mann im Alter ihres Vaters. Auf Lenis Bitte nahm er den Schlüssel in Verwahrung. Das kleine schwarze Auto der Gestapo wartete schon vor der Tür.

„Schau dich ruhig noch einmal um", sagte der Mann am Steuer. „Du mit deiner Lunge wirst die gesiebte Luft im Gefängnis nicht aushalten."

Leni kämpfte mit den Tränen. Sie weinte schnell, seit die Mutter tot war, etwas in ihr wartete auf jede Gelegenheit dazu. Sie brachten sie zum Morzinplatz, zur Aufnahme, dann in die Liesl, von dort wieder zurück zur Gestapo. Sie sah keine Zelle von innen, man ließ sie hier wie dort warten. Das erste Verhör war erträglich. Der Schiller tat noch ganz freundlich. Aber sie spürte, dass das nur eine dünne Tünche war. Er belauerte sie.

„Die Rote Hilfe ist ein Verein für die bedürftigen Menschen", gab Leni an. „Ich bin dort immer mit meiner Mutter hingegangen, um den Allerärmsten beizustehen. Wir haben uns die Lebensmittelkarten für sie vom Mund abgespart."

Die Rote Hilfe existierte schon seit den Zwanzigerjahren. Mehr wusste sie wirklich nicht darüber. Worin bestand denn ihre politische Bildung schon? Gerechtigkeit, Brot, ein Dach über dem Kopf für alle. Und Adelheid Popp, ihre Heldin.

„Seit die Mutter krank war, musste ich mich allein kümmern. Das tue ich immer noch. Wir hatten selbst nie viel. Aber meine Eltern haben mich dazu erzogen, den Armen zu helfen.“

„Linkes Gesindel! Halt’s z’samm! Die rote Brut unterstützen, das nennst du den Armen helfen! Du wirst gleich eine von mir fangen, du verlogenes Mensch!“

Jetzt war ihr nicht mehr zum Weinen. Nur übel vor Angst. Aber sie hielt durch. Bis der Morgen kam und er keine Lust mehr hatte, mit ihr Katz und Maus zu spielen.

2. Kapitel

Drei Tage in der Einzelhaft sind wie dreihundert Tage und drei Nächte wie dreitausend Nächte. Sie konnte nicht schlafen. Nicht Schäfchen zählen half, auch nicht, sich selbst das Märchen vom hässlichen Entlein in Gedanken zu erzählen, nicht Gedichte aufsagen. Sie musste mit sich kämpfen, um nicht laut zu weinen. Das war das Schlimmste, wenn die eigene Stimme schluchzend von den Wänden widerhallte. Dann wuchs die Verzweiflung und riss an ihrem Herzen, als wäre sie ein Tier mit scharfen Zähnen und wollte sie zerfleischen.

Sie hatte nie darüber nachgedacht, wohin die politische Arbeit sie bringen würde. Die Mutter hatte sie ihr aufgetragen. Sie hatte gewusst, warum sie es tat, auch wenn sie nichts von Politik verstand. Sie war nicht ahnungslos. Sie erfuhr von den Hinrichtungen. Es konnte auch ihr geschehen. Nach dem Tod der Mutter, in dem Jahr, das sie allein in der Neilreichgasse verbrachte, mit dem Abziehgerät zum Drucken unter dem Bett versteckt, der Flasche mit der Druckerschwärze, die sie schon bei der ersten Hausdurchsuchung verraten würde. Sie hatte die ganze Zeit auf die Verhaftung gewartet, schon bevor die Poldi Krivanek gekommen war, um sie zu warnen. Und es war auch schon zu spät gewesen, als sie zur Stadtleitung hinübergelaufen war, den langen Weg zu Fuß durch die Nacht. Sie hatten sie belächelt und sie war gekränkt, weil sie als „Nixerl" abgetan worden war, die Kleine, die das für ein Abenteuer hielt, wo es doch ums Leben ging. Aber jetzt, in der Nacht, die nicht enden wollte, kam es ihr in den Sinn, dass sie ihr nur hatten helfen wollen, damit sie sich nicht fürchtete vor dem, was ihr bevorstand. Denn am nächsten Tag in der Früh, bevor die ganze Gruppe verhaftet wurde, erschien der Johann Sokopp in der Neilreichgasse und transportierte die ganze Druckerwerkstatt ab. Wohin, verriet er nicht. So konnte sie es auch nicht der Gestapo verraten. Aber sie würde sowieso nicht reden. Das hatte sie beschlossen. Auch wenn sie der Schiller wieder prügelte. Sie konnte ihn nicht davon abhalten. Und er sie nicht davon, zu schweigen. Wenn sie aber überleben wollte, musste sie etwas sagen. Etwas, das sie noch nicht herausgefunden hatten.

Sie zermarterte sich den Kopf in ihrer Schlaflosigkeit, drei Tage und drei Nächte lang. Dann war ihre Gnadenfrist um, so hatte es der Doktor angeordnet.

„Walter", sagte Leni mit fester Stimme. Sie saß vor dem Schreibtisch auf dem Vernehmungsstuhl und er dahinter, neben der offenen Schublade, aus der er seine Peitsche ab und zu hervorholte und spielerisch zwischen den Fingern drehte. Jetzt ließ er sie auf die Schreibtischplatte fallen. Es machte ein hässliches, metallisches Geräusch. Leni sah nicht hin, sie wollte nicht an die Schläge denken. Er musste ihr glauben. Wenn er ihre Angst spürte, war es vorbei.

„Das ist der Name. Walter heißt der Mann, der mich da hineingezogen hat."

„Aha." Er stand auf und kam zu ihr. „Du Schlampen." Er dehnte das Wort genießerisch. „Der Walter also, was hast du mit dem aufgeführt? Hast du es mit ihm getrieben?“ Er packte sie am Arm und schüttelte sie. „Walter gibt’s viele. Walter und wie weiter? Und trau dich ja nicht, noch einmal den Schiller anlügen!“

„Walter Suchanek“, stieß Leni hervor.

Er riss sie am Arm in die Höhe. „Ja, warum denn nicht gleich, du Luder. Wir haben unsere Zeit nicht gestohlen. Walter Suchanek.“ Er drückte auf den Klingelknopf.

„Das ist ein Geständnis. Du wirst jetzt alles sagen, was du weißt. Aber dalli.“

Leni nickte gequält. Sie spürte die Nässe an ihren Schenkeln. Sie wollte die Augen schließen, weit weg sein von diesem grauenhaften Menschen, der sie in ihrer Not nur verhöhnen würde. Jetzt fiel sein Blick auf die Sitzfläche ihres Stuhls, den roten Fleck, den sie dort hinterlassen hatte. Zwischen ihren Beinen tröpfelte das Blut auf den Fußboden.

„Pfui Teufel!“ Angewidert zog er seine Hand von ihr zurück. „Drecksau, das putzt du weg, schau, dass das wegkommt, sonst brech’ ich dir das Kreuz.“

Er schrie, bis die Tür aufging und sein Kollege, der ihr den Zahn ausgeschlagen hatte, hereinschaute. „Macht sie wieder Mandln?“, fragte er erwartungsvoll.

Schiller ging zu seinem Platz am Schreibtisch zurück. „So eine kleine Gedächtnisstütze wirkt Wunder“, antwortete er. „Jetzt ist ihr doch was eingefallen. Wir können das Protokoll machen.“

Er warf einen mürrischen Blick auf Leni, die versuchte, das Blut mit ihrem Taschentuch wegzuwischen.

„Aber vorher gib ihr einen Fetzen zum Putzen. Das ist ja eine Zumutung.“

Walter Suchanek war nicht nur ein Name. Während ihr Zahn tobte und die Schmerzen sie nicht schlafen ließen, hatte Leni sich den ganzen Mann ausgedacht. Ein Arbeiter, der aber auch Sinn für das Schöne hatte. Er konnte gut zeichnen und singen. Er machte mit Leni Spaziergänge auf die Jubiläumswarte, den Hermannskogel. Im Sommer gingen sie an die Alte Donau zum Schwimmen und auf die Rax Bergsteigen. Er war Sozialdemokrat und erzählte Leni, wie gut sie es haben könnte, wenn die Roten in Österreich wieder das Sagen hätten. Er wollte, dass sie Flugblätter für ihn verteilte, aber das traute sie sich nicht, weil es verboten war. Er war hoch gewachsen, hatte braune Locken und auf dem linken Unterarm eine kleine eintätowierte Rose. Sein Beruf war Maschinenschlosser, er arbeitete bei Gräf & Stift.

Zwei Tage ließ sich Schiller Zeit, Lenis Geständnis zu protokollieren. Immer wieder musste sie ihre Geschichte wiederholen. Zum Glück hatte sie ein gutes Gedächtnis und sich jedes Detail eingeprägt. Schließlich gab sie noch zu, dass sie sich mit ihm auf ein intimes Verhältnis eingelassen hatte. Das rang sie sich ab, obwohl ihr die Worte nicht über die Lippen wollten. Es musste aber sein, früher würde der Schiller keine Ruhe geben.

„Hab' ich es nicht gewusst!" Er strahlte geradezu. „Spielt uns hier das arme, mutterlose Hascherl vor, dabei vögelt sie herum wie eine Große. Bei dieser roten Brut gibt es keinen moralischen Halt und keine Erziehung. So einer dreht man am besten gleich den Hals um, bevor sie noch mit dem Züchten anfängt. Da kommt doch nur ein neuer Dreck heraus!"

Er fluchte, aber er war begeistert. So aufgeräumt hatte ihn Leni noch nie erlebt.

„Und jetzt", sagte er zu ihr und winkte dem Zweiten zu, sich fertig zu machen, „jetzt schauen wir uns den feinen Herrn einmal aus der Nähe an."

„Aber ... wie ...?", stammelte Leni.

„Ja, was denn, wie denn, verlässt das Hurenmensch jetzt die Courage?" Schiller lachte aus vollem Hals. „Wir machen eine kleine Ausfahrt. Du hast eh schon lang keine frische Luft mehr geschnuppert."

Die Automobilfabrik Gräf & Stift befand sich in der Nussdorfer Straße im neunten Bezirk. So viel wusste Leni, weil einer der tschechischen Arbeiter aus dem Park beim Amalienbad dort arbeitete. Jetzt fiel ihr mit Schrecken ein, dass er ein großer Mann mit braunen Locken war. Wenn sie sich nun dort begegneten und diese Gestapoleute mitbekamen, dass sie sich kannten? Sie warteten schon draußen, als die Schicht am Abend zu Ende ging. Aus dem Fabriktor kamen die Männer, in Gruppen oder einzeln, die meisten mit gebeugtem Kopf, langsamen Schritten, man sah ihnen die Müdigkeit an. Wie schön war so ein Automobil. Keiner von ihnen würde je eines besitzen, auch wenn der Führer ihnen allen einen Volkswagen versprochen hatte.

Der Strom der Arbeiter nahm kein Ende. Leni starrte jedem, der an ihr vorüberkam, ins Gesicht. Inzwischen begann Schiller neben ihr schon vor Ungeduld zu vibrieren. Er brannte darauf, diesen Suchanek zwischen die Finger zu bekommen.

„Na?", fuhr er sie von Zeit zu Zeit an. „Willst du mich vielleicht gar zum Narren halten! Wir wissen, dass er da arbeitet. Wir kennen nur nicht die Visage des Lumpen."

Und Leni nickte schnell und voller Eifer.

„Er ist nicht dabei gewesen", bekannte sie eine halbe Stunde später, als sich kein einziger Mann mehr zeigte. Sie musste mit Schillers Kollegen auf der Straße warten, während Schiller in der Fabrik mit dem Vorarbeiter redete.

„Einen Suchanek gibt es nicht. Hat es nie hier gegeben", hielt er ihr vor, als er zurückkam. „Was sagst du dazu, Hurenmensch?"

Leni schluckte und zuckte die Achseln. Schillers Kollege versetzte ihr mit dem Handrücken einen Schlag, er traf sie an der Braue. Blut rann ihr ins Auge.

„Lass sie", murrte Schiller. „Gib hier kein Schauspiel. Wir haben noch genug Zeit, uns mit ihr zu unterhalten."

Am Morgen um sechs, als die Männer von der Nachtschicht kamen, standen sie wieder vor dem Tor und dann ein drittes Mal am Ende der Frühschicht um zwei Uhr Nachmittag. Walter Suchanek zeigte sich nicht. Inzwischen war Leni schon fast selbst überzeugt, dass er wirklich existierte, ihr Geliebter mit dem gelockten Haar und der schönen Stimme. Sie dachte an ihn, wenn sie sich über Schillers Tisch beugen musste. Wie es wohl wäre, wenn er bei der Tür hereinkäme und mit seinen kräftigen Schlosserfäusten Schiller links und rechts einen Kinnhaken gäbe, wieder und wieder, bis er zusammenbrach.

Wenn Schiller aufhörte, sie zu schlagen, wiederholte sie ihre Geschichte. Sie wusste, Schiller hasste sie dafür, dass sie nicht aufgab. Bei den schweren Verhören gestanden die meisten Leute, was der Gestapomann von ihnen hören wollte. Ob es nun stimmte oder nicht. Jeder hatte seine Schmerzgrenze, oder doch beinahe jeder. Dass sie, ein halbes Kind, so hartnäckig blieb und durchhielt, war ungeheuerlich, eine Blamage für den Mann.

„Erschlag mich, erschlag mich halt", flüsterte Leni lautlos vor sich hin. Es war ihr egal, ob er sie hörte.

Die Tür ging auf und jemand sagte hinter Lenis Rücken leise etwas zu Schiller, der darauf einen triumphierenden Laut ausstieß.

„Also doch!" Er packte Leni bei der Schulter und riss sie herum. „Na, du Drecksau, hast allerweil abgestritten, dass du eine Kommunistin bist. Aber jetzt haben wir einen Zeugen!"

Er gab dem zweiten Beamten einen Wink, die Tür zu öffnen. Herein kam Wiesinger, der Nachbar aus der Neilreichgasse, dem sie ihren Wohnungsschlüssel anvertraut hatte.

Er streifte Leni mit einem Blick und sah schnell wieder fort. „Für so ein Kommunistengesindel heben wir nichts auf", sagte er und legte den Schlüsselbund auf Schillers Schreibtisch. „Der Dragosits, der bei denen immer ein und ausgeht, ist auch so ein Kummerl."

„Wer ist der Dragosits?", fragte Schiller.

Wiesinger machte eine unbestimmte Geste Richtung Leni und hob die Schultern.

„Ich weiß nur den Namen."

„Wer ist der Dragosits?", wiederholte Schiller, nun zu Leni gewandt, in scharfem Ton.

„Ein Burgenländer, ich kenn' ihn kaum. Früher ist er manchmal zu uns gekommen. Mehr weiß ich nicht."

Leni schlug das Herz bis zum Hals vor Wut. Seit Jahren wohnten sie mit Wiesinger Tür an Tür, nie hatte es ein böses Wort zwischen ihnen gegeben. Und nun kam dieser Mensch da her und denunzierte sie bei der Gestapo. Wiesinger lächelte höhnisch über ihre Antwort.

„So, sie kennt ihn kaum." Schiller nickte. „Na, wir werden ihn selbst fragen."

Diesmal brachte sie nicht das schwarze Gestapoauto ins Gefängnis zurück, sondern der grüne Heinrich. Eine Frau kauerte mit vorgebeugtem Oberkörper auf dem Boden des Fahrzeugs. Ihr Gesicht war von ihrem langen schwarzen Haar, das zerrauft nach vorne fiel, völlig verborgen. Sie fuhren los, Leni stand, weil ihr Hintern von den Schlägen wie ein Ballon angeschwollen war. Beim Anfahren pendelte der Kopf der Frau zur Seite und wieder zurück. Wie eine leblose Puppe hing sie da in der Ecke. Leni sah erst jetzt, dass das Haar nicht schwarz, sondern von Blut getränkt war. Der Wagen bremste und für kurze Zeit verschob sich der Haarvorhang. Das Gesicht war unkenntlich, eine Masse aus blutigem Fleisch. Der Mund der Frau stand halb offen, Leni sah eine schwarze, leere Mundhöhle. Die ganze Zahnreihe ausgeschlagen. Unwillkürlich stieß sie einen Schreckenslaut aus. Und wandte sich schnell ab, beschämt, weil sie kein Wort des Trostes für die arme Kreatur fand, sich nur fort von diesem Anblick wünschte, fort von dieser Horrorgestalt.

„Kennst du die Frau, die sie gestern mit dir transportiert haben?“, fragte die Fazi Fanny, als sie Leni den Strohsack brachte.

„Nein, die hätte die eigene Mutter nicht erkannt“, antwortete Leni.

Fanny machte ein zweifelndes Gesicht, aber sie sagte nichts mehr dazu.

„Schau, Kleine, ich hab’ was für dich. Was ich dir versprochen hab’.“ Sie gab Leni ein Stück schwarzen Zwirn und eine Nähnadel.

„Fanny! Danke!“

Jede Nadel war eine Kostbarkeit und Zwirn beinahe nicht zu bekommen. Eine Bleistiftmine schenkte Fanny ihr dazu und zuletzt noch das Schönste, was sie besaß, ein buntes Halstüchlein.

„Nein, das kann ich nicht annehmen.“

„Doch, das ist für dich, Leni.“

Sie umarmten sich. Fanny begann zu erzählen, wie es kam, dass sie hier gelandet war. Bei einem Schauspieler war sie im Dienst gewesen. Er wollte sie verführen. Weil sie Nein sagte, denunzierte er sie bei der Gestapo.

„Das hat genügt.“ Sie war als Prostituierte abgestempelt. „Ob es wahr ist, danach fragte keiner.“

Fanny verabschiedete sich. „Du sagst mir, wenn du etwas brauchst.“

„Ja, eine Frage nur noch: Hättest du vielleicht ein Stückerl weißen Zwirn?“

„Nein, der schwarze da ist von der Klosterschwester. Sie haben ihr beim Verhör das Ordensgewand zerrissen. Sie hat nur schwarzen Zwirn.“

Das war das erste Mal, dass Leni von einer Nonne im Gefängnis erfuhr. Es hieß, sie hätte sich geweigert, die Kreuze im Klosterspital abzuhängen.

„Brauchst dich gar nicht bemühen, noch weiter zu leugnen, Hurenbankert!“, brüllte der Schiller ihr über seinen Schreibtisch gebeugt entgegen. „Deine glorreichen Vorbilder bei der Roten Hilfe haben ausgepackt. Die zwei von der Stadtleitung, die ihre Nase so hoch getragen haben, dass sie ihre Ideale niemals preisgeben werden. Jetzt rinnt ihnen schon der Saft aus dem Hirn. Und jetzt sag' ich dir noch, welcher Name mir die meiste Freud' gemacht hat: Tomić Jakob! Zweiundvierzig Jahre alt. Burgenländer. Der Herr mit dem Schnurrbart. Ist schon auf dem Weg in die Heimat! Das gibt noch ein Wiedersehen, da bleibt kein Auge trocken.“

Leni konnte nicht weiteratmen. Als ob sich eine große, schwere Hand auf ihre Brust legen und ihr das Herz abdrücken würde. Die Mali! Amalie Wondrak. Die Frau im grünen Heinrich, sie war es gewesen. Der zerschlagene Fleischklumpen. Sie hatte den Vater verraten.

„Das ist nicht wahr“, rief sie, mit einer atemlosen hellen Stimme, die ganz fremd in ihren Ohren klang.

„Streng dich nicht an, Tschopperl. Hast noch nicht genug den Arsch versohlt bekommen? Der Tomić wird bei uns ein Extrazimmer beziehen, da freuen wir uns schon sehr.“

„Die Wondrak hat gelogen, weil sie so geschlagen worden ist. Ich kenne meinen Vater, ich muss es doch am besten wissen. Burgenländer gibt's viele. Der Vater war schon einmal im Gefängnis, der will nichts mehr mit der Politik zu tun haben."

Schiller zog die Schublade auf. „Du willst also nicht gescheit sein. Hurenviecher seid's alle miteinander. Tisch herholen! Und sag nicht, dass ich dich nicht gewarnt hab'."

Am nächsten Tag bestätigte die Fazi, dass Lenis Vater von Amalie Wondrak verraten worden war. Bis dahin hatte sie auf eine Finte Schillers gehofft. Leni schob die Blechtasse mit dem grauen Morgenkaffee weg. Das Brot steckte sie der Fazi in die Tasche.

„Iss du."

„Das darf ich nicht. Die Aufseherin hat eh einen Pick auf mich." Sie wollte Leni das Brot zurückgeben.

„Ich esse nichts mehr."

„Bist deppert worden?"

„Ich trete in den Hungerstreik", sagte Leni.

Das war ein Wort, das einen kalten Hauch verströmte. Hunger hatte sie doch sowieso ununterbrochen. Aber sie wies den Spinat mit Kartoffeln zu Mittag zurück und das Margarinebrot am Abend auch. In der Nacht schlief sie. Ihr klopfender Zahnnerv hatte nun endlich aufgegeben. Ihre Zunge schmerzte an der Stelle, wo sie an den scharfen Rand des abgebrochenen Stumpfs stieß. Aber es tat ohnehin überall weh. Und sie hatte schon geglaubt, sie könne sich an alles gewöhnen. Manchmal spürte sie einen Geschmack von Eiter im Mund und schluckte angewidert. Nein, nicht an alles. Glaubte die Mali, es würde ihr besser ergehen, wenn sie einen Kameraden mit hineinriss? Leni haderte mit sich und der Welt. Dann fiel ihr wieder die blutige, leere Mundhöhle ein, die sie gesehen hatte, und sie ermahnte sich, dass sie nicht über andere Menschen richten dürfe.

Auch am nächsten Morgen, Mittag und Abend verweigerte sie das Essen und für den darauf folgenden Tag nahm sie sich vor, damit weiterzumachen. Es war gar nicht schwer. Endlich kein Sand mehr zwischen den Zähnen, sagte sie trotzig zu sich.

In der Nacht erwachte sie von einem Geräusch. Jemand kam in ihre Zelle. War das ein Traum, eine Vision? Überrascht blinzelte sie, aber die Erscheinung blieb. Ein Mann, der die Statur ihres Vaters hatte. Auch was er sagte, klang väterlich.

„Du bist die Leni Tomić."

Das war keine Einbildung, sondern der wachhabende Polizist! Sie antwortete ihm nicht. Er setzte sich neben sie auf die Pritsche. Sie schwieg weiter, auch als er nach ihrer Hand griff und die Handfläche nach oben drehte. Er legte drei Zwetschken hinein. Sie waren schon entkernt und verbreiteten einen starken, süßen Duft. Seit Nanes letztem Paket hatte Leni kein Stück Obst mehr bekommen.

„Wenn du leben willst, musst du essen."

Sie drehte abwehrend den Kopf weg.

„Mädel! Nicht so bockig, das hat keinen Sinn. Du bist doch eine Gescheite."

Leni überlegte, dann brach sie das Schweigen. „Wissen Sie, wo der Neustadtl ist?“

Gustav Adolf Neustadtl war zusammen mit Amalie Wondrak in der Stadtleitung gewesen.

„Ich will ihn sehen.“

„Zuerst isst du.“

„Dann bringen Sie mich zu ihm?“

Die Zwetschken schmeckten wie nie eine Speise zuvor. Nachdem sie alle drei auf einen Sitz verspeist hatte, holte sie die Knackwurst und das Brot, die es als Abendessen gegeben hatte, unter ihrem Strohsack hervor und wickelte sie in ein Papier.

„Das bringe ich ihm mit“, sagte sie.

Der Polizist führte sie in den Männertrakt hinüber, wo Neustadtl in einer Einzelzelle lag. Er trug ein weißes Hemd mit großen, dunklen Flecken. Das war eingetrocknetes Blut, auch auf seinem Gesicht, seinem Hals. Wie ein Muster aus schwarzen Sternen sah es aus.

„Neustadtl, hörst du mich, du hast Besuch bekommen!“

Aber Neustadtl war nicht bei sich oder nicht imstande zu antworten. Leni legte ihm schnell die Wurst und das Brot hin. Ihre Beine zitterten.

„Wo ist die Wondrak?“, fragte sie, als der Polizist sie zu ihrer Zelle zurückbrachte. „Ich will zu ihr.“

„Da.“ Er deutete auf die Nebentür. „Aber zu ihr kann ich dich nicht lassen.“

„Ich muss mit ihr reden. Unbedingt. Bitte!“

Er schüttelte den Kopf, aber sie hörte nicht auf zu betteln.

„Wenn ich dir sag', es geht nicht." Er begleitete sie in ihre Zelle zurück. „Ich zeig' dir jetzt was, Mädel."

Es war Nacht, er hatte allein Dienst. Dennoch, wenn ihn jemand verriet, war es aus mit ihm. Das wusste Leni so gut wie er.

„ A heißt 1." Er klopfte einmal an die Wand. „B ist 2." Er klopfte zweimal an die Wand. „So und jetzt kannst du mit ihr reden." Damit verließ er den Raum.

Kaum war Leni allein, fing sie an, Klopfzeichen zu geben. Mali antwortete nicht, vielleicht konnte sie sich noch nicht rühren. Aber hören musste sie, was Leni klopfte: „Nimm die Aussage über meinen Vater zurück!" Und: „Mali! Du sagst, es war eine falsche Vermutung, du weißt gar nichts."

Sie klopfte weiter und weiter, bis ihre Fingerknöchel taub waren.

Am Morgen kam endlich eine Antwort: „Ja."

Nichts von dem, was dann passierte, drang in Lenis Einzelhaft: Malis Beschreibung von Jakob Tomić war so, wie er vor dem Militärdienst ausgesehen hatte. Seine militärische Ausbildung in Payerbach-Reichenau begann mit dem Befehl, sich den Bart abzurasieren. Der Soldat, der nun vor dem Gestapooffizier stand, trug keinen Schnurrbart. Entschieden stellte er Malis Behauptung in Abrede:

„Sie täuschen sich. Ich bin nicht der, den sie suchen. Mit Politik hab' ich nichts am Hut."

Dann meldete sich Amalie Wondrak noch einmal zu Wort. Sie habe den falschen Namen angegeben. Der richtige fiele ihr nicht ein. Die Gestapo musste sich damit zufrieden geben. Da auch die Personenbeschreibung nicht stimmte, hatten sie nichts gegen Tomić in der Hand. Sie behielten ihn zwar unter Kontrolle, aber dafür musste er nicht mehr an die russische Front zurück. So rettete ihm der Verrat vielleicht sogar das Leben.

Leni erfuhr erst viel später vom glücklichen Ausgang der Dinge. Nach vier Wochen wurde sie in eine Zelle mit drei Frauen überstellt. Die Einzelhaft war zu Ende.

*

Das Schlimmste ist nicht das Schlagen, nein, es ist das Schweigen. Die Mauern, die näher rücken, ihr das Herz abpressen. Wie ein Stein liegt es in ihrer Brust, sie bekommt keine Luft, es schmerzt und sie muss still sein, darf nicht schreien, darf nicht weinen. Aushalten, du hältst es aus, Magdalena, du bist eine Starke, eine Gescheite, meine Große.

Leni hat ausgehalten. Die Stimme verlässt sie nicht, sie kann sie hören, selbst die gemeinsten Anwürfe Schillers hat sie nicht zum Verstummen gebracht. Sie ist Lenis einziger Trost.

Vorbei, die Einzelhaft. Aber wo ist sie nun? Da redet jemand. Mit ihr? Was spricht diese Person?

„Ich könnte deine Großmutter sein."

Lenis Großmutter ist Nane. Ihre Nane!

„Kinderl, schau mich nicht so wild an. Ich bin die Mutter Maschek", sagt die Frauenstimme. Ein altes Weib in Filzpatschen sitzt auf dem Stockerl. Wie kommt so eine ins Gefängnis? Keine Fragen stellen, Leni! Da beginnt die

Alte von selbst zu sprechen. Hat sie Lenis Gedanken gelesen?

„Wie kommt so ein Milchkind ins Gefängnis?“, fragt sie.

Ihre Tochter ist Widerstandskämpferin. Die Mutter hat nicht geredet. Dafür muss sie ins Gefängnis. So wird auch die Tochter bestraft.

Vorsicht, Leni. Lass dich nicht einwickeln. Die will dich ausfragen. Wer weiß, was ihr der Schiller versprochen hat.

„Lass die Kleine in Ruhe!“

Das ist die Zweite. Eine Dame. Sie schaut aus, als wäre sie gerade beim Friseur gewesen. So schön blond schimmert ihr Haar, glatt und fein wie Seide. Ob es daran liegt, dass sie adelig ist? Bernarda Stjernfalk, eine Baronin. Ganz nebenbei erzählt sie das, als ob es nichts Besonderes wäre. Eine Spionin soll sie sein. Leni schaut sie gern an. Ihr Mann ist Schwede. Wie es wohl in Schweden ist? Aber Leni sagt nichts, auch ihr gibt sie keine Antwort, wenn sie etwas gefragt wird.

Die dritte Frau hat einen starken Akzent, sie kommt aus Russland. Alewtina, ein seltsamer Name, Leni hört ihn zum ersten Mal. Mit dem Nachnamen heißt sie Hruschka. Der Komiker Karl Hruschka, ihn kennt Leni. Der ist Alewtinas Mann. Sie ist nicht politisch, sondern eine Astrologin und Kartenlegerin. Sie hat den Auftrag bekommen, Adolf Hitlers Horoskop zu erstellen. Sie hat ihm vorausgesagt, dass er noch drei Jahre zu leben hat. Er wird eines unnatürlichen Todes sterben, im Feuer. Daraufhin ist sie eingesperrt worden. Zum ersten Mal, seit

Leni in Haft ist, muss sie lachen. Ihr Mund ist es nicht mehr gewohnt. Die Lippen sind ganz trocken und hart geworden. Aber etwas in ihr ist wieder aufgewacht. Der Stein in der Brust drückt nicht mehr ganz so schwer. Sie schöpft Atem.

Mutter Maschek tätschelt Lenis Hand. „Du bist ein ganz ein mutiges Mädel. Wir haben's schon gehört. So wie meine Tochter, dich können sie nicht unterkriegen."

Leni bekommt nasse Augen und muss den Kopf wegdrehen. Alewtina fragt, wann sie geboren worden sei. Am 5. März 1926. Das Geburtsdatum genügt nicht, sie braucht die Geburtsstunde, ohne sie kann sie kein Horoskop stellen. Leni weiß die Uhrzeit nicht und will auch nicht, dass ihr die Zukunft geweissagt wird. Vielleicht muss sie bald sterben. Sie möchte sich aber die Hoffnung bewahren.

Eine Neue kommt in die Zelle, sie ist noch jung. Helene Sajic. Sie zittert am ganzen Leib.

„Warum bist du da?"

„Ich bin die Braut vom Doktor Haas, ich war seine Sekretärin. So haben wir uns kennengelernt."

Der berühmte Otto Haas von den Revolutionären Sozialisten! Auch seine Gruppe ist verraten worden. Seit mehr als einem Jahr foltert ihn die Gestapo. Um ihn zu brechen, haben sie Helene eingesperrt. Aber er weiß, nichts kann ihn retten. Er wird unter dem Fallbeil sterben. Helene schluchzt die ganze Nacht. Leni will nicht hinhören. Sie will nicht mitweinen. Sie will nicht sterben.

*

Es war ein langer Sommer. Leni dachte an den Weg die Favoritenstraße hinauf zum Laaer Berg, unter den Alleebäumen, die Schatten, aber keine Kühle spendeten. Oben am Favoritner Kreuz war das neue Schwimmbad, mit einem Bassin, das künstliche Wellen erzeugen konnte. Nur zweimal hatte sich Leni die Eintrittskarte geleistet. Hinter dem Laaer Berg fingen die Ziegelteiche an, dort konnte man sich auch abkühlen und es kostete nichts.

Jetzt sah sie nur an der Farbe des Himmels, wie heiß es draußen war. Erst wenn es sehr schwül wurde, drang die Hitze bis in die Zellen. Dann hing die Luft feuchtheiß über den Gängen und im Gefängnishof. Leni liebte es, den Gewittern zuzusehen. Der Wind, der aufkam, trug Gerüche von weit her zu ihr. Von frisch gemähten Wiesen, von Blumen, die am Wegrand blühten, vom Wasser des Donaukanals, der ganz in ihrer Nähe vorbeifloss.

Im Oktober hieß es plötzlich: „Überstellung! Tomić, pack dein Zeug zusammen!"

Sie umarmte die Mutter Maschek zum Abschied und bat sie um Verzeihung, dass sie ihr am Anfang misstraut hatte.

Alewtina verriet ihr, dass in den Karten nur Gutes zu lesen war und sie sich keine Sorgen machen müsse. Sie küsste sie nach russischer Sitte dreimal. „Du wirst überleben, Schatzerl!"

Die adelige Spionin gab ihr die Hand, huldvoll und herzlich zugleich, wie sie immer war, die Baronin.

Helene war nicht da, als Leni geholt wurde. Ob sie sich noch einmal wiedersehen würden? Besser, sich solche Fragen nicht zu stellen. Sie musste nach vorne schauen.

Dort, wo ein neues Gefängnis sie erwartete, auf der anderen Seite des Kanals. Schiffamtsgasse 2.

In der Liesl konnte man wegen aller Arten von Vergehen landen, in der Schiffamtsgasse saßen nur politische Häftlinge ein. Es war, verglichen mit der Elisabethpromenade, ein Gefängnis ohne Schikanen. In jeder Zelle waren drei bis vier Frauen untergebracht. Der Holzboden verströmte nicht die eisige Kälte der Steinfliesen, die Klosetts hatten Wasserspülung und wurden von den Frauen peinlich sauber gehalten, denn dort mussten sie sich auch waschen. Einmal im Monat erhielt Leni ein Paket mit frischer Wäsche von zu Hause, einmal in vierzehn Tagen durfte sie ein Bad nehmen. Neu für sie war auch, dass die Häftlinge in der Schiffamtsgasse untertags arbeiteten. Die Aufgabe bestand darin, aus Papier einfache Tüten zusammenzukleben.

„Sacklpicken kann ein jeder", hieß es. Dennoch stellte sich Leni am Anfang ungeschickt an. Die Alteingesessenen klärten sie rasch über die Gepflogenheiten auf: „Du musst dir hier keinen Haxen ausreißen, Mädel. Das ist keine Arbeit, sondern eine Arbeitstherapie."

„Was ist der Unterschied?", fragte Leni.

„Vierhundert Sackln am Tag genügen. Das reicht gerade, damit du dir den ‚Völkischen Beobachter' kaufen kannst."

Leni durfte als Schutzhäftling noch die Zeitung beziehen. „Für das Lügenblattl soll ich ein Geld ausgeben?"

„Ein Körnchen Wahrheit findet sich trotzdem. Du liest und gibst es an die anderen weiter, auf die Information kommt es an, verstehst du?"

Leni dachte an Adelheid Popp und nickte.

Außerdem lernte sie von den anderen Häftlingen das „Telefonieren". Die Zellen waren durch die Abflussrohre der Klos direkt miteinander verbunden. Wenn man das Wasser aus der Klomuschel pumpte, konnte man sich über das Rohr von Zelle zu Zelle miteinander unterhalten. Oder sie stieg aufs Fenster und rief in den Hof, was sie im „Völkischen Beobachter" gelesen hatte.

Mit der Einsamkeit war es nun vorbei. Leni lernte viele politische Häftlinge in der Schiffamtsgasse kennen, lauter Gleichgesinnte. Auch Amalie Wondrak begegnete ihr hier wieder.

*

Zusammen mit der Gruppe der Politischen übersiedelte Leni im Januar 1943 ins Landesgericht I. Als einzige Minderjährige wurde sie von den anderen getrennt im vierten Stock in der Jugendzelle untergebracht. In der ersten Nacht hatte sie einen Traum. Er war ganz anders als der von ihrer Kinderzeit mit Nane. Sie wusste, dass sie träumte, denn ihre Mutter kam zu ihr in die Zelle. Sie trug das schöne grüne Kleid, das Leni selbst ihr angezogen hatte, mit dem sie in den Sarg gelegt und begraben worden war. Sie nahm Leni an der Hand und führte sie die Stiege hinauf. Vor einer Tür blieben sie beide stehen und schauten in die Höhe. Leni sah die Zellennummer neunundachtzig. Diese Nummer hatte die Zelle gehabt, in der sie in Einzelhaft gewesen war.

Als Leni erwachte, fühlte sie sich getröstet, obwohl sie nicht wusste, was der Traum bedeuten sollte. Noch lange behielt sie das Bild ihrer Mutter vor Augen, ihre blasse Haut mit den Sommersprossen, ihr vergnügtes Lächeln, das ihr Gesicht so schnell verwandeln konnte und sie wieder jung und unbeschwert erscheinen ließ. Ebenso schnell konnte ein Gewitter in ihrer Miene aufziehen, dann warfen die Augen blaue Blitze und der Mund verzog sich zu einem breiten, geraden Strich. Wanda, so zart und klein, schien aus anderem Stoff gemacht als ihre Tochter. Schon im Alter von zwölf Jahren hatte Leni sie an Größe überragt. Ihr Haar war nicht so fein und blond, es hatte einen Stich ins Rote und fühlte sich kräftig an, fast wie Pferdehaar. Selbst Lenis Sommersprossen waren größer und dichter, nicht so anmutig verstreut wie auf Wandas Nase. Als Kind hatte sie sich sehnlichst gewünscht, so auszusehen wie ihre Mutter. Jetzt erst wusste sie die Kraft, die sie besaß, zu schätzen. Bis auf einen abgebrochenen Stockzahn hatte sie Schillers Prügelverhöre ohne bleibende Schäden überstanden. Sie konnte wie keine andere die Zellenwand bis zum Fenster hochklettern und sich dort oben an die Gitterstäbe hängen, ohne zu erlahmen. Sie schleppte Wasserkübel und andere Lasten, und wenn sie fertig war, übernahm sie noch die Arbeit von denen, die nicht so viel Ausdauer besaßen. Ihre Größe und ihre Muskeln waren ihr wichtigstes Kapital geworden.

Die Fazi, die bei den Jugendzellen den Dienst verrichtete, hieß Hornung. Vierunddreißig Mal betrügerische Krida hieß ihre Anklage, erzählte sie der staunenden Leni. Sie schien noch stolz darauf zu sein. Leni wusste nicht recht, was ihr Vergehen bedeutete, sie fragte auch nicht nach. Leni gegenüber war die Fazi Hornung eine herzensgute Person und eine ehrliche Haut. Sooft sie konnte, brachte sie ihr eine Extraration Brot. Die stets hungrige Leni wusste es zu schätzen.

Leni bekam ihren Arbeitsplatz in der Schneiderei zugewiesen. Dort begegnete ihr ein bekanntes Gesicht aus der Schiffamtsgasse:

„Anni! Du bist auch da!"

„Pst! Das muss ja keiner wissen, wie gut wir miteinander sind."

Anni Gräf war nur ein Jahr älter als Leni, eine gelernte Schneidergesellin. Seit der Erkrankung ihrer Mutter hatte Leni keinen Umgang mit Gleichaltrigen mehr gehabt. Die Anni mit dem dicken, lockigen Zopf und den dunklen Kirschaugen gefiel ihr auf den ersten Blick. Endlich hatte sie eine Freundin gefunden. Sie sahen sich täglich bei der Arbeit in der Schneiderei, wo sie verdreckte, mit Blut verkrustete Uniformen auftrennen oder zerschneiden mussten. Über die Fazis schickten sie sich, sooft es ging, Nachrichten zu. Einmal im Monat durften sie im Hof spazieren gehen und begegneten sich dort. Anni konnte so komische Grimassen machen, dass Leni Mühe hatte, nicht laut loszulachen. Immer gelang es ihr nicht, und wenn dann die Aufseherin grimmig zu ihnen herüberschaute, machte Anni ein so scheinheiliges Gesicht, dass Leni schon wieder das Lachen kitzelte. Oder gehörten diese seltenen, fröhlichen Momente etwa auch nur in ihre Träume von einem anderen Leben in Freiheit, wo sie mit ihrer Freundin Anni eine unbeschwerte Jugend genießen konnte?

Auf dem Weg zum Hof kamen sie an den Todeszellen im Parterre vorbei. Dort war ein gemauerter Schwibbogen, gerade hoch genug, dass ein Auto darunter durchfahren konnte. Der Innenhof führte auf einer Seite zur Straße, wo sich die Büroräume, vielleicht auch Zellen befanden. Rechter Hand ging es zum Galgenhof. Wenn man sich im Vorbeigehen hochstreckte, konnte man einen Blick auf den Galgen werfen, der seit 1934 dort stand und an dem die Februarkämpfer gehängt worden waren.

Nach der Spazierrunde im Hof schritten sie wieder unter dem Schwibbogen durch und passierten noch einmal die Todeszellen. Es waren fünf. Dann den Gang entlang, vorbei am Inquisitenspital.

Dienstag und Freitag fanden meist die Hinrichtungen statt, wenn der sogenannte fliegende Senat aus Berlin anreiste und die Vollstreckungsbefehle mitbrachte. Niemand wusste, wer als Nächster an der Reihe sein würde.

3. Kapitel

An diesem Schreckensort, der von der Todesfurcht der Delinquenten durchtränkt war, roch es nicht nach Schweiß, nach Blut, nach Verfall. Es duftete so köstlich, dass den Gefangenen, die dort vorbeigeführt wurden, das Wasser im Mund zusammenlief. Es roch nach Brot. Der Duft drang aus der Gefängnisbäckerei, die sich gegenüber vom Galgenhof befand. Brot war das Grundnahrungsmittel der Häftlinge, einen Viertelkilowecken bekamen sie als Tagesration. Die Brotmengen für die Gefangenen waren genau eingeteilt und abgezählt. Deshalb wussten die Frauen, die dort arbeiteten, wie viele Hinrichtungen es am jeweiligen Tag geben würde.

„Wie viele?", fragte Leni in der Gebärdensprache.

Ebenso wortlos kam die Antwort, mit Handzeichen, an den Fingern abzählbar. Fünfzehn. Zwanzig. Je weiter die Zeit voranschritt, desto höher wurden die Zahlen.

Mehrere Monate verbrachte Leni in der Jugendzelle, dann wurde sie in eine andere Zelle überstellt. Einen Stock tiefer saß die Klosterschwester, von der ihr die Fazi Fanny erzählt hatte, Schwester Maria Restituta, eine Franziskanerin. Mit bürgerlichem Namen hieß sie Helene Kafka und war die Tochter eines armen Schusters aus der Brigittenau, der mit seiner Familie aus Brünn eingewandert war. Es kam nicht oft vor, dass Arbeiterkinder ins Kloster gingen. Sie besaßen ja kein Vermögen, das sie dem Orden überlassen konnten. Aber Helene Kafka war es gelungen, gegen den Willen ihrer Eltern und über alle Widerstände hinweg. Beeindruckt lauschte Leni den Geschichten über die eigensinnige Nonne. Das war keine sanfte Braut Christi, sondern eine starke Persönlichkeit.

„Aber warum ist sie im Landesgericht? Doch wohl nicht, weil sie sich geweigert hat, die Kreuze in den Spitalzimmern abzunehmen?", fragte Leni.

„Damit hat es begonnen. Aber verhaftet worden ist sie wegen einem Gedicht", erzählte ihr die Hornung.

„Dafür kommt man doch nicht ins Gefängnis?"

„Sie soll wegen Hochverrat angeklagt werden."

Mehr wusste der Gefängnistratsch nicht zu berichten. Erst nach und nach erfuhr Leni die ganze Geschichte: Schwester Restituta hatte von zwei verwundeten Soldaten im Spital ein Spottgedicht aufgeschnappt und eine Sekretärin im Krankenhaus gebeten, es für sie abzutippen.

„Der Bruder Schnürschuh ist nicht so dumm, gebt acht, er dreht die Gewehre um." So lautete einer der Verse.

Wegen dieses Gedichts beantragte der Staatsanwalt die Todesstrafe für Helene Kafka. Aber konnte es wirklich wahr sein, dass man eine Nonne, eine Krankenschwester, die abgeschieden von der Außenwelt im Orden lebte, aus so einem Grund verurteilte? Selbst vor einem Nazigericht musste Schwester Restituta als ein Sonderfall gelten. Doch es waren schon ganz andere unvorstellbare Dinge vorstellbar geworden.

Und wirklich, die mit dem Schlimmsten rechneten, behielten recht. Helene Kafka wurde zum Tod verurteilt. Kardinal Innitzer schickte ein Gnadengesuch nach Berlin. Vergeblich. Eines Nachts tauchte eine Frau in Lenis Zelle auf.

„Aufwachen. Mitkommen. Schnell."

„Wohin?"

„Frag nicht, beeil dich."

Schlaftrunken folgte Leni der Frau, die sie vorher noch nie gesehen hatte, die Treppen hinunter. Sie gingen unter dem Schwibbogen durch und schlichen am Galgenhof vorbei. Aus der Bäckerei drang Lichtschein, dort wurden die Brote für den kommenden Tag gebacken. Vor einer der fünf Zellen im Parterre machte die Frau halt.

„Die Anna Haider hat das eingefädelt", flüsterte sie Leni zu. „Die Kommunistin!" Sie sperrte auf und schob Leni durch die Tür in die Zelle hinein.

Drinnen saß eine Frau im Sträflingskittel, wie sie ihn alle trugen, den Kopf gesenkt, den Rosenkranz in Händen. Ihre Zellengenossin winkte Leni heran. Das musste Anna Haider sein.

„Schau, Resterl", sagte sie, „da ist unser Nesthäkerl."

Resterl, das war die Schwester Restituta. Sie blickte auf und schaute Leni freundlich an. Viereinhalb Monate saß die Nonne schon in der Todeszelle.

Leni schluckte ihre aufsteigenden Tränen hinunter. „Warum ich?"

„Du bist jung", erwiderte Anna Haider. „Du wirst vielleicht überleben. Damit die Menschen erfahren, was sie mit uns getrieben haben. Sogar mit der lieben Schwester."

Am nächsten Tag, dem 30. März 1943, würde der Name Kafka auf den Todeslisten zu lesen sein, hieß es, deshalb hatten sie Leni zu ihr gebracht. Es war nur ein Gerücht, aber es sollte sich als richtig herausstellen.

Die Hände mit Ketten auf dem Rücken gefesselt, holten zwei Polizisten Helene Kafka aus der Todeszelle. Brille und Holzpantoffeln musste sie vor der Tür ablegen. Eine Aufseherin begleitete sie zur Hinrichtung. Entweder eine übernahm diese Aufgabe freiwillig oder jemand wurde zwangsweise dazu verpflichtet. Dreißig Reichsmark bekam die Begleitung für diesen Sonderdienst, eine schwere Arbeit, weil viele Todeskandidaten nicht freiwillig den Kopf unter das Fallbeil legten.

Zusammen mit der Klosterschwester traten zwei weitere Frauen und sechs Wiener Straßenbahner den Weg zur Armesünderzelle an. Eine der Frauen schrie unaufhörlich: „Aber mein Kind! Mein armes Kind!" Sie wollte ihre Tochter nicht allein in der Welt zurücklassen. Der Vater war schon im Januar hingerichtet worden.

Eine letzte Mahlzeit war für die Delinquenten nicht vorgesehen. In der Armesünderzelle bekamen sie noch die Gelegenheit, einen Abschiedsbrief zu schreiben. Ein Pfarrer wartete, ob jemand seinen Beistand wünschte. Die Aufseherin befahl ihnen, sich nackt ausziehen. Den Frauen wurde das Haar abgeschnitten. In einem Papierkleid, mit geschorenem Kopf warteten sie auf die Exekution. Dann kam der Aufruf, es war so weit. Hinter dem Vorhang befand sich ein Gerüst aus glänzendem, dunkelbraunem Holz, die Messerschneide des Fallbeils hell und scharf, das Schafott. Im Fußboden war eine Rinne eingelassen, in der das Blut abfließen konnte.

Daneben warteten die Vollstrecker: ein Mann, der das Urteil verlas, ein Blutordensträger als Anwalt, ein Beamter der Gestapo, der Scharfrichter und sein Gehilfe. Sie waren geübt in ihrer Tätigkeit, die Exekutionen wurden rasch und effizient vollzogen. Pro Verurteilten waren fünf Minuten vorgesehen. Das Protokoll verzeichnete den reibungslosen Ablauf. Um sechs Uhr fünf war es vorbei.

Von den dreißig Frauen aus der Schiffamtsgasse hatten die meisten ihren Prozess hinter sich. Eine nach der anderen übersiedelte ins Parterre hinunter. Lenis einziger Lichtblick waren die Kassiber, kleine Botschaften, von den Fazis gegen ein Trinkgeld von Zelle zu Zelle geschmuggelt. So konnte sie mit den Frauen in den Todeszellen ein wenig in Kontakt bleiben. Einmal schickten sie ihr von dort eine Extraration Brot herauf. Es war sogar noch ein zweites Brot dabei.

„Warum? Von wem?“, fragte Leni.

Katharina Odwody war Betriebsrätin bei Ankerbrot gewesen, Anna Muzik hatte bei Brown Boveri gearbeitet. Nach 1934 waren sie in den Widerstand gegangen. Nun gingen sie zur Hinrichtung. Leni und Anni aßen ihr Brot.

Eine Postkarte von zu Hause kam an. Nicht ein Wort war darauf zu entziffern, die Zensur hatte alles bis zur Unleserlichkeit durchgestrichen. Aber Leni erkannte Nanes Schrift an der Adresse. Sie küsste die Buchstaben. Nanes Hände hatten diese Karte gehalten, diese Marke darauf geklebt. Sie sah sie vor sich, wie sie an ihrem Küchentisch saß, den Tintenblei abschleckte und nachdachte, was sie ihrer Magdalena schreiben sollte. Leni, *kedveském*, hast du die Wäsche bekommen? Sei ordentlich und brav und vergiss nicht auf dein Abendgebet.

Wieder und wieder küsste Leni die Postkarte, bis das Papier sich wellte und die Schrift nicht mehr zu lesen war. Die schwarze Farbe der Zensurbalken schmeckte nach Asphalt. Sie ersuchte um Schreiberlaubnis. Lange überlegte sie, was sie antworten sollte. In Gedanken übte sie, wie viele Zeilen sie auf der Karte unterbringen konnte, denn sie hatte kein überflüssiges Stück Papier zum Ausprobieren. Schließlich schrieb sie:

„Leider habe ich Deine Zeilen nicht lesen können, liebste Nane. Es geht mir den Umständen entsprechend. Ich habe sehr weinen müssen um die liebe Schwester Restituta. Sie hat uns allen geholfen mit ihrem medizinischen Wissen und war für jeden von uns da. Jetzt ist sie im besseren Leben. Ich hoffe, ich kann Dich bald wieder in die Arme schließen. In immerwährender Liebe Deine Enkelin Magdalena Tomić."

*

„Der Herbst ist ja schon da", sagte Anni Gräf zu Leni.

Es war Oktober und sie trafen sich beim Spazierengehen im Hof. Diesmal war Anni nicht zum Scherzen zumute. Sie gingen nebeneinander her und hielten sich fest an den Händen.

„Wenn der Winter kommt, gibt es mich vielleicht nicht mehr."

„Kopf hoch, Anni!", antwortete Leni energisch. „Merkst du nicht, es geht schon zu Ende!"

Als Schutzhäftling durfte sie immer noch den „Völkischen Beobachter" lesen.

„Es wird nicht so schlimm werden. Das Zuchthaus überstehen wir. Es kann nicht mehr lang dauern."

Annis Verhandlung stand unmittelbar bevor. Sie ließ sich keine Nervosität anmerken, nur an ihren Händen merkte Leni, wie es ihr ging.

„Ich glaube nicht", antwortete Anni nach einer Weile, während sie unaufhörlich rastlos mit ihren Fingern spielte. „Ich bin ein Köpfler."

Sie sagte es so ruhig und gewiss, dass Leni nicht zu widersprechen wagte.

12. Oktober 1943. Anni bekommt das Urteil. Sie hat es gewusst. Jetzt muss sie in die Todeszelle, zusammen mit ihr die Poldi und die Trude. Anna Gräf, Leopoldine Sika und Trude Müller, drei Mitglieder der Kommunistischen Jugend. Flugblätter haben sie verteilt. „Mit defätistischem Inhalt" steht in ihren Anklageschriften. Die Anni und die Poldi waren noch minderjährig bei der Verhaftung. Aber der Staatsanwalt will ihre Köpfe. Achtzehn Jahre und fünf Monate ist der bisher jüngste Hingerichtete im Landesgericht. Er hat seinen Onkel, einen untergetauchten Widerstandskämpfer, im Wald getroffen und ihm Zigaretten geschenkt. Das genügt dem Gericht für ein Todesurteil.

Manchmal gelang es Leni, noch ein paar Worte mit Anni und ihren Schicksalsgenossinnen zu wechseln. Wenn sie vom Gefängnishof zurückkam und an den Todeszellen vorbeigeführt wurde, schlug sie mit der Faust an die Tür und rief:

„Kopf hoch! Denkt daran, es dauert nicht mehr lang!"

Ihre Stimme klang stark und zuversichtlich, aber es drehte ihr das Herz im Leib herum. Wie mussten die sich fühlen da drinnen? Jedes Mal, wenn die Aufseherin aufsperrte, konnte das Warten zu Ende sein. Meist blieben die Verurteilten drei Monate in der Zelle. Sie sollten genügend Muße haben, sich ihr Sterben auszumalen. Wen sie im Leben zurückließen und wem sie mit ihrem Tod das Herz brachen. Der Mutter, der Schwester, dem Liebsten. Das war ein Teil ihrer Strafe.

Einmal wagte Leni, auf dem Rückweg vom Gefängnishof vor der Zellentür stehen zu bleiben. Wenn sie Anni doch wenigstens sehen könnte, wenn auch nur für einen Augenblick. Schnell schob sie die Abdeckung des Spions an der Tür zur Seite. Es machte ein Geräusch, ein lautes Klicken, das jedem Häftling wohlbekannt war. So hörte es sich an, wenn man beobachtet wurde. Leni drückte ihr Auge an das Guckloch. Sie sah, wie die drei jungen Frauen drinnen aufsprangen, sich an den äußersten Rand der Zelle drängten. Erschrocken fuhr Leni zurück. Sie hatte Annis Gesicht gesehen, bevor sie den Kopf abwandte, sich gegen die Mauer presste. Sie hatte für einen kurzen Moment die Angst in ihren Augen sehen können. Das hatte sie nicht gewollt.

„Was sind denn das für Tanz'!", kreischte hinter ihr die Oberaufseherin Steiner auf. „Geht's dir nicht schnell genug, bis du selber da landest, was?" Sie packte Leni an der Schulter und riss sie herum. „Ab zum Strafrapport!"

Sie stieß Leni vor sich her zum Büro der Oberaufsicht. Obdulovac hieß die Chefin der Steiner.

„Was ist los?“, fragte sie.

„Dieses Schwein weidet sich am Unglück der Todeskandidaten!“, berichtete die Steiner mit triumphierendem Grinsen.

„Kennst du jemanden da unten?“, fragte die Obdulovac, nachdem die Aufseherin den Raum verlassen hatte.

„Ja.“

„Von der Freiheit?“

Leni blickte nicht einmal auf. Sie kannte die Fallen von den Gestapoverhören. Unentwegt versuchten die Beamten, etwas über ihre Komplizen draußen auszuschnüffeln.

„Nein. Aus der Schiffamtsgasse“, antwortete sie.

Einige Sekunden blieb es still. Dann räusperte sich die Frau hinter dem Schreibtisch.

„Strafen muss ich dich“, sagte sie. „Drei Tage Korrektion.“

Das hieß drei Tage im Keller bei Wasser und Brot. Damit schickte sie Leni in ihre Zelle zurück.

Doch es geschah nichts, die Strafe wurde nicht vollzogen. Nicht einmal die Gestapo erhielt eine Meldung des Vorfalls. Schlimmer als jede Strafe war ohnedies die Erinnerung. Annis vor Schreck geweiteter Blick, bevor sie sich zur Wand gedreht hatte. Er verfolgte Leni bis in den Schlaf.

Am Abend hängte sich Leni ans Fenster und spielte Zeitung. Stalingrad ging schon den Bach runter. An der Afrikafront stand es schlecht für Hitler. Natürlich log der „Völkische Beobachter“ jede Niederlage in einen Sieg um, aber das Volk wusste zwischen den Zeilen zu lesen. Lenis politische Bildung hatte im Gefängnis rapide Fortschritte gemacht. Sie kannte sich aus.

Die Mauer des Innenhofs warf den Schall zurück. Man konnte ihre Stimme bis ins Parterre hören. Sie hoffte, dass die Zeitungsnachrichten den Hoffnungslosen da unten ein wenig Trost schenkten.

Auf einem Kassiber las sie die Nachricht, dass ihr Onkel Willi im Landesgericht I einsaß.

„*Bog*, Maierhofer! Hallo!", rief sie ihn durch das Fenster auf Kroatisch an, seinen Namen und den Hausnamen in seinem Heimatdorf.

Sie bekam keine Antwort. Oder hörte er sie nicht? Denn anders als die weiblichen Gefangenen waren die Männer auch in ihren Zellen gefesselt, sie konnten nicht zum Fenster gehen.

Der Nachrichtendienst funktionierte auch umgekehrt. Am Dienstag und am Freitag nach den Hinrichtungen riefen die Frauen von unten die letzten Grüße an die Hinterbliebenen hinauf. Dann wussten alle, wer an dem Tag geköpft worden war.

Am 11. Januar 1944 war Anni an der Reihe. Sie ging mit Poldi und Trude. Als sie aus der Zelle geholt wurden, sagte sie zu ihren Kameradinnen: „In ein paar Minuten sind wir wieder auf der Himmelstraße beisammen."

Die Aufseherin, die zur Begleitung eingeteilt war, trug ihre letzten Worte weiter, bis alle es wussten. Als wäre der Tod ein Spaziergang, so ruhig war die kleine Anni Gräf zum Schafott gegangen. Im März wäre sie neunzehn geworden.

Am Abend drang die Todesnachricht bis zu Leni vor. Sie begann zu weinen, sie weinte und weinte und konnte nicht wieder aufhören. Sie dachte an die zwei Frauen, die vor der Hinrichtung ihre Brotration verschenkt hatten.

„Weil ihr sollt leben, wir brauchen es nicht mehr."

Und jetzt ging Anni mit ihnen auf der Himmelstraße. Wie sollte Leni es allein aushalten?

Zwei Tage später begann es zu schneien. Leni hing am Fenster und schaute den Flocken zu. Wo kamen sie hin, die armen, verstümmelten Körper, nach der Hinrichtung? Wo waren die Anni, die Poldi, die Trude begraben? Der Schnee deckte jetzt ihre Gräber zu.

*

Drei Monate fehlten noch bis zu ihrer Verhandlung. Sie schleppten sich lang und schwerfällig hin, die Tage, so dunkel, nicht ein Sonnenstrahl, über Wochen, der Himmel ohne Farbe, Schnee fiel und dann Regen und wieder Schnee. 5 März 1944. Nun war sie achtzehn. Niemand gratulierte ihr zum Geburtstag. Niemand hatte ihr eine Karte geschrieben. Aber ja, natürlich hatte Nane geschrieben, redete sich Leni zu. Sie durfte nicht den Mut verlieren. Jetzt, wo bald die Verhandlung kam, musste sie an den guten Ausgang glauben. Sollte sie ihnen den Gefallen tun, freiwillig zu sterben? Ihnen, die Tag für Tag so viele Unschuldige töteten! Nein.

Lenis Prozess war für den 16. April 1944 angesetzt. Zum Transport in den Justizpalast legten ihr die Polizisten Ketten an. Einen Augenblick, bevor sie ins Auto geschoben wurde, sah sie den weiten Himmel über sich. Hellblau, mit weißen Wölkchen betupft, blasse Sonnenstrahlen. Frühlingslicht. Der grüne Heinrich brachte sie zum Gerichtsgebäude, zusammen mit anderen Häftlingen, aber keine gehörte zu ihrer Gruppe.

Leni sah die prunkvolle Halle, roten und weißen Marmor, die hohe Gestalt der Justitia mit den verbundenen Augen im Stiegenhaus. Später, wenn das, was hier geschah, Vergangenheit geworden sein würde, wer würde dann erfahren, dass sie keine Verbrechen begangen hatte, dass sie zu Unrecht vor Gericht gestanden war, wer würde ihr Glauben schenken?

Die eisernen Ketten rasselten bei jedem ihrer Schritte, das Geräusch hallte von den steinernen Wänden wider. Es klang wie früher, wenn sie als Kinder vom Krampus erschreckt worden waren. Erst im Gerichtssaal nahmen sie ihr die Fesseln ab.

Der Sechste Senat verhandelte ihre Anklage. Das war ein beruhigendes Gefühl, denn anders als der Fünfte Senat verhängte er selten Todesurteile, sondern meist Zuchthausstrafen. Ein Mann nahm wortlos neben ihr Platz. Er warf den Akt auf den Tisch, blätterte ihn durch und pfiff dabei missmutig durch die Zähne. Erst danach warf er ihr einen flüchtigen Blick zu.

„Ich bin Doktor Lachner, Ihr Verteidiger“, sagte er.

Leni ahnte sofort, dass von ihm keine Hilfe zu erwarten war.

„Die Angeklagte ist mit größter Härte zu bestrafen!“, rief der Staatsanwalt in den Saal. „Ihr Onkel, ein gewisser Maierhofer, ist bereits hingerichtet worden. Eine feine Sippschaft! Der Apfel fällt nicht weit vom Stamm.“

Leni schrak auf. Der Onkel hingerichtet! Deshalb hatte er nicht auf ihr Rufen geantwortet. Und niemand hatte ihr die Todesnachricht überbracht!

Leni wusste, dass das deutsche Gesetz nicht nur den Verurteilten strafte, sondern auch seine Verwandten. „Sippenhaftung“ hieß das. Sie wandte sich ihrem Anwalt zu. Er schaute in die Luft und schwieg. Vielleicht war er mit seinem Kopf schon ganz woanders.

Sie hob die Hand, aber niemand beachtete sie.

„Ich bin mit meinem Onkel gar nicht blutsverwandt!“, unterbrach sie den Staatsanwalt.

Der starrte wütend auf sie herunter. Er suchte nach einem vernichtenden Satz, aber da mischte sich der Richter ein.

„Herr Staatsanwalt, wollen Sie dieses junge, unschuldige Geschöpf wirklich hinter Zuchthausmauern stecken?“, fragte er. Sein Blick umfasste dabei kurz Lenis Gestalt, ein ungewohnt menschlicher Blick. In dieser Uniform der Unmenschlichkeit, dem Talar des Nazirichters, rührte sich scheinbar so etwas wie Mitgefühl.

Der Staatsanwalt geiferte: „Unschuldig, ha! Jung ja, aber unschuldig ist die nicht! Das Gaunerliebchen!“

Jetzt kam der Walter Suchanek zur Sprache und Lenis Verhältnis mit ihm. Dass er der Grund für ihre Verirrtheit und Verstocktheit war. Sie hatte sich in den Mann verliebt und tat, was er ihr auftrug. Aus sexueller

Hörigkeit. Leni kannte das Wort nicht, wusste aber instinktiv, dass es nichts Gutes bedeuten konnte. Aber was sollte es denn überhaupt bedeuten, wenn es den Walter Suchanek gar nicht gab? Warum sollte sie sich schämen und über die gemeinen Anschuldigungen kränken, wenn doch alles nur erfunden war? So tröstete sie sich und erwiderte den langen, fragenden Blick des Richters, ohne wegzuschauen. Er schüttelte unwillig den Kopf, als der Staatsanwalt von Neuem härteste Bestrafung forderte. Er sprach sie nicht frei, aber er rettete ihren Kopf.

Jugendgefängnis. Zwei Jahre, durch die Untersuchungshaft fast schon verbüßt. Es war vorbei.

„Siehst, jetzt kannst du nach Hause gehen, Menscherl." Der Gestapobeamte, der hinter der Anklagebank stand, grinste.

Leni zuckte nur die Achseln. „Das glauben Sie doch selber nicht."

Gerettet, aber sie ahnte, das bedeutete nicht Freiheit.

Der grüne Heinrich fuhr sie ins Landesgericht zurück. Der zweite Häftling im Wagen strahlte über das ganze Gesicht. „Drei Jahre hab' ich bekommen", sagte er zu Leni. „Und du?" Er hieß Bubenik.

„Zwei."

Er sah sie prüfend an. „Würdest du, falls sich die Gelegenheit ergibt, jemandem, der mir sehr am Herzen liegt, eine Botschaft überbringen?"

Leni nickte.

In der Zelle packte sie ihre Habseligkeiten in eine alte Zuckerschachtel. Während ihrer Gerichtsverhandlung war eine Neue gebracht worden, ein Mädchen in ihrem Alter.

„Wer bist du?“, fragte Leni.

„Ich heiß’ Elfi, Elfi Schön. Wir haben den Vikerl Lazar, den Fallschirmspringer, versteckt, der Vater und ich. In Lichtenbach, da, wo wir daheim sind. Dafür haben s’ uns eingesperrt.“

Lazar, den Namen hatte Leni schon gehört. Es fiel ihr ein. „Das ist der, den die Gestapo so geschlagen hat, dass dem Badewaschl bei seinem Anblick schlecht geworden ist.“

„Ja, der“, nickte Elfi. „Der ist auch aus Lichtenbach.“

Leni gab Elfi die Hand. „Wer weiß, ob wir uns noch einmal sehen. Aber wenn wir es überstehen, dann komm’ ich dich besuchen in Lichtenbach, das versprech’ ich dir.“

*

Bis Juni 1944 war Leni wieder in der Liesl inhaftiert. Als sie zum Gangaufwaschen eingeteilt war, kam der Gestapobeamte Schiller vorbei.

„Ach, da schau’ ich ja!“ Seine Stimme drang ihr wie ein Messer in den Kopf. „Ist das Luder schon wieder da. Na, wir werden schon den richtigen Platz für dich finden. Hier ist keine Schweinemastanstalt!“

Der Platz, an den man sie brachte, hieß Oberlanzendorf, nahe bei Wien. Ein Arbeitserziehungslager für Jugendliche. Das Lager bestand aus zwei Teilen, eines für die Frauen, eines für die Männer. Leni arbeitete auf beiden Seiten. Vierzig SS-Männer, dazu eine Gruppe, „Pudelhaubendeutsche" genannt, es waren Rumänen, die ein seltsames Deutsch sprachen. Jeden Tag putzte Leni vierzig Paar Stiefel, machte den Waschraum sauber und die Klos, wischte die Böden auf. Die Arbeit machte ihr nichts aus. Und die SSler waren nicht unfreundlich. Einmal kam ein Junger zu ihr und hielt ihr ein Paket hin.

„Da, nimm. Für dich. Schenk' ich dir."

Ein Stück Speck war in das Papier gewickelt. Verlockend stieg Leni der Duft in die Nase. Ihr Magen zog sich zusammen. Im Lager gab es nur morgens und abends eine kalte Mahlzeit, gekocht wurde nicht. Sie hatte Hunger, Hunger die ganze Zeit. Aber schnell, bevor die Versuchung sie schwach werden ließ, schüttelte sie den Kopf.

„Warum nicht?"

Leni presste die Lippen zusammen und drückte sich an ihm vorbei. Sie fürchtete sich. Im Lager gingen grauenhafte Dinge vor sich. Nicht mit Leni. Aber sie hörte, sie sah. Von einem SS-Mann konnte sie kein Geschenk annehmen.

Im Frauenlager lebten Griechinnen, Zwangsarbeiterinnen vermutlich, die kein Wort Deutsch verstanden. Einige von ihnen erwarteten Kinder. Bei einer Frau setzten die Wehen ein. Vor der Niederkunft brachte die Aufseherin eine Schere und ein Stück Verbandsstoff. Mehr

Hilfe gab es nicht. Die Häftlinge halfen der Gebärenden. Auch Leni, bei vier Geburten war sie dabei.

Die Neugeborenen durften nicht bei ihren Müttern bleiben. Über Nacht verschwanden sie auf Nimmerwiedersehen. Starben sie? Wohin wurden sie gebracht? Es gab niemanden, den sie fragen konnte. Sie hätte auch keine Antwort bekommen. So viel war ihr widerfahren, zwei Jahre lang, in denen sie nur ihren sommerduftenden Traum von Nane hatte und den anderen, wo ihre Mutter sie an der Hand hielt. *Guter Mond, du gehst so stille*, das Lied, mit dem sie sich in der Nacht in den Schlaf wiegte. Sie hatte die köstliche Erleichterung der Urteilsverkündung erfahren, gerettet, den Hals gerettet. Es war schlimmer, viel schlimmer gewesen in der Liesl, vier Wochen Einzelzelle, der Schinderhannes Schiller, der sie beim Verhör erwartete. Der sich nichts daraus machte, Menschen zu Brei zu schlagen. Malis zahnlose Mundhöhle, das schwarze Entsetzen, das sie überfallen hatte. Und doch, sie hielt es nicht aus hier. Die Stummheit lag wie ein dickes Kissen auf ihrem Mund. Sie erstickte daran.

„Ich möchte den Herrn SS-Oberen sprechen", bat sie den Mann, der ihr den Speck angeboten hatte.

„Wozu, was gibt's?"

„Weg will ich, ich kann nicht mehr."

Er führte sie zu seinem Vorgesetzten. Da glänzte das Gold an den Epauletten, ein Major war das oder ein Oberst, ein hohes Mördertier jedenfalls.

„Bitt' schön, ich bin ein politischer Häftling", Leni nahm ihren ganzen Mut zusammen. Wenn er sie nun einfach auslachte und ihr den Stiefel ins Gesicht warf, wie der Schiller? Aber er zog nur eine Braue hoch und hörte zu.

„Ich warte anscheinend auf meinen Schutzhaftbefehl. Ich möchte zurück. Ich kann mich hier mit niemandem verständigen."

„Wie heißen Sie?"

„Magdalena Tomić."

„Sind Sie Deutsche?"

„Ja." Österreicherin zu sagen, traute sie sich nicht.

Er schrieb ihren Namen auf. Dann nickte er ihr zu: „Sie können gehen. Der Fall ist erledigt."

Der junge SS-Mann erwartete sie vor der Tür. Er gab ihr einen Stift und ein Stück Papier. „Ich bekomme am Wochenende frei. Wenn du willst, kann ich einen Brief für dich abgeben."

Leni überlegte nicht lange. „Kommt am Sonntag um zwei Uhr zum Bach, dann können wir uns sehen", schrieb sie und die Adresse dazu. Der SS-Mann nahm den Zettel wortlos an sich.

Der Bach bildete die Grenze des Arbeitserziehungslagers. Jeden Sonntag durften die Häftlinge dort spazieren gehen. Durch den Stacheldraht sah man auf die andere Uferseite. Bei schönem Wetter beobachtete Leni oft Ausflügler, die am Wasser entlangspazierten. Am folgenden Sonntag wollte die Zeit bis Mittag nicht vergehen. Ob der Mann sein Versprechen gehalten hatte? Er war ihr seitdem nicht wieder begegnet. Aufgeregt lief sie zur verabredeten Uhrzeit an den Bach hinunter. Schon von Weitem entdeckte sie die zwei Gestalten am anderen Ufer. Vater und Nane waren wirklich gekommen! Leni stand still und sah zu ihnen hinüber. Aus Angst, man könnte auf sie aufmerksam werden, wagten sie keinen Ruf. Nur ihre Augen erzählten. Nachdem ihn die Gestapo vorgeladen hatte, war Jakob Tomić nicht mehr zu seiner Einheit in Odessa zurückgekehrt. Mehr wusste Leni nicht, aber er musste in der Nähe von Wien stationiert sein, sonst hätte er nicht so schnell nach Oberlanzendorf kommen können. Nane sah aus wie immer. Sie lächelte, als Leni die Hand hob und ihr winkte, nur ganz kurz, damit es niemand sah und sie verriet. Einige Minuten verstrichen, bis wieder ein Spaziergänger vorbeikam. Vater und Nane grüßten und sie gingen wie Leni langsam, jeder auf seiner Bachseite, weiter, durch das träg fließende Wasser und durch den Lagerzaun getrennt. Am Ende des Weges kehrten sie um und spazierten dieselbe Strecke zurück. Dann musste Leni wieder in den Block. Sie warf ihnen einen letzten Blick zu, bevor sie sich abwandte.

„Es ist kein Abschied für immer. Wir werden uns wiedersehen!"

Nur wenige Tage später trat sie den Rückweg nach Wien an, wo sie in der Liesl mit großem Hallo empfangen wurde.

„Das ist aber schnell gegangen, da hätten wir uns gar nicht so großartig verabschieden müssen!", rief Elfi Schön schnoddrig, aber die Freudentränen liefen ihr dabei über die Wangen.

Elfi saß in der Nebenzelle, zusammen mit Paula und Ludmilla Lazar, der Schwägerin und der Mutter des Fallschirmspringers Viktor Lazar. Wie Elfi waren sie Sippenhäftlinge. Das Wiedersehen dauerte nur eine kurze Zeit.

„Hast gehört?“, flüsterte die Fazi am nächsten Morgen. „Auf den Hitler haben s’ ein Attentat verübt! Aber er lebt.“

Und dann, noch leiser, nahe an Lenis Ohr: „Den Hundling muss der Teufel selber erschlagen.“

Das war der 20. Juli 1944. Im Gefängnis herrschte Hochbetrieb. Neue Häftlinge wurden eingeliefert. Andere kamen auf Transport. Darunter die Frauen aus Lenis Nebenzelle, Elfi Schön, Paula und Ludmilla Lazar.

Am Abend kletterte Leni zum Fenster hinauf und rief wie gewohnt die Schlagzeilen des „Völkischen Beobachters“ oder andere Nachrichten in den Hof. Einmal suchte eine Frau ihren Mann, der Peter Puxbaum hieß. Übermütig rief Leni in den Hof: „Wo ist der Peter Purzelbaum?“

Ein Stockwerk unter ihrer Zelle saß eine Sozialistin, die zur Gruppe des Juliputschs gehörte. Lenis Meldungen passten ihr nicht. „Hör schon auf!“, schrie sie. „Kann die nicht endlich eine Ruhe geben, das stört ja!“

Floßmann hieß sie, erfuhr Leni und angeblich hatte sie der Gestapo einen Handel angeboten: „Helft uns jetzt, dann helfen wir euch nach dem Krieg.“

Leni glaubte es nicht, bis eines Tages der Gestapomann, der sich Schiller nannte, auftauchte und die Floßmann aus ihrer Zelle holte.

„Gnädigste, Sie wollten zum Friseur.“ War das eines seiner sadistischen Spielchen, eine Verhöhnung?

Aber dann kam die Frau zurück, schön frisiert! Es stimmte also wirklich.

Noch ein Sommer im Gefängnis verging. Auf Wien fielen Bomben, jeden Tag, jede Nacht. Im September stand schließlich auch Lenis Name auf der Liste der Transporthäftlinge.

„Wohin bringt ihr uns?“, fragte sie.

„Berlin“, sagte die Aufseherin. Zusammen mit der Zuckerschachtel, in der sich ihre Kleider befanden, übergab sie Leni ihren Schutzhaftbefehl.

4. Kapitel

Der Weg führte über Brünn, wo die Franziskanernonne Helene Kafka auf die Welt gekommen war, und von dort nach Görlitz, aber davon bekam Leni nicht mehr zu sehen als den Namen der Bahnstation, dann ging es weiter nach Berlin.

„Alex", hieß es. „Jetzt kommen wir zum Alex."

Dort, auf dem berühmten Alexanderplatz, befand sich das Gestapogefängnis.

„Na, dann sind wir gespannt wie die Regenschirme", meldete sich eine spöttische Stimme in breitem Wienerisch aus dem Hintergrund.

„Gibt's das?" Sie klang wie die Friedl Sedlacek, die Leni aus der Schiffamtsgasse kannte.

„Leni?"

Es war wirklich Friedl! Jetzt, wo es zu spät war, dachte Leni, dass Oberlanzendorf doch nicht so schlimm gewesen war. Dort hatten sie der Hunger und die Einsamkeit gequält, aber hier konnte sie jeden Moment tot sein, Berlin wurde Tag und Nacht bombardiert. Das allein hätte genügt zu verzweifeln, aber der Alex unterschied sich dazu noch gewaltig von den österreichischen Gefängnissen.

„Ich bin schon eine Häfenexpertin", sagte Friedl. „Aber das schlägt alles, was ich bisher gesehen hab'."

In den engen, finsteren Zellen waren fünfzehn, in manchen sogar zwanzig Frauen zusammengepfercht. Es gab kein Klosett, nur einen stinkenden Kübel mit einem Deckel, auf dem alle nacheinander ihre Notdurft verrichten mussten.

„Wisst ihr, was wir zu so was in Wien sagen? ‚Marmeladkübel'!"

Der Kübel blieb den ganzen Tag über in der Zelle. Erst am nächsten Morgen durfte ihn ein Häftling hinaustragen und leeren.

Dafür, damit tröstete sich Leni, lernte sie auf dem Alex die höchsten politischen Funktionärinnen kennen, die hier seit dem Hitlerattentat eingesperrt waren. Rosa Thälmann, die Frau des deutschen Kommunistenführers Ernst Thälmann, und viele andere Trägerinnen bekannter Namen. Alle erwartete der Transport nach Ravensbrück.

Leni dachte über das Wort „Konzentrationslager" nach. Schon 1938 hatte es geheißen: „Pass auf, sonst landest du in Dachau!" oder „Der gehört ja ins KZ". Man hatte sich denken können, dass einem dort nichts Gutes bevorstand. Arbeitslager, um die Leute zu erziehen. Aber es kursierten auch andere Geschichten, Gerüchte. Dass es Orte gab, wo man nicht lebend davonkam. Schnell schob sie den Gedanken weg. Sie durfte sich nicht fürchten.

„Wir sind das Bauvolk der kommenden Welt, wir sind der Sämann, die Saat und das Feld." Sie sang, tonlos mit zusammengebissenen Zähnen.

*

In Fürstenberg war Endstation. Es nieselte, als sie ankamen, über dem Bahnhof hingen nasse Nebelschwaden. Die SS-Frauen stießen sie vorwärts. Derbe Weiber in grauen Mänteln mit hohen Stiefeln, an ihrer Seite Wolfshunde. Dreizehn Häftlinge waren sie, elf deutsche Kommunistinnen „und wir zwei Nixerln", wie Leni zu Friedl Sedlacek sagte.

„Ab jetzt geht's zu Fuß weiter", kündigte Friedl an.

„Woher weißt du das?"

Friedl zuckte nur die Achseln. Aber es stimmte. Die Hunde knurrten, wenn eine der Frauen ihnen, vor Müdigkeit taumelnd, zu nahe kam. Leni spürte den heißen Atem der Tiere an ihren Waden vorüberstreifen. Sie zitterte vor Angst bei der Vorstellung, dass sie von den scharf abgerichteten Bestien gejagt würde.

„Halt!", brüllten jetzt die Aufseherinnen.

Sie standen auf einer Straße, die von einer hohen Mauer gesäumt war. In einiger Entfernung konnte Leni schemenhaft Baracken ausnehmen.

„Wir sind im Totengang." Friedl zeigte auf die Mauer. „Schau, dort oben. Das ist die SS-Wachmannschaft, da kommt keiner rüber."

Sie kannte sich aus, aber als Leni nachfragte, gab Friedl wieder keine Antwort.

Der Boden war von einer groben schwarzen Schlacke bedeckt, einer Art feinem Kies. Was immer es auch war, das ekelhafte Zeug blieb an allem haften, was damit in Berührung kam. Darauf mussten sie sich samt ihrem Gepäck hinlegen, auf die nackte, nasse Erde.

„Und jetzt?", fragte Leni die Friedl.

„Nix, warten."

Als es dunkel wurde, hörte Leni leise Schritte kommen.

„Ist eine Österreicherin da?"

„Ja, hier, zwei ", flüsterte Friedl.

Eine Frau beugte ihren Kopf über sie. „Ich bin die Poldi."

„Servus Poldi."

„Jessas, die Sedlacek, bist du auch wieder da. Wie's falsche Geld, das wird man auch nicht los."

„Ja, leider." Friedl lachte leise. „Das ist die Leni. Eine von uns."

Die Frau berührte Lenis Schulter. Es war zu dunkel, um ihr Gesicht erkennen zu können. „Servus. Hast du Wertsachen?"

Hier war beinahe alles eine Sache von Wert, erfuhr Leni, nicht nur Geld und Schmuck, sondern auch die Zahnbürste, die Seife, der Kamm.

„In der Früh kommen sie und nehmen euch alles ab."

„Du kannst ihr vertrauen", sagte Friedl, weil Leni zögerte.

Noch einmal spürte sie Poldis Hand auf ihrem Arm. „Damit du es weißt, wir Österreicherinnen halten zusammen. Da gibt es keine Ausnahme. Rotweißrot!"

Leni holte ihren Kamm hervor. Poldi nahm ihn entgegen. So schnell wie sie gekommen war, verschluckte die Dunkelheit sie auch wieder. Leni wollte sich nach Friedl umdrehen, um sie zur Rede zu stellen, aber plötzlich überfiel sie die Müdigkeit mit solcher Gewalt, dass sie ihren Kopf nicht länger aufrecht halten konnte. Sie schlief auf der Stelle ein.

Als sie die Augen wieder aufschlug, war schon Tag. Regen fiel vom Himmel und verwandelte die schwarze Schlacke in einen schmierigen Sumpf. Frauenstimmen zählten monoton. Leni sah sie in langen Reihen Appell stehen. Eine Gruppe löste sich aus der Menge und eilte im Marschschritt vorbei. Ein übler Geruch wehte von ihnen herüber, nach ungewaschenen Körpern und verfaulten Zähnen.

„Aufstehen, abtreten!“, befahl die herrische Stimme der SS-Aufseherin mit ihrem Wolfshund. „Möchte wissen, warum sie so ein Federlesen machen mit denen“, knurrte sie. „Ich tät’ kurzen Prozess machen mit dem roten Gesindel.“

Sie führte die dreizehn Frauen zu einer lang gestreckten weiß gestrichenen Baracke, vorbei an einer Mauer mit Gitterstäben.

„Das ist der Bunker“, sagte Friedl leise.

„Du warst also schon da. Und warum hast du kein Wort darüber verraten?“

„Weil du noch früh genug erfährst, was hier los ist.“

Der Schutzhaftlagerführer, ein hoher SS-Offizier, nahm sie in Empfang. An seiner Seite stand eine junge Frau mit blondem Haar, blauen Augen, rosigen Wangen, so hübsch wie die Fee aus Lenis Märchenbuch. Namentlich wurden die elf Frauen vor ihnen aufgerufen: Maria Eckerts, Rosa Thälmann, Elisabeth Boulanger, sie alle waren, wie Leni auf dem Alex erfahren hatte, bis 1933 deutsche Reichtagsabgeordnete gewesen. Der Offizier redete höflich mit jeder von ihnen, auch Leni, die als Letzte dran war, sprach er zu ihrer Überraschung mit Sie an:

„Warum sind Sie da?“

„Wegen politischer Betätigung.“

Er musterte sie, überrascht über Lenis entschiedenen Ton. Sie hatte sich, während sie den Gesprächen mit den Kommunistinnen zuhörte, überlegt, was sie, sollte sie jemand fragen, antworten wollte.

„Und haben Sie sich schon geändert?"

Leni nahm stramme Haltung an: „Herr Schutzhaftlagerführer! Wenn drei Jahre dazu da sind, einen Menschen zu ändern, dann habe ich mich geändert."

Sie war sehr stolz auf diesen Satz. Da sah sie die schöne Blondine auf sich zukommen. Sie schlug Leni mit aller Kraft ins Gesicht. Dornröschen, das ist die dreizehnte Fee, dachte Leni. Sie senkte die Augenlider, damit man ihre aufsteigenden Tränen nicht sah.

„Sprechen Sie noch eine Sprache?", fragte der Offizier ruhig, als wäre nichts geschehen.

„Kroatisch und ungarisch."

Darauf nickte er der Frau an seiner Seite zu. „Aha! Die kann sich mit den Tschechinnen messen."

Was bedeutete das? Leni hütete sich, zu fragen.

Sie musste ihren Schutzhaftbefehl abgeben. Leni kannte jedes Wort auf dem großen roten Papier auswendig. Der erste Schutzhaftbefehl, vor ihrer Verurteilung, hatte gelautet:

„Sie gefährdet durch ihr Verhalten die Sicherheit des deutschen Volkes und des Staates, indem sie sich im hochverräterischen Sinn betätigt."

Er trug Heinrich Himmlers Unterschrift. Nun, auf dem zweiten, hieß es:

„Nachdem sie Anlass gibt, sich weiterhin im hochverräterischen Sinn zu betätigen, wird sie bis auf Weiteres in Schutzhaft behalten." Unterschrieben von Ernst Kaltenbrunner.

Bis auf Weiteres. Keine Zeitangabe. Wie lange würde es dauern? Daran wollte Leni nicht denken. Weitergehen, nicht hinschauen auf die Elendsgestalten, die gerade in der Kolonne zum Arbeitsdienst marschierten. Einen Schritt nach dem anderen setzen, nicht zurückschauen, nicht grübeln. Sie wurden zum Baden geführt.

„Ausziehen!"

Ein Haufen SS-Bürschchen lungerte in dem großen, gekachelten Raum herum.

„Schuhe auch! Unterwäsche, hopp, hopp!"

Sie mussten ihre Kleider abgeben, splitternackt an den glotzenden Männern vorbei unter die Dusche gehen. Schnell, das Wasser war kalt, kein Tuch zum Abtrocknen.

Auf dem Boden lag ein Berg Kleidungsstücke, daneben einer mit Unterhemdchen. Dort holte sich jede von ihnen etwas zum Anziehen. Zum Aussuchen war keine Zeit. Leni erwischte ein Dirndl mit kurzen Ärmeln. Es war so eng, dass sie nur mit Mühe hineinschlüpfen konnte. Der Rock bedeckte kaum ihr Hinterteil. Vergeblich suchte sie in den Kleiderhaufen nach einer Unterhose für ihre Blöße.

„Na, du schaust liab aus." Friedl grinste. „Ein Faschingsgewand ist nix dagegen!"

„Sei froh, dass du keinen Spiegel hast", entgegnete Leni schlagfertig. „Wir sind zwei richtige Schmuckstückln!"

„Schuhe ausfassen!", hieß es nun. Da war ein dritter Haufen. Holzpantinen, nach holländischer Art vorne aufgebogen. Anderes Schuhwerk gab es nicht.

Die Holzpantoffeln schmerzten. Leni rutschte in ihnen herum, bei jedem Schritt schlugen sie hart gegen ihre Fußsohle. Aber es war keine Zeit zum Klagen.

„Zur Leibesvisitation!", schrie eine Aufseherin.

Sie stolperten weiter. Die SSler gingen feixend neben ihnen her.

„Na schau dir mal die Beene an, die zeigt sie bis zum Arsch hinauf!"

Brüllendes Gelächter. Wenn sie nur gekonnt hätte, wie sie wollte. Dem Rotzbuben eine auf sein freches Maul geben, wie er es verdiente!

Eine Hebamme erwartete sie, mit dem grünen Winkel der Berufsverbrecherinnen.

„Alle Hebammen hier haben den grünen Winkel", flüsterte ihr Friedl zu. „Sie sind im Lager, weil sie beim Abtreiben geholfen haben."

Jeder Häftling bekam bei der Ankunft in Ravensbrück ein Abzeichen. Rot war der Winkel für die Politischen, grün für Kriminelle, schwarz für Asoziale, lila für die Bibelforscherinnen.

Die Hebamme bei der Leibesvisitation war allen verhasst. Sie warf die Frauen über den Untersuchungstisch, riss ihnen die Beine auseinander, bohrte ihre Finger in die intimsten Stellen. Die derben Gummihandschuhe, die sie trug, wechselte sie während der Untersuchung der dreizehn Frauen kein einziges Mal. Wenn sich eine zu wehren versuchte, rief gleich eine Aufseherin: „Aha, die hat was zu verstecken!“

Alle hielten voller Gier nach Wertsachen Ausschau, Schmuck, Gold, Silbermünzen, einem Ehering.

Manchmal, erfuhr Leni von den Häftlingen, fand die Hebamme wirklich etwas. Da heulten die SS-Weiber triumphierend auf, sie rüttelten und schlugen die Frau, die nicht freiwillig alles preisgegeben hatte. Aber das waren nur einzelne Fälle, die Mehrzahl besaß nicht mehr als die Kleider am Leib, und selbst die hatten sie nun hergeben müssen.

Bei den dreizehn ihres Transports brachte die Hebamme nichts zum Vorschein. Beschämt und wütend verließen sie den Untersuchungsraum.

„So ein schändliches Frauenzimmer!“

Auf der Lagerstraße kam ihnen eine Frau entgegen, mit hochgezogener Schulter, schief und gebückt. Bei ihrem Anblick blieb Friedl stehen.

„Achtung!“, sagte sie zu Leni. „Du musst Sie zu ihr sagen. Und rede nur, wenn du gefragt wirst, ja!“

„Wer ist das?“, fragte Leni. Die Buckelige trug Häftlingskleidung wie alle anderen Frauen.

„Das ist die Frau Thury, die Lagerälteste.“

Inzwischen war sie schon nahe herangekommen. Sie erkannte Friedl auf einen Blick.

„Aha, die Friedl. Bist wieder bei uns.“

„Mich haben s’ ja nur wegen der Zeugenaussage nach Wien gebracht. Krieg’ ich meine alte Nummer wieder zurück?“

Thury wiegte den Kopf. „Schauen wir, was sich machen lässt." Sie ging weiter.

Leni platzte beinahe vor Neugier. „Warum kann die entscheiden, welche Nummer du bekommst?"

„Entscheiden kann sie nichts, aber die SS-Weiber sind alle miteinander deppert und faul. Die Lagerälteste sitzt neben dem Lagerkommandanten, die weiß über alles Bescheid, wenn etwas los ist, fragt er sie. Und sie erfährt deshalb auch alles sofort und kann die anderen vorwarnen."

Leni schaute der Thury nach. Nett kam sie ihr gerade nicht vor. Leni war einfach Luft für sie.

„Natürlich geht's den höchsten Häftlingen besser, die sind in Block eins, dort gibt es Waschgelegenheit und ein Klo. Jede hat ihr eigenes Bett und eine saubere Uniform."

„Und die anderen nicht?", fragte Leni bang.

Friedl sah an Leni vorbei zu den Baracken. „Wer weiß, wie es jetzt ist, ich war eine Weile nicht da."

Leni kam in den Block zwölf, wo Relly Eisner Blockälteste war. Relly wiederholte, was Leni schon in der Nacht gehört hatte: „Wir sind Österreicherinnen, wir halten hier zusammen."

Eine Frau stellte sich zu ihnen. „Da, das ist Juli Dähninger, die Stubenälteste bei uns."

„Juli?"

„Bist du die Leni Tomić?"

„Ja!"

„Ach, ihr kennt euch schon?", wunderte sich Relly. „Woher denn?"

„Nicht direkt kennen." Juli lächelte. „Aber wir haben schon miteinander telefoniert, gell, Leni?"

Sie meinte das Verständigen durch die Klomuscheln in der Schiffamtsgasse. Gesehen hatten sie einander noch nie, aber Leni wusste, dass ihr Mann, der Robert Dähninger, in Wien Polizist gewesen war und in Berlin Plötzensee am Fleischerhaken geendet hatte.

Die Frauen schenkten Leni eine Weste, Strümpfe und eine Unterhose. Es waren „organisierte" Sachen aus der Effektenkammer. Die dort arbeiteten, konnten Kleider für die Kameradinnen beiseite schaffen. Es war nicht ungefährlich. Wer erwischt wurde, erhielt fünfundzwanzig Stockhiebe. Das überstanden nur die Kräftigsten.

Jetzt machte Leni das lächerliche Dirndl schon nicht mehr so viel aus. Sie bekam eine Pritsche, auf der sie allein liegen konnte, keine Selbstverständlichkeit im überfüllten Block zwölf. Für zweihundert war er gedacht, nun drängten sich hier schon über tausend Frauen. Und jeden Tag trafen neue Transporte ein.

Um vier Uhr morgens ertönte die Sirene zum Wecken. Um halb sechs mussten sie in Zehnerreihen zum Appell antreten. Es regnete noch immer, aber der Appell fand bei jeder Witterung statt. Bis alle durchgezählt waren, vergingen zwei Stunden. Während des Morgenappells wurden die Toten aus den Baracken getragen. Sie mussten mitgezählt werden. Erst wenn die Zahl der Häftlinge stimmte, durften sie sich an ihren Arbeitsplatz begeben. Leni gehörte zur Gruppe der „Verfügbaren", die keine Arbeit hatten. An sie wurden Schaufeln verteilt. Eine Aufseherin mit Hund führte sie durch das Lagertor zu einem nahe gelegenen See. Die Erde war gelb, sandig. Dort bekamen sie den Befehl, sich in einem halben Meter Abstand aufzustellen und den Sand auf einen Haufen zu schaufeln. Bis zu Mittag schippten die Frauen den Sand auf die linke Seite, dann bis zum Abend auf die rechte Seite. Es fiel Leni schwer, nicht nur, weil die Arbeit ungewohnt war und ihre Hände bald von Schwielen bedeckt waren. Schlimmer noch war die Sinnlosigkeit zu ertragen.

„So flieg, du flammende, du rote Fahne voran dem Wege, den wir ziehn! Wir sind der Zukunft getreue Kämpfer. Wir sind die Arbeiter von Wien“, sang Leni stumm zwischen den Zähnen.

Der Vater hatte ihr das Lied beigebracht. Sie war damals noch in die Volksschule gegangen.

„Aber pst, nicht verraten“, hatte er ihr damals eingeschärft. „Das Lied ist unser Geheimnis!“

Nach zwei Tagen bekam sie ihre Häftlingsnummer und den roten Winkel der politischen Gefangenen. Relly Eisner teilte ihr als Arbeit zu, die Blockbücher zu führen. „Weißt eh“, sagte sie zu Leni, „das ist eine Schutzstellung, gib also acht, damit du nicht auffällst.“

Für jeden Block war eine Blockführerin eingeteilt, die in einer eigenen, abgeschlossenen Kammer wohnte. Sie erschien nur am Morgen, um den Zählappell abzunehmen. Für das Blockbuch war die Blockälteste verantwortlich. Sie musste die tausendachthundert, dann bald schon zweitausend Namen der Insassinnen unter Kontrolle halten. Jedes Jahr wurde das Blockbuch neu geschrieben, fein säuberlich in Schönschrift und genau nach dem Alphabet. Wer starb, der bekam ein Kreuz hinter dem Namen. Leni besaß eine regelmäßige Handschrift, aber sie langweilte sich unendlich bei den Listen und fühlte sich im Block eingesperrt.

Friedl war bei der Waldkolonne eingeteilt, die das Lager verlassen durfte. Leni wäre so gern dazugestoßen. Der zuständige Anweisungshäftling hieß Hanna Sturm, eine kroatische Burgenländerin. Sie leitete die Waldkolonne. Lenis Bitte lehnte sie ab:

„Das ist nichts für dich."

„Warum, bitte, ich möchte auch im Wald arbeiten."

„Das hört sich besser an, als es ist."

„Bitte."

„Die Arbeit ist zu schwer für dich."

Hanna kannte sich aus, sie war schon 1939 beim Aufbau von Ravensbrück dabei gewesen und vorher in der deutschen Lichtenburg. Unvorstellbare sieben Jahre Haft lagen hinter ihr. Als die Lichtenburg für die etwa zweitausendfünfhundert eingesperrten Frauen zu klein wurde, mussten sie das neue Lager aufbauen. Die Ziegel kamen über den Schwedtsee, der Ravensbrück mit Wasser versorgte. Bis zur Brust im flachen Wasser stehend, reichten die Frauen die Ziegel von Hand zu Hand weiter. So sparte sich die SS Transportkosten.

„Wenn du wüsstest, was ich gesehen hab', Kind. Aber jetzt geht alles den Bach runter, sie schaffen es nicht mehr, sie können ja nicht einmal die Kontrolle bewahren. Fragt sich nur, wie das für uns ausgehen soll, wenn die einmal das Fürchten lernen."

In der Küche arbeiteten Österreicherinnen. „Doch leider", sagte Resi, eine der Köchinnen, „eine Wiener Küche können wir euch nicht bieten." Mit dem Nachnamen hieß sie Bubinek.

„Den Namen kenn' ich", meldete sich Leni zu Wort. „Ich möchte dir eine Mitteilung machen, Resi. Dein Mann hat mir eine Botschaft für dich mitgegeben."

„Na!", rief Resi mit einer völlig veränderten Stimme. „Mein Mann? Nein, wart, bevor du redest, wer sagt denn, dass es der meinige ist."

„Beruhig dich, Resi." Leni streckte eine Hand nach der zitternden Köchin aus. „Hör doch erst einmal zu, es ist ja eine gute Nachricht! Drei Jahre hat er bekommen. Wir waren am selben Tag dran im Justizpalast, und er hat sich schon gedacht, dass sie mich nach Ravensbrück transportieren werden. Wenn du meine Frau siehst, die Resi Bubenik in Ravensbrück, sag ihr, dass ich sie lieb hab' und dass wir uns wiedersehen werden, aber nicht erst im Himmel."

Resi ließ sich auf den Küchensessel sinken, zwischen ihren Eimern mit Kartoffeln, Gemüse und Abfällen. Die Tränen liefen ihr über die Wangen. „Du bist ein gutes Kind. Ich danke dir."

*

Ununterbrochen trafen neue Transporte ein. Im Block zwölf wurde es so voll, dass Leni versetzt werden musste. Gleich am Anfang hatte sie sich freiwillig zum Brotaustragen gemeldet, dadurch bekam sie schnell einen Überblick über das Lager. Besonders schlimm erging es den Russinnen.

„Ich möchte in den Russenblock“, bat sie. „Ich kann mich mit ihnen auf Kroatisch verständigen.“

Sie wünschte sich, etwas Nützliches zu tun, den armen Kreaturen zu helfen. In Ravensbrück war kein Häftling auf Rosen gebettet, doch die Russinnen bekamen noch eine Extraportion Hass und Misshandlung dazu. Sie waren Soldatinnen der Roten Armee und hätten nach dem Kriegsgefangenengesetz behandelt werden müssen. Doch die Deutschen traten das Völkerrecht mit Füßen, an allen Orten und so auch in Ravensbrück.

Der Empfang im Russenblock verlief frostig. Die Frauen hörten sich Lenis Angebot, zu helfen und Kontakte zu vermitteln, skeptisch an und ignorierten sie danach. Leni warf nicht so schnell die Flinte ins Korn.

„Bitte, wenn ich schon sonst nichts tun kann, will ich wenigstens eure Sprache lernen.“ Sie bettelte so lange, bis sie nachgaben.

„Zehn russische Wörter am Tag!“

Das Pensum nahm sie sich vor und blieb dabei, kein Appellstehen, keine Frostbeulen an den Füßen, keine verzweifelten Nächte ohne Schlaf konnten sie beirren. Sie klebte vor Dreck. Wenn sie ruhig lag, spürte sie die Läuse über ihren Kopf laufen. Alle hatten Läuse. Wie die Affen suchten sie sich am Abend gegenseitig die Haare ab. Aber so viele sie auch zerquetschten, am nächsten Tag schlüpfte schon eine neue Generation Quälgeister aus den Eiern. Nicht einmal die Kälte, die nun hereinbrach, minderte ihre Vermehrungslust.

Nach dem Morgenappell musste sie sich bei den „Verfügbaren“ einreihen. Sie gehörte zu der Gruppe, die außerhalb vom Lager eingesetzt wurde. Nach einem einstündigen Marsch erreichten sie das Städtchen Lychen. Dort war ein Sportsanatorium, wo Soldaten sich zur Rehabilitation aufhielten. Einige Häftlinge pflegten den Garten und bestellten ein Areal, auf dem Gemüse angebaut wurde. Die anderen fanden in einer kleinen Metallfabrik Arbeit. Die SS-Wachen brachte die Gruppe bis zu ihrem Platz am letzten Ende der Fabrikshalle. Dort waren die Maschinen so eng zusammengeschoben, dass sich die Häftlinge gerade noch dazwischenpferchen konnten.
Die Deutschen, die dort arbeiteten, kamen nicht mit ihnen in Berührung. Als Leni an ihnen vorbeiging, sah sie die verächtlich verzogenen Mienen. Nur der Vorarbeiter stellte sich kurz zu Leni hin, um ihr die Arbeit zu erklären. Sie hatte die Aufgabe, Kreise aus dem Blech zu stanzen, sodass dabei möglichst wenig Metallabfall übrig blieb. Nach einer knappen Erläuterung wandte er sich ab und sah sie nicht mehr an. Wenn die SS-Wache nicht dabei war, ignorierte er jede Frage, die von den Häftlingen kam. In den drei Wochen, die sie dort Blech stanzte, wechselten sie kein Wort mehr. Er war ihr gleichgültig. Nur der Weg vorbei an den anderen Arbeitern, die so voller Abscheu auf die Ravensbrückerinnen blickten, machte ihr zu schaffen. Fehlte nur, dass sie ausspuckten.

Aber gerade, als ihr Herz jeden düsteren, kalten Tag schwer und schwerer wurde, hörte sie, dass sich drei

Frauen mit bekannten Namen in Ravensbrück aufhielten: ihre Freundin Elfi Schön und die Lazars, Ludmilla und ihre Schwiegertochter Paula, die als Sippenhäftlinge zur Lagerhaft verurteilt worden waren. Leni brachte in Erfahrung, dass Ludmilla bei den Strickerinnen zugeteilt war. Sobald sich die nächste Möglichkeit fand, wollte sie Frau Lazar abends suchen und sie nach Elfi fragen.

„Leni! Ich hab' geglaubt, ich träume. Aber du bist es wirklich!", rief Elfi aus, als Leni in der Strickerei vor ihr und Paula stand.

Voller Freude begrüßten sich die Mädchen.

„Ihr arbeitet auch in der Strickerei?", wunderte sich Leni.

Zum Stricken wurden vor allem ältere Frauen eingesetzt. Frau Lazar war kaum fünfzig, aber ihr Haar war wie das einer Greisin, schlohweiß.

„Nein, wir dürften gar nicht da sein, ich bin in Hohenlychen bei der Gartenarbeit und die Paula ist Schreibkraft. Es ist wegen der Frau Lazar."

Elfi zog sie beiseite.

„Du musst uns helfen und meine Schwiegermutter zur Vernunft bringen!", bat Paula.

„Was ist denn los?"

„Sie stellt sich auf den Standpunkt, sie will nicht für die SS-Weiber stricken."

Die Frauen in der Strickerei hatten die Aufgabe, aus grober grauer Wolle für die SS-Aufseherinnen lange Strümpfe zu stricken. Über den Appellplatz pfiff immer der Wind. Die Wollstrümpfe hielten warm.

„Sie hat nichts Böses getan, sie verdient keine Bestrafung, sie leistet einfach Widerstand. Aber wenn sie nicht nachgibt, was machen sie dann mit ihr?"

Die Zahl der angeschlagenen Maschen und die Länge der Strümpfe waren vorgeschrieben. Die SS-Weiber kamen jeden Tag kontrollieren, ob die Strümpfe keine Fehler aufwiesen, vor allem an den Fersen, wo die Handarbeit am schwierigsten war. Die Strickerinnen hatten ein Tagespensum zu erfüllen. Erreichten sie es nicht, drohte ihnen Bestrafung und womöglich noch schlimmere Konsequenzen.

„Das bringen wir schon in Ordnung", versicherte ihr Leni.

Von da an erschien sie jeden Abend, wenn sie es einrichten konnte, und strickte Ludmilla Lazars Tagespensum fertig. Sie war nicht die Einzige, die aus Solidarität den älteren Häftlingen zu Hilfe kam. Es war verboten, erwischen durften sie sich nicht lassen.

„Ist es doch für was gut, dass ich so schnell stricken kann", meinte Leni nur, wenn Paula ihr danken wollte.

Schon in der Liesl hatte Leni für einen Mithäftling, die Milli Dorfecker, aus aufgetrennter Wolle eine Weste gestrickt.

„Die Milli hat zu mir gesagt, ich stricke schneller als sie auftrennen kann." Leni lachte. „Ich hab' schon immer gern Handarbeiten gemacht. Denk dir nichts dabei, Paulinchen, es fällt mir nicht schwer."

„O doch, Leni, ich denk' mir dabei, was ich nur für dich tun könnte!"

Aber auch Elfi erwies Leni einen Dienst, der unbezahlbar war: Ihre Mutter kannte Lenis Nane. Im Gegensatz zu Leni hatte Elfi kein Schreibverbot. In ihrem ersten Brief schrieb sie nach Lichtenbach, dass sie in Ravensbrück die Leni Tomić getroffen hatte und dass man ihre Familie davon verständigen solle.

Nun erst hörten sie zu Hause, dass Leni noch am Leben war. Die Sorge, dass sie im Ungewissen blieben, hatte Leni jede Nacht gequält. Dafür strickte sie gern noch viele Meter.

*

Bis November blieb Leni im Russenblock. Dann brachte die Lagerläuferin Anni Rudrow von den Österreicherinnen eine heimliche Botschaft:

„Achtung, Leni, es wird gefährlich. Du musst weg."

Bei Siemens war eine der Frauen strafversetzt worden. „Da ist was passiert", hieß es. „Sabotage!"

Leni bekam ihre Stelle.

Das Siemens-Werk im Außenlager von Ravensbrück war zu weit entfernt, um zu Fuß zu gehen. Nur Anweisungshäftlinge, für die besondere Regeln galten, durften dort arbeiten. Es gab eine Tag- und eine Nachtschicht. Man hatte ein eigenes Bett, es war sauberer und die Läuseplage hielt sich in Grenzen. Nur die schrecklichen Steckrüben wurden ihnen auch hier vorgesetzt.

„Du bist bei den Tschechinnen eingeteilt", sagte die SS-Aufseherin zu Leni.

Die Bemerkung des Schutzhaftlagerführers fiel ihr wieder ein: „Die kann sich mit den Tschechinnen messen."

Jetzt erst begriff sie, was er gemeint hatte: die Frauen von Lidice!

Nach der Ermordung des stellvertretenden Reichsprotektors in Böhmen und Mähren Reinhard Heydrich hatte die SS das Dorf Lidice dem Erdboden gleichgemacht und alle Männer über fünfzehn Jahren erschossen. Die Frauen von Lidice waren ins KZ gekommen und ihre Kinder sahen sie nicht wieder. Die Blonden und Blauäugigen unter ihnen wurden angeblich in deutschen Familien aufgezogen. Das hatte Leni gerüchteweise gehört.

Die Lidicerinnen waren anders als die Frauen von Ravensbrück, nicht vergessen. Die ganze Welt hatte zugeschaut, wie ihr Dorf zerstört und ihre Männer umgebracht worden waren. Sie bekamen jeden Monat vom Roten Kreuz ein Paket. Sie durften sich waschen. Sie hatten keine Läuse.

Leni versuchte ohne Erfolg, mit ihnen ins Gespräch zu kommen. Keine wollte etwas mit ihr zu tun haben. Warum sollten sie ihr auch vertrauen? Sie verstanden, was Leni zu ihnen sagte, aber sie gaben keine Antwort.

Die Werkstücke, die sie bei Siemens herstellten, waren für den Kriegseinsatz bestimmt. Kontrollore passten auf, dass keine fehlerhaften Stücke die Fabrik verließen. Dennoch kam es immer wieder vor, ob mit oder ohne Absicht. Die Arbeit war schwer, man musste schnell und genau sein. Wer keine flinken und geschickten Hände besaß, konnte leicht in Verzug geraten. Auf einmal brach eine große Aufregung im Werk aus:

„Die Jugoslawinnen haben Sabotage gemacht!“

Die Betroffenen leugneten, aber es geschah nicht zum ersten Mal, deshalb glaubte man ihnen die Ungeschicklichkeit nicht. Zur Strafe wurde der Jugoslawenblock gesperrt. Drei Tage lang. Das bedeutete, dass die Frauen zusammengepfercht in den Baracken drei Tage und Nächte ohne Brot und Wasser ausharren mussten.

Im Außenlager herrschten andere Bedingungen. Dort brannte die Beleuchtung die ganze Nacht. Ustascha-Soldaten patrouillierten, aber nicht alle nahmen das Wachestehen ernst. Dann kam es vor, dass zwischen den Patrouillen einige Minuten Ruhe war. Leni wagte es, sich zu den Jugoslawinnen hinzuschleichen. Mit einem gebogenen Eisen, das sie draußen fand, lockerte sie die hölzernen Fensterriegel, damit ein wenig Luft in die Baracke kam. Es gelang ihr, zwei Kübel Wasser hinzuschaffen. Dann machte sie sich wieder davon, unbemerkt, wie sie glaubte. Aber jemand hatte sie denunziert. Am nächsten Morgen durfte sie nicht mehr an ihren Arbeitsplatz.

„Zurück ins Mutterlager. Bei der Lagerleitung melden!“, sagte die Aufseherin. Mit einem hämischen Blick fügte sie hinzu: „Ja, wenn's dem Esel zu gut geht, dann braucht er ein paar Stockhiebe. Bei dir werden's wohl fünfundzwanzig sein.“

Mit bangem Herzen traf Leni im Lager ein. Im Büro des Schutzhaftkommandanten war niemand. Sie wartete vor der Tür, dass jemand erschien. Immer wieder memorierte sie, wie sie sich rechtfertigen wollte: „Ich bin stolz, dass ich mich in der Fabrik nützlich machen darf, und ich glaube, dass ich diese Arbeit gut verrichte. Ich bitte, wieder an meine Werkbank zurückkehren zu dürfen."

„Was tust du da?", fragte auf einmal eine Stimme neben ihr. „Leni!"

Die Lagerläuferin Anni Rudrow war gekommen.

„Ich soll mich ... ich hab' ... Die Aufseherin schickt mich, weil ich ..."

Auf einmal war es mit Lenis Fassung vorbei. Am liebsten hätte sie sich an Annis Schulter ausgeweint. Aber da war sie an die Falsche geraten.

„Bist du ...! Trampel, flenn nicht, verschwind!", fuhr Anni sie an und bekräftigte ihre Aufforderung mit einem derben Stoß.

„Aber ... wohin?" Leni schluckte ihre Tränen.

„Wo du hergekommen bist, Block zwölf, schnell, bist noch nicht weg? Verschwinde, hab' ich gesagt!"

Leni nahm die Beine in die Hand.

„So flieg, du flammende ..."

Atemlos traf sie in Block zwölf ein. Es war noch überfüllter, als es gewesen war. Aber auch die Zahl der Toten hatte sich erhöht. Sechzig hatte Relly an diesem Morgen gezählt. Als Blockälteste war es ihre Aufgabe, die Toten auszuziehen und ihnen mit Tintenblei ihre Nummer auf die Brust zu schreiben.

„Kannst dableiben, Leni. Aber ein Betterl allein gibt's nicht mehr, die Zeiten sind vorbei."

Auch mit dem Krieg war es hoffentlich bald vorbei. In der Nacht wachte Leni auf, weil sie aus der Ferne Lärm hörte, ein neues Geräusch. Sie kannte es, von der Schiffamtsgasse, wo der Bunker im Augarten nicht weit war. Bei Fliegerangriffen fing auf dem Dach des Bunkers die Flak zu röhren an. Genauso klang es.

Sie wusste, was das bedeutete: Die Front war nahe!

5. Kapitel

„Bald wird es aus sein, wir müssen durchhalten, höchstens noch ein paar Wochen, bis Weihnachten brechen die Deutschen zusammen."

So sprachen sie sich gegenseitig Mut zu. Jeder Tag konnte der letzte sein. Doch es konnte auch jeder Tag ihr letzter sein. Je näher die russische Armee rückte, desto nervöser wurde das Wachpersonal.

Die Aufseherinnen sahen adrett aus mit ihren Schifferl-Kappen, sie trugen saubere Kleider und wirkten gepflegt, wie alle, die mit der SS in Berührung kamen. In der Nacht feierten sie mit den Männern endlose Gelage. Am nächsten Tag waren sie müde und gereizt, zu faul für jede Bewegung. Sie ließen die Häftlinge ihre Arbeit tun.

„Mach nicht den Fehler, sie zu unterschätzen! Sie können jederzeit die Hunde auf dich hetzen."

Der Willkür waren keine Grenzen gesteckt. Dem setzten die Häftlinge ihre ganze Schlauheit und Fantasie entgegen. Das Wichtigste aber war der Zusammenhalt. Es war ihnen nicht erlaubt, im Lager von Block zu Block gehen, nur am Sonntag durften sie einen Spaziergang machen. Am Abend heulte die Sirene. Dann wurde es still im Lager. Keine Menschenseele zeigte sich im Freien, es sei denn, es war unumgänglich. Wie eines Nachts, als Leni Relly Eisners Gespräch belauschte:

„Die arme Rosa ist in fürchterlichem Zustand. Sie muss neue Zähne bekommen. Wir haben auch eine Zahntechnikerin gefunden, eine Polin. Das Material ..."

Relly redete mit Hermi Jursa, die im Lager für die Reparaturarbeiten zuständig war.

„Zähne gibt's genug, im Krematorium."

„Ja, die Technikerin musste sie nur zurechtfeilen."

„Wer bringt sie ihr?"

„Sie ist drüben im Industriehof. Wir haben uns gedacht, du könntest es am unauffälligsten machen, Hermi."

Hermi schwieg. Leni richtete sich von ihrer Pritsche auf, sprang vorsichtig, um ihre Nachbarn nicht zu wecken, auf den Boden hinunter und trat zu den zwei Frauen, die erschrocken auseinander fuhren.

„Ich tu's", erklärte Leni.

„Du?" Relly klang unschlüssig.

„Ich kann mit dem Ustascha-Mann auf Kroatisch reden."

„Und was glaubst, weil du kroatisch redest, wird er gleich das Lager wechseln?", meinte Hermi skeptisch.

„Ich frage ihn, ob ich ganz kurz meine Freundin besuchen darf."

Hermi und Relly sahen sich an. „Na, wenn sie sich so sicher ist …"

Relly übergab Leni ein fest eingewickeltes Päckchen. „Das ist das Gebiss." Sie beschrieb Leni den Weg zu Rosas Block und wann ihre Arbeitsschicht zu Ende war. „Sei aber vorsichtig!"

Eifrig machte sich Leni am nächsten Abend an die Erfüllung des Auftrags. Inzwischen konnte sie sich auch in den schweren Holzschuhen schnell bewegen. Sie hatte keine

Angst, dass ihr jemand über den Weg lief. Tonlos summte sie vor sich hin, voller Freude, dass es für sie endlich etwas zu tun gab. Schnee fiel in langsamen, zögernden Flocken auf die schwarze Erde.

Der Ustascha-Mann vor dem Industriehof machte keine Anstalten, ihr den Zutritt zu verwehren. Er nickte nur träge und hielt seine Rechte mit drei ausgestreckten Fingern in die Höhe, drei Minuten, mehr nicht.

„*Da, Gospodin, tri minuti.*"

Leni betrat Rosas Block im Industriehof. Sie näherte sich der Pritsche, die Relly ihr angegeben hatte.

„Rosa!", rief sie leise in die Finsternis.

Die Frau auf der Pritsche schlief und rührte sich nicht.

„Die Relly schickt mich."

Keine Antwort. „Rosa?"

„Leni, bist du das?", flüsterte plötzlich eine Stimme.

Sie kam von der oberen Pritsche. Leni hob den Kopf. Da war eine zum Skelett abgemagerte Gestalt, die mühsam versuchte, sich aufzurichten.

„Bernarda Stjernfalk, weißt du noch?", flüsterte die Frau.

„Jesus!", entfuhr es Leni. War das die Möglichkeit? Die Baronin!

„Dass du auch da bist, Leni."

Bevor Leni sich von ihrem Entsetzen erholt hatte, fiel die Baronin auf ihr Lager zurück.

„Rosa!", rief sie noch einmal drängend. „Rosa, bist du das?"

Endlich regte sie sich.

„Rosa?"

„Ja." Die Stimme war nicht mehr als ein Zittern.

Leni fragte nicht, wie es ihr ging. Rosa Jochmann war drei Monate im Bunker gewesen, nachdem sie fünfundzwanzig Stockhiebe Strafe erhalten hatte. Nur wer in körperlich guter Verfassung war, überstand diese Tortur.

„Ich hab' dir deine neuen Zähne gebracht."

Wieder kam nur ein leises Ja.

Die drei Minuten waren längst um. Leni konnte nicht bleiben.

„Ich lege sie dir dahin. Ich muss jetzt wieder fort, Rosa. Alle lassen dich grüßen. Sie warten auf dich."

Leni wusste nicht, wer Rosa war. Nach ihrer Rückkehr in den Block zwölf, sagte Relly, die sie schon ungeduldig erwartete: „Jetzt kannst du aber stolz sein! Weißt du, wem die Zähne gehören? Der Jochmann!"

Als armes Arbeiterkind in der Auer-Lampenfabrik hatte sie angefangen, als erste Frau die Parteihochschule absolviert und den Aufstieg bis zur Parteispitze der Sozialistischen Frauen geschafft. Nach 1934 ging sie unter einem falschen Namen in den Untergrund und arbeitete weiter im Widerstand. Seit 1940 war sie schon in Ravensbrück.

„Die Rosa Jochmann hat den politischen Widerstand bei uns aufgebaut. Die internationale Solidarität!"

Beeindruckt lauschte Leni. Rosa Jochmann, das war nach Adelheid Popp nun die zweite Heldin, die sie kannte!

Und Bernarda Stjernfalk, was war mit ihr geschehen? Das konnte ihr niemand sagen.

*

Die letzten drei Jahre hatten Leni Genügsamkeit beim Essen gelehrt. Doch was es in Ravensbrück als Verpflegung gab, verdiente den Namen nicht. Zuerst wurde ein Kilogramm Brot für vier Häftlinge geschnitten, aber bald musste er für sechs reichen. Meist bestand das Essen aus Wruken, holländischen Steckrüben, in Wasser gekocht, Kartoffeln gab es nur ausnahmsweise und wenn, kamen sie kalt aus der Küche und wurden ungeschält verschlungen. Gegen die stinkenden Rüben waren sie immer noch ein Festmahl.

Von der nahen Front brachte ein Lastwagen verendete Pferde ins Lager. Am nächsten Tag schwamm das schon halb verweste Fleisch in den Suppentöpfen. Leni zitterte vor Ekel. Aber der Hunger bezwang sie. Sie schob die Fleischstücke zur Seite und löffelte die Rüben aus dem Wasser. Die Tränen stiegen ihr in die Augen, so sehr grauste ihr dabei.

Die Abflusskanäle der Latrinen waren verstopft. Die Häftlinge mussten davor Löcher in den eisigen Boden graben, wo sie ihre Notdurft verrichteten, offene Gruben, über die nicht einmal ein Stück Holz gelegt wurde. Alle litten inzwischen an Durchfall. Und wenn nun der Typhus ausbrach?

Leni schüttelte sich. „Jetzt, so nahe vor dem Ziel, werde ich ihnen nicht den Gefallen tun, zu sterben."

Aber es dauerte. Die Nächte waren erfüllt vom Schlachtenlärm, manchmal sah man die Leuchtspuren der Flakgeschosse über den Himmel ziehen. Bombergeschwader näherten sich und alle hofften und bangten zugleich, dass das Lager nun angegriffen würde. Es dauerte und nichts geschah. Jeden Tag stieg die Zahl der Toten.

Vor Weihnachten kam ein Kindertransport an. Es waren gesunde Kinder, die noch ihre eigenen Kleider trugen.

„Wo sind ihre Mütter?“, fragte Leni.

Niemand wusste es. Die Kinder hatten Erfrierungen an den Händen und Füßen, vielleicht von der Reise durch den eisigen Winter. Sie antworteten nicht, verstanden sie nicht? Sie waren noch klein. Leni organisierte Margarine aus der Küche, das strich sie ihnen auf ihre Wunden. Sie schliefen in Block zwölf. In der Früh mussten sie wie die Erwachsenen um halb sechs zum Appell antreten und zwei Stunden in dem bitterkalten Dezemberfrost ausharren.

„Wir machen eine Weihnachtsfeier!“, beschlossen Relly und Juli. „Damit die armen Hascherln auch eine kleine Freude haben.“

Die Frauen strickten Socken und Handschuhe, Leni ging herum und zwackte hie und da von jemandem eine Brotspende ab. Die Hübner Tini, eine Wienerin, bekam von der Lagerkommandantur die Erlaubnis, Ziehharmonika zu spielen. Wie durch ein Wunder zauberte die Küche ein Töpfchen Marmelade auf den Tisch. Eine selbst gebastelte Weihnachtskrippe gab es und sogar ein Kasperltheater. Ganz still schauten die Kinder zu. Sie waren so ernst, obwohl sie noch so klein waren. Manche von ihnen sah Leni an diesem Abend zum ersten Mal lächeln. Sie jubelten nicht, als der Kasperl den Bösen besiegte.

Bei der Weihnachtsfeier erschien unerwartet der Schutzhaftlagerführer mit der Oberaufseherin Binz. Er holte ein Stanitzel aus seiner Tasche und warf es in die

Reihen der Kinder. Bunt eingewickelte Zuckerln ergossen sich über ihren Köpfen.

„Da, schaut einmal, damit ihr wisst, dass der Hitler nicht so böse ist. Ich verspreche euch, ihr werdet es gut haben bei uns in Deutschland und hier eine neue Heimat finden!"

Am nächsten Morgen kamen die SS-Aufseherinnen und holten die Kinder ab. Am Lagertor wartete ein Lastwagen auf sie. Eines nach dem anderen stieg ein.

„Wohin kommen sie?", fragte Leni.

„Dreimal darfst du raten. Die gehen ins Gas."

Leni begann zu weinen. „Aber warum denn? Es sind doch nur Kinder! Warum?"

Mit einem Mal war es mit ihrer Kraft vorbei. In so einer Welt wollte sie nicht mehr weiterleben. Der elektrisch geladene Zaun, schon viele Verzweifelte hatten diesen Weg genommen.

„Ich kann nicht mehr. Ich will nicht mehr."

Plötzlich bekam Leni eine gewaltige Ohrfeige. Bertl Lauscher, eine Österreicherin aus ihrem Block, hatte sie ihr versetzt. Leni empörte sich.

„Was ist denn das? Ein Häftling, der einen anderen schlägt!"

„Ja, was bildest du dir denn ein? Umbringen willst dich, du Egoistin, und wie geht's dann weiter, weißt du das auch?"

Wenn eine Frau den Terror nicht mehr ertrug und Selbstmord beging, mussten die anderen Häftlinge zur Strafe beim Zaun Appell stehen und dabei auf die verkohlte Leiche schauen. Leni war wütend über Bertls

Grobheit. Die Einsicht kam erst, als sie bemerkte, dass ihr Zorn die Verzweiflung vertrieben hatte.

„Du hast es gut gemeint, Bertl, gell."

„Geh weiter, nicht herumsäuseln, für so was hab' ich keine Nerven", knurrte Bertl.

„Es tut mir leid, ich werd' nicht mehr selbstmitleidig sein."

„Das hört sich schon besser an."

Sie lächelten einander zu.

*

Der Schnee fiel und taute und fror und auf das Eis schneite es wieder. Es dauerte. Leni spürte die vielen kleinen Händchen, die sich ihr entgegenstreckten. Still, ohne zu jammern und zu flehen, zeigten sie ihre Wunden. Sie drehte den Kopf weg, damit sie ihre Blicke nicht sehen musste. Es stand keine Frage darin, nur eine große Traurigkeit. Aber sie folgten ihr, wohin sie ging. Sie konnte sie nicht vergessen, obwohl sie es sich jeden Tag und jede Nacht befahl. Bis plötzlich in einer Nacht ein Schmerz in ihrem Leib ausbrach, den sie nicht kannte, ein Blitz, der durch ihren Bauch fuhr und eine Hitze hinterließ, als ob da drinnen etwas zu kochen beginnen würde. Sie spürte eine Flüssigkeit, die langsam, dicklich an ihren Schenkeln entlang floss. Kein Blut. Sie hatte nicht mehr geblutet, seit sie im Lager war. Der Körper war klug, dachte Leni, er schonte sie, weil sie doch Sorgen genug hatte. Aber jetzt passierte etwas Schlimmes, ein Fieber, das sie versengte.

Wenn sie nicht jemand behandelte, würde sie sterben daran.

Leni schleppte sich ins Krankenrevier. Sie erinnerte sich, wie sie angewidert den Kopf weggedreht hatte, als die erste Häftlingskolonne an ihnen vorbeigeführt worden war, am Morgen nach ihrer Ankunft. Jetzt stank sie genauso. Nicht ein einziges Mal hatte sie sich in all den Wochen waschen können, nur ihre Unterhose, bis die Seife von zu Hause zu Ende ging. Ihre Kleider waren verdreckt und voller Läuse, ihr ekelte vor sich selbst.

Die Frau im Krankenrevier trug Schwesternkleidung, aber bei genauerem Hinsehen bezweifelte Leni, dass sie eine Krankenschwester war. Verlegen erklärte sie, was ihr fehlte.

„Leg dich da her auf den Tisch."

Als Leni ihren Rock hob, rümpfte die Schwester die Nase. Sie hielt sich nicht lange mit der Untersuchung auf. „Da, das bekommst du als Medizin."

„Was ist das?"

„Urotropin", sagte die andere kurz angebunden. Und dann, mit einer wegwerfenden Handbewegung. „Verschwinde! Du Mistspinne."

Das ließ sich Leni nicht zweimal sagen. Sie lief in ihren Block zurück. Lange überlegte sie, ob die gehässige Person ihr wirklich eine Medizin gegeben hatte. Manche machten sich nichts daraus, einem Schwächeren auch noch zu schaden. Aber dann fasste sie sich ein Herz und würgte die große Tablette hinunter. Und wirklich, zwei Tage quälte sie sich noch, dann wurde ihr leichter.

Lenis Schmerz war gewichen. Nur um einem anderen Platz zu machen. Um Eva, die kleine Eva. Unter den Neuzugängen war eine Ungarin, Jüdin. Ihren Sohn brachte sie mit und ein neugeborenes Kind, ein Mädchen. Nach dem ersten Morgenappell musste sie ihre Arbeit antreten.

„Ich kümmere mich um deine Kleine", versprach Leni.

Sie war nun Stubenälteste auf Block zwölf. Der Sohn konnte nicht bleiben, er war schon zwölf, er kam ins Männerlager.

„Was soll dort mit ihm passieren? Wer wird sich kümmern? Unter lauter Fremden."

Die klagenden Fragen der Mutter. Keiner gab ihr Antwort. Alle wussten, was dem Buben bevorstand.

Aber der Säugling, Eva, *pucikám*! Wenn sie zusammenhalfen, mussten sie es schaffen, wenigstens dieses eine Kind zu retten. Leni sammelte Lumpen, um es trockenzulegen. Sie appellierte an ihre Freundinnen, die deutschen Frauen vom Alex. Alle Hebel wurden in Bewegung gesetzt. Leni bekam Hemden zum Einwickeln des Kindes, aus der Küche holte sie jeden Morgen einen Viertelliter Milch. Die Mutter stillte es noch am Abend, wenn sie todmüde von der Arbeit kam. Elfi Schön brachte eine Schachtel Kekse. Verbröselt und mit Milch vermischt, schoben sie dem Baby den Brei in sein Mündchen.

„So ein braves Kind", sagte Leni, denn die kleine Eva weinte niemals.

Die älteren, erfahreneren Frauen nickten ernst dazu. Auch wenn Eva erwachte, lag sie meist ruhig, mit geschlossenen Augen auf ihrem Bettchen aus Lumpen. Niemand bemerkte, dass sie aus der Welt ging, ganz ohne einen Laut. Eines Abends, als ihre Mutter heimkehrte, war sie tot.

Das Märchen vom Totenhemdchen kam Leni in den Sinn. Das kranke Kindlein, das starb und von seiner Mutter so sehr beweint wurde, dass es im Grab keine Ruhe fand. Es erschien ihr im Schlaf, mit seinem weißen Hemdchen und dem Kranz im Haar, so wie es im Sarg gelegen war, es bat die Mutter, mit dem Weinen aufzuhören, weil das Totenhemd schon ganz nass von ihren Tränen war, und es nicht in Frieden schlafen konnte in seinem unterirdischen Bettchen.

In Ravensbrück bekamen tote Kinder nicht einmal ein Grab.

*

Anfang 1945 schloss die SS einen Teil des Jugendlagers Uckermark. „Weißt du, was sie jetzt dort machen?", flüsterte Hermi Jursa Leni zu. Hermi in der Klempnerkolonne kam überall herum und wusste über die Vorgänge im Lager besser Bescheid als sonst jemand.

„Die haben jetzt auch eine Gaskammer gebaut. Hundertfünfzig Frauen passen hinein. Zuerst heißt es Entlausung, sie müssen die Kleider ausziehen und dann werden sie nackt in die Kammer geführt. Zwei aus dem Männerlager müssen dann aufs Dach steigen und die Gastablette hineinwerfen. Damit sich die von der SS nicht selbst die Finger schmutzig machen."

Es wurde gefährlich, sich zu lange im Krankenblock aufzuhalten. Wer nach zwei Wochen nicht wieder arbeitsfähig war, verschwand. Hier und da tauchte der Schutzhaftlagerführer selbst in den Blocks auf, schaute sich um und deutete einzelnen Frauen, herauszutreten. Es waren die Weißhaarigen, die Gebrechlichen oder Behinderten. Sie mussten mitgehen und kehrten nicht wieder. Und noch immer trafen neue Transporte im Lager ein, mit Frauen, die schon seit Tagen ohne Essen und Schutz gegen die Kälte unterwegs waren. Die erste Nacht verbrachten sie im Totengang. Viele starben dort an Entkräftung und Unterkühlung. Der SS war es recht. Das Lager platzte aus allen Nähten. Für die Neuzugänge gab es keine Betten, keine Kleider, als Nahrung nur die verrotteten holländischen Rüben.

Aus Auschwitz kam ein Transport. Österreicherinnen, hieß es, waren dabei. In der Nacht schlich sich Leni zu ihnen.

„Sind da Österreicherinnen?", rief sie halblaut in die Dunkelheit.

„Ja, wir." Es waren zwei, eine davon bewusstlos. Ihr Kopf lag im Schoß der anderen. Leni lief in die Küche und bat Resi Bubinek um ein wenig Suppe. Mit einem Marmeladeglas voll kehrte sie in den Totengang zurück.

Eigentlich war es ein Unrecht, dass sie mitten in aller Not immer noch national dachten. Aber die Österreicherinnen hielten auch im Lager zusammen. Leni entschuldigte sich damit, dass sie ja doch nicht allen helfen konnte. Sie versuchte, der Kranken die Suppe einzuflößen.

„Wie heißt sie?", fragte sie die Zweite.

„Erna. Erna Musik."

Als die Frau ihren Namen hörte, regte sie sich und nach ein paar Löffeln heißer Suppe kehrte ein bisschen Leben in sie zurück.

„Danke", flüsterte sie. Sie fragte Leni nach ihrem Namen und wo sie zu Hause war. „Wenn das einmal vorbei ist, kommst du zu mir, Leni, ich wohne in Wien auf dem Engelsplatz."

Leni glaubte nicht daran, dass Erna den Morgen erleben würde. Aber sie nahm ihre Hand und streichelte sie. „Ja, Erna, wir sehen uns wieder."

Einer der letzten Transporte brachte zwei junge Frauen mit, Tatjana und Olga, die den lila Winkel der Bibelforscherinnen trugen. Mit dieser Gruppe der Ravensbrückerinnen war Leni kaum in Berührung gekommen. Sie wusste, dass sie Gewalt ablehnten und nur dem folgten, was in der Heiligen Schrift stand. Von der SS ließen sie sich keine Befehle erteilen und weigerten sich, Appell zu stehen. Auf Schläge reagierten sie nicht. Sie beugten sich nicht, auch wenn es sie das Leben kostete, etwas, das Leni ebenso wie den meisten anderen Respekt abverlangte, obwohl sie im Lager unbeliebt waren. Für die Bibelforscherinnen galten so wie bei den Frauen von Lidice eigene Regeln. Sie arbeiteten für die SS, putzten ihnen die Zimmer, wuschen ihre Wäsche, servierten die Mahlzeiten. Sie verloren nie ein Wort über die Gelage, die dort stattfanden. Sie verrieten überhaupt nichts.

„Die hören dort Radio. Die wissen mehr als irgendeine von uns, wie es um den Krieg steht", beklagte sich Hermi Jursa. „Sie sagen, sie beugen sich nicht der SS, aber für uns wollen sie auch nichts tun. Sie würden niemals weglaufen, hat eine gesagt, das wäre ja gegen das Gesetz." Hermi schüttelte den Kopf. „,Beten allein bringt uns auch nicht nach Haus', hab' ich ihr geantwortet. Dann hätt' ich mir am liebsten die Zunge abgebissen. Weil wer weiß, womöglich halten die noch zu denen!"

Aber das taten sie nicht. Sie waren wie die Ravensbrückerinnen mit dem roten Winkel im Widerstand, doch auf ihre eigene Weise.

Nach der Ankunft des Transports trat die schöne blonde Oberaufseherin Binz, die Leni am ersten Tag geschlagen hatte, wieder einmal in Aktion. Sie befahl Olga und Tatjana, zum Appell anzutreten. Sie gehorchten nicht, sondern begannen laut aus der Bibel zu deklamieren.

„Das ist der Wille dessen, der mich gesandt hat, wer den Sohn siehet und glaubet an ihn, habe das ewige Leben und ich werde ihn aufwecken am Jüngsten Tage. Wenn ich nur dich habe, frage ich nicht nach Himmel und Erde. Wenn mir gleich Leib und Seele verschmachtet, so bist du doch Gott allezeit meines Herzens Trost und mein Teil."

„Maul halten und Marsch zum Appell! Das ist mein letztes Wort!", kreischte die Binz.

Die Mädchen weigerten sich immer noch, also hetzte sie ihre Hunde auf sie los. Die Wolfshunde waren von der SS trainiert, die Häftlinge in die Füße und ins Gesicht zu beißen. Von der Aufseherin angefeuert, zerfleischten die Tiere die Mädchen bis zur Unkenntlichkeit. Sie waren jung, in Lenis Alter. Beim Anblick ihrer zerrissenen Körper befiel Leni ein Gefühl von Schwäche, dass sie sich zu ihnen hinlegen mochte. Es dauerte und nahm kein Ende.

*

Im Lager brach Typhus aus. Die Frauen steckten sich in den Latrinen an oder im Wasser vom Schwedtsee, das vielleicht verseucht war. Es gab kein anderes Trinkwasser in Ravensbrück. Die Front rückte nicht vorwärts, die Deutschen gaben nicht nach, obwohl die Nachrichten, die ins Lager drangen, von dem fast vollständigen Zusammenbruch der Armee berichteten. Der Waffenlärm war nun Tag und Nacht zu hören. Immer schneller starben die Frauen hinter dem Stacheldraht. Am Morgen, wenn Leni auf ihrer Pritsche, die sie sich mit vier anderen teilte, erwachte, war sie von Toten umgeben.

„Stubawa!", ertönte die Meldung an die Stubenälteste. Jeweils zwei Häftlinge begannen, die Leichen in den Waschraum zu schaffen. Dort wurden sie ausgezogen, die Häftlingsnummer auf ihre nackte Brust geschrieben. Hundertsechzig zählten sie eines Morgens im April.

Der Leichenwagen kam, darauf lagen, wie Puppen durcheinandergeworfen, die Toten. Ein junges Mädchen, das zum Leichenkommando gehörte, drehte sich auf einmal um.

„Leni?"

Sie kam näher. Ihr Haar war nicht abgeschoren wie bei den meisten. Im Morgenlicht schimmerte der lange Zopf rötlich. Sie hatte schmutzige Wangen, ihre Augen waren rot und verschwollen. Dennoch erkannte Leni sie sofort: „Mädi!"

Sie hatten in Favoriten gemeinsam die Hauptschule besucht. An dem Tag, als Leni ihre Lehrerin nach dem Hakenkreuz auf ihrem Arbeitsmantel gefragt hatte, war Mädi in der Reihe vor ihr gesessen.

„Du hast den schwarzen Winkel!", rief Leni erschrocken. „Aber warum, was hast du angestellt?"

„Angestellt!" Mädi zuckte die Achseln. „Was denn schon, nix! Einmal zu spät auf der Straße erwischt worden, und schon ist man eine Asoziale."

Das Gesetz, das Jugendlichen verbot, sich nach achtzehn Uhr im Freien aufzuhalten, wurde mit äußerster Strenge gehandhabt. Ebenso machte sich strafbar, wer der Arbeit fernblieb. Schon ein einziges Vergehen konnte zu einer Anklage und Verurteilung führen. Solche Jugendlichen kamen in Besserungsanstalten.

„Jetzt bin ich achtzehn und deshalb haben sie mich von der Uckermark hierher geschickt", sagte Mädi.

Obwohl die Willkür der Nazis jedem bekannt war, verachteten die Politischen mit dem roten Winkel die anderen. Mit Asozialen, mit Berufsverbrechern und verdrehten Kerzenschluckern wollten sie nichts zu schaffen haben.

Nicht einmal bei der Poldi Schober machten sie eine Ausnahme. Ihr Vater war ein Straßenbahner, der sich politisch betätigte und erwischt wurde. Die Gestapo wies seiner Frau nach, dass sie Bescheid wusste, sie ging für drei Jahre ins Zuchthaus. Schober wurde geköpft. Ihre Tochter Poldi kam in die Uckermark. Sie trug aber den schwarzen Winkel, denn sie war einmal nach dem Kino angezeigt worden.

„So eine Schande, eine Asoziale, mit den Eltern!“, lautete die Meinung über sie in Ravensbrück.

„Ihr sollt euch schämen!“, platzte Leni heraus, als sie das hörte. „Schließlich ist ihr Vater hingerichtet worden! Wie könnt ihr der armen Poldi so etwas vorwerfen!“

Aber das änderte nichts. Die mit dem schwarzen Winkel wurden verachtet.

Aus Angst, dass die Epidemie um sich greifen würde, ordnete die Lagerleitung eine allgemeine Impfung an. Man wurde nach Listen aufgerufen, wie beim Morgenappell. Leni sah zu, wie die schmuddelige Schwester, bei der sie sich das Pulver geholt hatte, mit einer riesigen Injektion einen Häftling nach dem anderen impfte. Sie nahm es nicht genau damit, wie viel Impfstoff sie den Frauen in ihre mageren Hintern jagte.

In der Nacht lagen sie im Fieber und einige am nächsten Tag schon auf dem Leichenwagen.

Nein, dachte Leni, nein. Sollten sie sie doch beim Appell bei den Toten mitzählen und im Blockbuch ein Kreuzerl zu ihrem Namen machen. Einmal hatte sie sich in den elektrischen Zaun werfen wollen, aber daran dachte sie jetzt nicht mehr. Sie tauchte unter. Im Block der Bibelforscherinnen versteckte sie sich, dort fühlte sie sich sicher. Zwei Tage lang. Vielleicht war der Spuk dann vorbei. Aber es dauerte. Schließlich trieb sie der Hunger in ihren Block zurück.

„Es ist aufgekommen“, empfingen sie ihre Kameradinnen. „Wir konnten es nicht verhindern. Du musst zum Schutzhaftführer. Schnell, bevor sie dich holen kommen!“

Leni ging langsam. Das Lied, das sie immer gesungen hatte, „Die Arbeiter von Wien“, es war wie weggeblasen. Sie spürte das Schluchzen in ihrer Kehle. Nane, jetzt ist es aus. Jetzt machen sie's mit mir wie mit den armen Zigeunergschrappen, die sie mit dem Elektrokabel sterilisieren, oder sie stecken mich ins Gas. Zuerst die Schläge. Fünfundzwanzig, die Rosl hat's überstanden. Aber ich lasse mich nicht mehr schlagen, ich kann's nicht noch einmal ertragen.

Sie wütete still vor sich hin, bis sie vor dem lang gestreckten Bunker angekommen war. Dort stand Anni Rudrow wie der Engel mit dem Schwert vor den Toren des Paradieses.

„Leni!“, fuhr Anni auf sie los. „Erwisch ich dich schon wieder hier!“

Sie gab Leni einen Rempler. „Verschwind!“

Leni verschwand. Zweimal hast du mir das Leben gerettet, ich werde es nicht vergessen, Anni, nie werd' ich es dir vergessen!

*

Im Dunkeln schlägt Leni die Augen auf, sie hat eine Stimme gehört, das Lied, das Nane immer für sie singt.

„Gyere elő álom, a berbécs szarvából, kondor-fontor bárányka, göndörke gyapjából.“ – Kommt ihr Träume aus

dem Horn des Widders, aus den Ringellocken des Lämmchens, kommt ...

Es ist ein altes Kinderlied, und Leni verlangt es jedes Mal, wenn sie Nane besucht, auch wenn sie Leni auslacht: „Du bist schon ein großes Mädel, wie lang muss ich dir denn noch Ei-Ei-Lieder singen?“ Und jetzt sitzt sie neben ihr. Wie ist sie nur hierher gekommen, so weit weg von zu Hause? Um ihre Füße herum laufen viele kleine gelbe Küken und picken mit ihren winzigen Schnäbeln nach ihr.

„Weißt du auch, was das bedeutet?“, fragt die Nane.

Leni hebt nur fragend die Schultern, sie kann nichts sagen vor Freude, dass sie sich nach so langer Zeit wohlbehalten und gesund wiedersehen. Da beginnt die Sirene zu heulen und Leni drückt fest die Hände auf ihre Augen, sie will Nanes Bild festhalten, das Lied und die hellen, flauschigen Küken, die überall herumlaufen.

„Ich weiß nicht, was es bedeutet“, sagte die Netti, die so gescheit war, dass sie auf alles eine Antwort hatte, aber dieses Mal nicht. „Das ist nichts zum Wissen, sondern mehr was zum Fühlen“, meinte sie. Sie schaute Leni mit ihren großen, kurzsichtigen Augen an.

Maria Horváth aber, die Zigeunerin, die nickte und nahm Leni in die Arme.

„Wie froh bin ich, Leni!“

Sie hatte den Sinn des Traumes verstanden.

„Du wirst überleben. Die kleinen Hühnchen, das sind deine Nachkommen, sie warten schon auf dich.“

6. Kapitel

Von Block zu Block lief die Epidemie, schneller als der Leichenzug die Toten wegschaffen konnte, die Öfen sie verbrennen konnten. Eine schreckliche Stimmung breitete sich im Lager aus.

„Zum Schluss sprengen sie uns noch in die Luft!", sagten manche, weil die SS-Offiziere gar nicht mehr Schluss machen wollten mit ihren Orgien, sich nicht mehr zeigten, nur die unermüdlichen sadistischsten Aufseherinnen hinausschickten, um die Zählappelle abzunehmen. Plötzlich kamen weiße Busse ins Lager gefahren. An den Seiten waren rote Kreuze aufgemalt.

„Rotes Kreuz, die kommen uns holen! Wir sind gerettet!"

Jubel brach aus, alle, die sich noch regen konnten, liefen herbei.

„Alle Frauen norwegischer und schwedischer Nation haben sich unverzüglich zur Abfahrt fertig zu machen!", verkündeten die Lautsprecher.

Die anderen Häftlinge sahen mit großen Augen zu. Einigen, die französisch sprachen, gelang es, sich in die Reihen hineinzuschwindeln. Sie durften mit.

„Wieso eigentlich?", fragte Elfi Schön. „In Schweden und in Norwegen spricht man doch gar nicht französisch."

„Sie haben's jedenfalls geschafft." Leni drückte Elfis Arm. „Uns wird es auch gelingen. Lange kann es jetzt nicht mehr dauern!"

Leni hatte ihren neunzehnten Geburtstag gefeiert, ganz still, ohne es jemandem zu sagen. Sie beglückwünschte sich im Namen ihres Vaters und Nanes, dass sie stark geblieben war, dass sie nicht aufgegeben hatte, selbst jetzt am Ende nicht, als die Zigeunermädchen nach den medizinischen Versuchen qualvoll sterben mussten, nicht, als sie die Toten mit den verzerrten Gesichtern sah, die mit Gas getötet worden waren, nicht, als der Lastwagen mit den vierundachtzig Säuglingen und ihren Müttern nach Bergen-Belsen abfuhr, an jenem bitterkalten Märztag.

An Adelheid Popp dachte sie, die sich als Kind so sehr gewünscht hatte, einmal einen Weihnachtsbaum zu bekommen. Ein einziges Mal war es ihrer armen Mutter gelungen, ein Bäumchen zu ergattern und bescheiden zu schmücken. Und dann hatte der betrunkene Vater ihn zerbrochen und all ihre Freude an Weihnachten zerstört. Und doch hatte Adelheid Popp nie die Hoffnung verloren.

Am 28. April hatte das Warten schließlich ein Ende. Lenis Block wurde evakuiert. In sechs mal hundert Reihen versammelten sich die Frauen zum letzten Appell vor der Abfahrt. Die, die wie Leni und Elfi noch in besserer körperlicher Verfassung waren, bekamen den Auftrag, die Lastwagen zu schieben, damit man Treibstoff sparen konnte. Die Lastwagen waren gefüllt mit Rotkreuzpaketen: Schokolade, Nüsse, Kekse, Zigaretten, Weihnachtsgeschenke für die Häftlinge, die sie nie zu sehen bekommen hatten, die sich die SS unter den Nagel gerissen und hier versteckt hatte.

Die schwächeren Häftlinge, die transportfähig waren, stiegen in die Lastwägen ein. Die Kranken mussten zurückbleiben.

Von Ravensbrück bis Wustrow half Leni beim Anschieben. Auf einer Anhöhe im Ort stand eine Kirche, in der Senke gegenüber machte der Transport Station. Auf einem von Bäumen umgebenen Platz stiegen alle aus und ließen sich dort zum Rasten nieder. Die Lastwagen wurden abgestellt, die SS-Leute machten sich eilig daran, Stromaggregate aufzubauen, um Licht zu schaffen und den Platz unter Kontrolle zu behalten.

Leni beobachtete sie aufmerksam. Hunde waren bei dem Transport nicht dabei. Es dunkelte schon. Das war die Gelegenheit.

„Kommt, gemma!"

Die Lazars konnten nicht mit. Ludmilla war nicht imstande, weit zu gehen, und Paula wollte sie nicht allein zurücklassen. Leni nahm Elfis Hand und sie schlichen unbemerkt zwischen den Bäumen durch, wo sie die Dämmerung aufnahm. Den Hang hinauf eilten sie auf die Kirche zu. Das Kirchentor war offen, sie liefen hinein, durch das Seitenschiff zum Altar. Leni lüpfte das mit Brokat bestickte Tuch und sie verkrochen sich darunter. Eng aneinandergedrückt in dem Eisesatem der Kirche verbrachten sie die Nacht. Aus der Ferne hörten sie am Morgen mit an, wie Appell gezählt wurde und zwei fehlten. Bald war klar, dass es sich um keinen Irrtum handelte, denn auch beim Lastwagenanschieben fehlten zwei. Die Aufseher wüteten, aber sie hatten keine Zeit zu suchen, sie mussten weiter.

Die Straße war vielleicht sechzig Meter entfernt. Bis dahin bewegten sich Leni und Elfi nur vorsichtig von Busch zu Busch. Auf der Straße sahen sie eine Kolonne daherkommen, das war schon der nächste Transport. Sie warteten ab, bis sie außer Sichtweite kam, dann wechselten sie schnell zur anderen Seite hinüber. Jetzt erst entdeckten sie, in welcher Gegend sie sich die ganze Zeit aufgehalten hatten. Da war nicht nur schwarze Schlacke, gelber Sand, morastiges Wasser. Da gab es Weiher, kleine und größere Seen. Reiher, Biber, Bisamratten, alle kleinen und großen Tiere, die am Wasser lebten, begegneten ihnen. Aber keine Hunde, zum Glück, sonst hätten sie sich ins Wasser flüchten müssen, weil die Tiere dort keine Witterung aufnehmen konnten. Es war empfindlich kalt.

Gegen Abend vernahmen sie von weit her klappernde Geräusche auf dem Straßenpflaster. Ein mageres Pferd, das einen Wagen zog, trottete langsam heran. Drei Soldaten saßen zusammengekauert darauf, erschöpfte Gestalten in verdreckten Uniformen.

Leni erhob sich aus ihrem Versteck. Elfi wollte sie abhalten, aber Leni meinte: „Denen brauchen wir nichts vorlügen, das sind genauso arme Teufel wie wir." Sie stellte sich an die Straße und hielt sie auf. „Nehmt uns mit!"

Sie sprachen polnisch, verstanden aber auch ein wenig Deutsch. Leni zeigte ihre Häftlingsnummer mit dem roten Winkel her, die sie sich abgerissen und in die Tasche gesteckt hatte.

„Ravensbrück", sagte einer und ließ sie aufsteigen.

Es waren Kriegsgefangene aus Fürstenberg. Aus einem Stück Zeitungspapier wickelten sie Brot und Käse und teilten ihr Essen mit Leni und Elfi. Sie hatten vor, bis zu den Amerikanern vorzudringen. So weit wollte Leni nicht. Bis Dabelow fuhren sie mit, dann verabschiedeten sie sich wieder.

„*Chleb! Chleb!* Da, nehmt noch das Brot!", riefen ihnen die Polen nach. Seit sie wussten, dass Leni und Elfi aus Österreich stammten, hatten sie die zwei jungen Mädchen ins Herz geschlossen.

„Nein, wir organisieren uns schon was!"

Das Dorf lag vor ihnen. Gleich beim ersten Haus kam ihnen eine Frau mit einem riesigen Rucksack auf dem Rücken entgegen.

„Dürfen wir dableiben?", fragte Leni.

Die Frau schüttelte entsetzt den Kopf. „Da? Um Himmels Willen, hier könnt ihr nicht bleiben! Wir müssen alle weg, wenn …"

Leni fiel ihr ins Wort: „Aber wir können nicht weiter, wir sind so erschöpft."

„Die Russen kommen, sie sind schon ganz in der Nähe!"

„Wir haben keine Angst", sagte Leni.

Und Elfi fügte hinzu: „Wir sind aus Österreich. Hier dienstverpflichtet."

Andere Frauen erschienen nun, mit ihren Habseligkeiten bepackt, die Kinder auf dem Arm oder in Handwagen mitschleppend.

„Das Dorf wird evakuiert", sagten sie. „Wir müssen uns auf den Weg machen, die Russen sind schon da."

Leni versuchte, ihnen zuzureden. „Warum fürchtet ihr euch vor den Russen? Die werden uns schon nichts tun.

Gut, dass sie kommen, jetzt wird der Krieg endlich zu Ende sein."

Aber die Frauen ließen sich nicht abhalten. Eine gab Leni den Schlüssel zu ihrem Haus.

„Dort vorn, nicht zu verfehlen. Wenn ihr euch wirklich traut ..."

„Ja, wir bleiben."

Sie konnten kaum mehr auf den Beinen stehen vor Müdigkeit. Ein paar Schritte noch. Da, plötzlich, kam ein Geräusch, von links, von rechts, hinter ihnen –

„Halt!", rief eine Männerstimme. „Wer seid ihr, was tut ihr da?"

Es waren drei SSler, zwei junge und ein älterer Mann.

„Dienstverpflichtet von Hohenlychen." Elfi antwortete wie aus der Pistole geschossen. Sie kannte den Ort, weil sie dort gearbeitet hatte.

Die SSler trugen Gewehre, aber man sah ihnen an, dass sie genug vom Krieg hatten. „Wo ist euer Quartier?" Sie schlossen sich den Frauen an. „Was gibt's zum Essen? Wir sind hungrig!"

„Wir auch!", erwiderte Leni. „Wir haben gehofft, ihr gebt uns etwas von eurem Proviant ab."

Im Haus fanden sie die Frauen des Dorfes, die zurückgeblieben waren, Alte und Mütter mit neugeborenen Kindern. Auch Soldaten in Wehrmachtsuniform hatten hier Zuflucht gesucht. Zum Glück gab es genügend Platz für alle. Einer der Männer ging noch einmal los, um etwas zu essen zu beschaffen. Er brachte ein Ferkel mit. Frisch geschlachtet.

Leni machte in der Küche Feuer. Dann brieten sie das Schwein im Ofen. Es war ein Festmahl.

„Wenn es jetzt noch einen Knoblauch gäbe“, sinnierte Leni. „Dann würden wir glauben, wir sind im Himmel.“

„Geh, Lenerl.“ Elfi musste lachen. „Wegen dem bissl Knoblauch. Wir sind im Himmel! Wo sonst?“

Mit vollen Bäuchen versanken sie in Schlaf. Das Nächste, was Leni hörte, war ein scharfes Knattern von draußen, nicht weit entfernt.

„Die Russen kommen!“, rief der ältere SS-Mann im Nebenraum. „Aufwachen, wir müssen los!“

„Warum? Lass uns in Ruhe“, kam die unwirsche Antwort.

„Antreten. Das ist ein Befehl!“

„Glaubst du, wir lassen uns von den Russen abknallen!“, protestierte nun der Zweite.

Leni spürte Elfis Hand, die sich Hilfe suchend an sie schmiegte. Sie drückte sie beruhigend. Sollten sich die Männer herumstreiten, was ging es sie an. Sie schliefen weiter. Keine zwei Stunden später wurden sie wieder geweckt. Die Soldaten klopften an ihre Tür.

„Die Russen sind da!“

Leni erhob sich. *„Towarisch, ne streljaj!“*, rief sie hinaus.

„Was ist das?“, fragte der ältere SS-Mann. „Bist du mit denen im Bund?“

„Kamerad, schieß nicht, hab’ ich zu ihm gesagt“, erklärte Leni.

Die Männer betrachteten sie verblüfft.

„Wir sind nämlich gar nicht dienstverpflichtet, wir kommen aus dem Konzentrationslager, aus Ravensbrück“, sagte Elfi.

„Und ich kann ein bissl Russisch, ich rede mit ihnen“, versicherte Leni.

„Rauskommen!“, forderte sie der Russe vor dem Haus auf.

„Da sind Frauen und Kinder!“, erwiderte Leni.

„Raus!“

„Und Soldaten sind auch dabei!“

„Soldaten? *Podaschdi!* Warte!“, rief der Russe.

„Wenn du dir einbildest, du kannst uns reinlegen ...“ Plötzlich hielt der SS-Mann seine Pistole in Lenis Rücken. „Du Verbrecherin!“

„Halt, lass die Frau!“

Die zwei Jungen fielen ihm in den Arm und rissen ihn zurück.

Er stürzte. Leni drehte sich um, zitternd vor Schrecken und Zorn: „Wegen so einem Schwein, dem ich nur helfen wollte, hätte ich jetzt am Ende noch sterben sollen?“

„Was ist da los? Aufmachen!“ Der Russe klang nervös.

„Habt ihr ein Leintuch, schnell, sonst wird's brenzlig“, sagte Elfi zu den Frauen, die sich ängstlich in eine Ecke drückten.

Sie holten ein Tuch, öffneten das Fenster einen Spalt und hängten das Tuch hinaus.

Draußen war Stimmengewirr zu vernehmen, Stiefel trampelten über den Hof.

„Wer ist da drinnen, Soldaten mit Gewehren?“

„Ja.“ Leni begann zu verhandeln.

Sie machten aus, dass die Frauen mit den Gewehren hinauskommen sollten, die Männer mit erhobenen Händen hinter ihnen her. Zum Schluss kamen die zwei jungen SSler, die den dritten zwischen sich führten.

„Was ist mit dem los?“, fragte der Russe.

„Er wollte mich erschießen.“

Kaum hatte Leni ausgesprochen, krachte ein Schuss. Der SS-Mann fiel tot zu Boden.

„Du, Frau! Sag den Soldaten, sie haben Zeit zu verschwinden. Wer in zwei Stunden noch da ist, wird als Kriegsgefangener festgenommen.“

Leni übersetzte und alle liefen davon, nur die zwei jungen SS-Leute mussten bleiben.

„Weißt, was für ein Tag heute ist?“, flüsterte Elfi, als sie sich noch einmal niederlegten, um auszuruhen. Draußen wurde es schon hell.

„Nein, du?“

„Der 1. Mai“, sagte Elfi. „Am 1. Mai 1945, um fünf Uhr in der Früh ist für uns der Krieg aus.“

„Das werden wir uns merken“, nickte Leni, schon halb im Schlaf.

„Die Zigeunerin im Lager hat meinen Traum richtig gedeutet. Ich werde überleben!“

Es waren ihre erste Worte nach dem Erwachen. Aber noch immer kam ihnen vor, dass sie träumten, Elfi und sie. Im Laufe des Tages trafen die russischen Truppen ein. Ein Offizier aus Leningrad erschien bei ihnen im Haus. Die SS-Leute mussten mit, sie waren nun Kriegsgefangene. Aber die Szene in der vorigen Nacht war nicht unbemerkt geblieben, sie wurden freundlich behandelt. Der Offizier brachte Leni und Elfi in einem anderen Haus unter. Sie durften ein eigenes Zimmer beziehen.

„Ich selbst werde zusperren und dafür sorgen, dass Ihnen niemand zu nahe tritt“, versicherte er ihnen.

Heißes Wasser wurde ihnen geholt und sie konnten das erste Mal nach diesen langen Monaten aus ihren Schmutz starrenden Lumpen heraus. Zuerst wuschen sie sich, dann ihre Kleider und zuletzt den Fußboden. Danach schlief Elfi ein. Leni aber fand keine Ruhe. So lange hatte sie rackern und auf der Hut sein müssen, nun konnte sie ihre Hände nicht still halten.

„Es ist alles derart verdreckt, ich will etwas tun“, erklärte sie dem russischen Offizier bei der nächsten Begegnung. „Wenn Sie uns Seife geben, können wir die Uniformen der Soldaten waschen.“

Erfreut stimmte der Offizier zu. Noch am selben Tag lieferte ein Soldat Seife und einen Berg von Uniformen bei ihnen ab und Leni begann mit der Wäsche. Sie schrubbte und rieb und spülte, Stück für Stück, so lange, bis alles wieder sauber war. Elfi half beim Aufhängen und beim Bügeln.

Der Offizier kam mit der Nachricht zu ihnen, dass er eine Kuh aufgetrieben hatte. „Könnt ihr sie melken?“

„Melken?“, wiederholte Leni ratlos. Ihre Nane hatte nur Hasen und Hühner gehalten, mit Kühen kannte sie sich nicht aus.

„Ich kann melken!“, rief Elfi lachend über Lenis besorgte Miene.

Ein Soldat führte die Kuh an einem Strick zum Haus. Elfi band sie am Apfelbaum fest. Dort wuchs das erste helle Frühlingsgras schon ganz dicht. Die Kuh begann zu fressen. Ohne Widerstand zu zeigen ließ sie sich von Elfi melken. Leni sah beeindruckt zu.

„Aber leider, bei ihr ist nicht viel zu holen", stellte Elfi fest.

„Wir bleiben eh nicht lange", meinte Leni. „Und wenn sie noch so nett sind zu uns, wir müssen schauen, dass wir weiterkommen."

Das war nicht so einfach.

„Ihr könnt nicht weg." Der Offizier sprach freundlich, aber entschieden. „Der Krieg ist nicht aus."

„Nicht aus? Und das Lager? Was ist mit denen passiert, die nicht mehr aus Ravensbrück weg konnten?"

„Das Lager ist gesperrt, niemand kann dort hinein und hinaus, die Typhusgefahr ist zu groß."

Von dem Augenblick an hatte Leni nicht mehr Rast noch Ruhe. Wenn sie schon nicht nach Hause durfte, musste sie wenigstens sehen, wie es den Kameradinnen erging. Schließlich setzte sie ihren Kopf durch. Eines Morgens zerriss ein Knattern und Rattern das stille Dorf. Ein Motorrad hielt vor Lenis und Elfis Fenster.

Der Soldat Vasilov hatte einen dick eingebundenen Hals, eine Stimme, die tonlos war vor Heiserkeit und ein Motorrad, das krachte und spuckte, aber das konnte Leni nicht abschrecken. Sie schlüpfte in ihre Kleider, lief hinaus und schwang sich auf den Sozius. Sie fuhren los.

Den ganzen Weg bangte sie vor dem, was sie in Ravensbrück vorfinden würden. Der Offizier hatte ihr nicht beantworten können, was geschehen war, seit die SS das Lager verlassen hatte. Die Drohung, sie würden alles in die Luft sprengen, war immer wieder gefallen. Wenn sie es nun wahr gemacht hatten? Wen kümmerten noch die schwachen Lebenslichtlein der Frauen im Krankenrevier?

Ravensbrück stand. In dem Pförtnerhäuschen, wo eine Österreicherin den Dienst versehen hatte, wartete nun eine russische Soldatin. Sie wiederholte, was Leni schon wusste:

„Im Lager herrscht Typhus. Die Revierblocks sind gesperrt. Niemand darf hinein oder hinaus."

Leni verlangte den Kommandanten des Lagers zu sprechen. Es gelang ihr tatsächlich.

„Bitte, Herr Kommandant, hören Sie mich an. Sie dürfen mich nicht abweisen!", flehte sie ihn an. „Ich war selbst Häftling. Wenn ich nun nicht mit dem Transport mitgekommen wäre? Ich war vorher sehr krank, ich hätte auch auf dem Krankenblock liegen können. Bitte, ich muss erfahren, wie es den Frauen geht! Wie soll ich den Angehörigen ins Gesicht schauen, wenn ich nach Wien komme, was soll ich ihnen antworten?"

„Ich kann Ihnen die Genehmigung nicht erteilen", antwortete ihr der Kommandant. „Es würde den sicheren Tod bedeuten. Sie können glücklich sein, dass Sie noch rechtzeitig herausgekommen sind."

Leni sah hinüber über den weiten Platz, wo schemenhaft im Schleier des nebeligen Nachmittags die Barackenlandschaft lag. Sie dachte an den Morgen nach ihrer Ankunft, als sie ihr die Kleider weggenommen hatten und die Schuhe und wie sie gedemütigt geworden war, mit

Worten und mit Schlägen. Und dass es nur diese Hoffnung gewesen war, zu überleben, sie zu überleben, weil sie am Ende waren, weil sie verloren hatten. Das Böse, all das Böse, das sie verkörperten, es war jetzt vorbei.

Der Kommandant hatte recht. Sie durfte nicht im letzten Moment am Typhus krepieren. Sie musste heim nach Wien. Ihre Nane wartete auf sie und ihr Vater. Es gab aber noch etwas, das sie erfahren musste.

„Woher bekomme ich meine Papiere?“, fragte sie den Kommandanten. „Wir sind mit der SS aus Ravensbrück geflüchtet. Niemand hat uns entlassen, ich habe nicht einmal eine Bestätigung, wie lange ich hier im Lager war. Wer wird sich darum kümmern?“

„Dafür bin ich nicht verantwortlich“, sagte der Kommandant. „Sie sind Österreicherin. Ich nehme an, der österreichische Staat wird das veranlassen.“

Der österreichische Staat! Zum ersten Mal nach sieben Jahren Ostmark bezeichnete einer Leni als Österreicherin. Er sagte es auf Russisch: *Avstrijka*. Plötzlich fühlte sich sie sich stark und froh.

Ganz unverrichteter Dinge musste sie nicht gehen. Der Kommandant schrieb ein paar Zeilen für Leni.

„Was ist das?“

Er überreichte ihr den Zettel. „Das wird auf dem Heimweg eine kleine Hilfe sein. Mehr kann ich nicht für Sie tun. Ich wünsche Ihnen Glück. Alles Gute, Sie sind ein tapferes Mädchen.“

*

Am 9. Mai weckte sie der Besuch des Offiziers auf. „Ich bringe die lang erwartete Nachricht."

Leni und Elfi sahen ihn schlaftrunken an. Bei seinen nächsten Worten erwachten sie auf einen Schlag:

„Der Krieg ist zu Ende."

Leni fand rascher ihre Sprache wieder. „Wann dürfen wir nach Hause?", fragte sie.

„Wenn Sie wollen, sofort. Es ist Frieden."

Sie besaßen keine Landkarte. Wo Österreich war, wussten sie nur ungefähr. Sie schlugen den Weg nach Dresden ein. Züge verkehrten schon seit Wochen nicht, deshalb gingen sie auf den Schienen. Fast niemand begegnete ihnen.

„Wozu ist die Straße da? Zum Marschieren, zum Marschieren um die weite Welt", begann Elfi zu singen.

„Zum Marschieren um die weite Welt", stimmte Leni, ein wenig misstönend, mit ein.

„Aber leider kann man auf den Bahnschwellen nicht ausschreiten."

„Goldne Bergeshöh'n, möchte ich leuchten sehn, dadadadada ..."

„Das ist ein anderes Lied!", protestierte Elfi.

Doch Leni bestand darauf. „Nein, Elfi, genau dieses, das ist der Rhythmus, schau mal. Vorderfuß auftreten, Vorderfuß auftreten, weiter, weiter, weiter, bis vierunddreißig, da kommt die Doppelschwelle, mit dem ganzen Fuß auftreten und dann wieder vom Anfang. Vorderfuß, Vorderfuß, weiter, weiter ... und dazu singen wir. Siehst, siehst, Elfi, so können wir marschieren!"

Wenn sie hungrig waren, verließen sie die Bahnschienen und suchten die nächste Ortschaft auf. An den Kreuzungen standen russische Soldatinnen, die den Autoverkehr regelten. Leni fragte sie nach dem Weg und zeigte den Zettel des Ravensbrücker Kommandanten vor. Inzwischen wusste sie, was er geschrieben hatte: Jeder, der diese Zeilen las, sollte der jungen Frau auf alle erdenkliche Weise die Heimreise erleichtern. Weil Elfi mit Leni unterwegs war, galt die Order auch für sie. Wohin sie kamen, standen die Türen offen und ein Essen auf dem Tisch.

„Schlückchen Wodka für die Damen?", wurde ihnen offeriert und dazu die Schachtel Machorka, aus der sie sich nach Lust und Laune bedienen sollten.

Einmal probierten sie eine der dicken braunen Zigaretten, aber Elfi wurde übel davon. Und den Wodka konnte sie schon gar nicht vertragen.

„Schade." Elfi zuckte die Achseln. „Wär' doch nett, in der Nacht, draußen, wenn's kalt ist, so ein Magenwärmerchen. Das hat der Papa immer gesagt."

Sie schliefen im Freien, im Wald, zwischen Büschen versteckt. Immer noch trieben sich versprengte deutsche Soldaten in Gruppen herum. Man konnte nicht wissen, wen sie aller mit in den Tod nehmen wollten.

Oft, wenn sie aneinandergekuschelt auf der Erde lagen, sprachen sie von zu Hause. Leni erzählte, wie schön ihre Kinderzeit im Burgenland gewesen war und wie gut die Nane gekocht hatte, Tarhonya und Fogas, Grammelpogatscherln, das Gansl zu Martini. Und Elfi beschrieb Leni das Dorf, in dem sie gewohnt hatte, bis die Gestapo sie alle holen kam, weil der Vikerl Lazar, der Fallschirmspringer, bei ihnen in der Scheune versteckt war.

„Das ist ein großer Held, der Viktor, der tapferste und liebste Mensch, den du dir vorstellen kannst."

Leni nickte. „Ich hoffe, ich werd' ihn auch einmal kennenlernen."

Im tschechischen Ort Hořovice stießen sie auf einen Wachposten. Leni ging zu dem Soldaten und bat: „Haben Sie Wasser für uns? *Prosim, wodu!* Wir waren im Konzentrationslager. Ravensbrück." Dann fiel ihr noch etwas ein: „Wir waren mit den Frauen von Lidice zusammen."

„Lidice!", wiederholte der Soldat. Es war wie ein Zauberwort.

Sie wurden aufgenommen, als ob sie zur Familie gehörten. Zum ersten Mal seit Jahren durfte Leni in einer weißen Wanne baden, in einem weißen Bettzeug schlafen. Und am nächsten Tag, als sie sich wieder auf den Weg machten, mussten sie nicht auf ihren geschwollenen, blasenbedeckten Füßen weiter, sondern sie fuhren mit dem Zug.

„Die heben wir uns auf. Zur Erinnerung", sagte Elfi, als der Schaffner die kleinen braunen Fahrkarten gezwickt hatte. „Jetzt geht's uns gut. In Prag gehen wir in die österreichische Gesandtschaft und die werden uns nach Hause bringen. Was sagst du, jetzt sind wir doch auch fast Heldinnen, findest du nicht?"

„Warte erst einmal ab, noch sind wir nicht dort."

Sie fanden zwar den Platz, wo sich die österreichische Botschaft befunden hatte, aber die Räumlichkeiten waren verlassen. Sie mussten sich zum Bahnhof zurückbegeben.

„Also derweil noch ohne Empfangskomitee, aber wenigstens per Bahn!", seufzte Elfi erleichtert auf.

Neben ihr zuckte eine Frau zusammen und wandte streng den Kopf. „Hörst du, das sind Deutsche!", wandte sie sich an den Mann daneben.

„Deutsche!", rief ein anderer. „Was, die trauen sich hier einsteigen? Das wird ihnen aber nicht gut bekommen."

Erschrocken sahen sich Leni und Elfi von aufgebrachten Tschechen umringt.

„Aber nein!", widersprach Leni. *„Nje!"*, rief sie noch lauter.

Niemand hörte ihnen zu. Näher und näher kamen die zornigen Gesichter.

„Werft sie aus dem Zug!", schrie ein Mann. „Wir dulden das Gesindel nicht im Abteil!"

„Hilfe!", rief Elfi. *„Austria!"*

Und Leni wiederholte den Hilferuf auf Russisch: „Hilfe, wir sind aus Ravensbrück. Konzentrationslager! *Avstrija!*"

Bis endlich ein russischer Soldat den Kopf ins Abteil steckte. „Was ist das für ein Aufruhr! Ruhe, lassen Sie die Frauen in Ruhe!"

Eine Minute später war der Tumult vorbei, die Situation geklärt, die erhitzten Gemüter beruhigten sich. Die Tschechin, die sich so über Elfi empört hatte, steckte ihnen nun ein Stück Brot zu.

„Weißbrot!", sagten Leni und Elfi andächtig. Das hatten sie schon seit Jahren nicht mehr zu Gesicht bekommen. Als ihnen noch Sitzplätze angeboten wurden, konnten sie sich wirklich nicht mehr beklagen. Bis Gmünd durften sie sich beinahe im Paradies fühlen.

„Ja, beinah", murmelte Elfi zwei Stunden später.

Wieder standen sie vor einer Grenze. Wieder zeigte Leni ihren handgeschriebenen russischen Zettel, erklärte, dass sie aus dem KZ Ravensbrück kamen und vergaß nicht, die Frauen von Lidice zu erwähnen. Diesmal aber wollten die Grenzer nicht verstehen. Es waren Tschechen, die keine kyrillische Schrift lesen konnten. Achselzuckend wiesen sie den Zettel zurück und winkten Leni und Elfi aus dem Zug heraus. Sie konfiszierten den Rest des Brotes und die Wurst, selbst der Kamm, den Leni in ihrer Tasche hatte, musste zurückbleiben. Dann deutete einer auf Lenis Rucksack.

„Aber das ist doch nur schmutzige Unterwäsche!", protestierte sie. Vergeblich.

Jedes Stück wurde herausgezerrt, nichts war ihnen zu schlecht. Eingewickelt in ein Hemdchen entdeckten sie die paar Kronen, die Leni geschenkt bekommen hatte, und dann, als sie schon aufatmen wollte, die Ohrringe. Sie waren nicht nur das Einzige an Wert, was sie über die Jahre der Haft gerettet hatte, sondern auch das einzige Erinnerungsstück, das sie von ihrer Mutter besaß. Aber das kümmerte hier niemanden.

Im Gegenteil, jetzt ordnete einer der Beamten noch eine Leibesvisitation an. In einer Baracke neben den Bahngeleisen mussten sie sich auskleiden. Eine Frau tastete sie ab, rasch, mit niedergeschlagenen Augen, als schämte sie sich. Dann war es vorbei. Zu Fuß überquerten sie die Grenze nach Österreich.

„Beinah im Paradies", setzte Elfi ihr halblautes Räsonieren fort, „aber schnell wieder auf dem harten Boden der Realität. Die waren ganz schön bös', diese Tschechen. Grad, dass sie uns nicht ..." Sie verschluckte den Rest des Satzes.

„Verschreien wir's nicht", warnte Leni. „Schau dir lieber an, was da vorn los ist."

Der Bahnhof auf der österreichischen Seite war voll mit Menschen. Ein heilloses Durcheinander von Flüchtlingen, die gerade angekommen waren, und anderen, die hier ihre Verwandten empfangen wollten, nach ihnen suchten oder sie gerade entdeckt hatten.

„Auf uns, so viel steht fest, wartet keiner", sagte Leni. „Also weiter, Elfi, hurtig und mit einem Liedl auf den Lippen. Stimm an."

Elfi öffnete den Mund, aber nur ein klägliches Jammern kam aus ihrer Kehle. „Tut mir leid, Leni ... meine Füße ..."

Sie sah plötzlich so blass aus. Mitten auf den abgezehrten Wangen klebten zwei ungesunde hellrosa Flecken. Leni schaute sie besorgt an, nur einen Augenblick und dann schnell wieder weg, damit Elfi das Mitleid in ihren Augen nicht entdeckte. Sie mussten stark sein, sie durften nicht nachgeben.

„Nicht die Füße bestimmen, wo es langgeht, das tu schon ich", feuerte Leni sie an. „Wie wir es gelernt haben, auf den Schienen, eins und zwei und drei und vier. Die vierunddreißigste ist die Doppelschwelle, auf die freuen wir uns dann schon."

Sie gingen weiter, langsam und holpernd, so lang sie es ertragen konnten. Da verließen sie die Bahngeleise. „Maissau" stand auf einem Wegweiser, so hieß die nächste

Ortschaft. Sie gingen auf der Landstraße weiter, bis sie an einer Kreuzung wieder auf russische Soldatinnen stießen. Nicht alle waren freundlich gestimmt, aber nach einer Weile hatten sie Glück, weil gerade ein Auto vorbeikam und angehalten wurde. Eine Soldatin winkte ihnen, dass sie einsteigen und ein Stück mitfahren durften.

Drinnen saß ein Russe von kleiner Statur. Neben der hoch gewachsenen Leni sah er aus wie ein Kind, er reichte ihr kaum bis zum Kinn.

„Wie geht's?", fragte er höflich und, mit Blick auf ihre Schmutz starrenden, zerfransten Schuhe: „Haben Sie eine weite Reise hinter sich?"

Ihm erzählte Leni nicht das Märchen von der Dienstverpflichtung in Deutschland.

„Vom Fegefeuer ins Leben zurück", sagte sie auf Russisch.

Er schaute sie ernst an. „Anhalten", befahl er seinem Chauffeur.

Leni hielt erschrocken den Atem an. Hatte sie sich in ihm getäuscht? Tränen wollten ihr schon in die Augen steigen, da öffnete er die Autotür, sprang hinaus und entfernte sich eilig. Leni und Elfi wechselten kein Wort. Angespannt schauten sie aus dem Fenster in die Richtung, wohin der kleine Russe verschwunden war. Einige Minuten vergingen, da stand er plötzlich wieder vor ihnen. Er hielt zwei blühende Zweige in der Hand. Lila und purpurfarbene, betäubend süß duftende Blütendolden.

„Flieder!", sagte Elfi mit ungläubig zitternder Stimme.

Der Russe überreichte ihr einen Buschen, den anderen Leni.

„Für die zwei *dewuschki*“, sagte er mit einer kleinen Verbeugung.

„Danke, *pane*.“ Leni schluckte vor Rührung.

„Ich danke Ihnen für die Ehre, Sie ein Stück begleiten zu dürfen“, erwiderte er.

So näherten sie sich der Heimat.

7. Kapitel

Sie kamen vom Norden auf die Stadt zu, durch den von Bomben verheerten Arbeiterbezirk Floridsdorf. Die ganze Brünner Straße entlang war kaum ein Gebäude stehen geblieben. Leni schleppte Elfi, die sich kaum mehr aufrecht halten konnte, mit sich. Die Bilder der Zerstörung weckten sie aus ihrer Benommenheit. Sie kannte Floridsdorf von früher. Manchmal waren sie mit der Straßenbahn herausgefahren, um Vaters Kollegen am Floridsdorfer Spitz zu besuchen. Ungläubig vor Entsetzen sah sie sich um. Da waren nur Schutthalden und Bombenkrater, so weit das Auge reichte. Sie erkannte nichts.

Auf dem letzten Stück, bevor sie die Donau erreichten, standen die Leute in dichten Gruppen beisammen. Militärs kontrollierten jeden Einzelnen, der ins Stadtzentrum hinein wollte. Ein russischer Soldat, der neben seinem Panzerfahrzeug wartete, winkte Leni heran. Sie hielt ihm ihren handgeschriebenen Zettel hin. Mit einem fragenden Blick auf die zwei Frauen nahm er ihn in die Hand. Langsam buchstabierte er die wenigen Zeilen, nickte und sah sie noch einmal, diesmal mit freundlicherer Miene an. Er neigte sogar den Kopf zu einem wortlosen Gruß. Dann durften sie passieren.

Die Reichsbrücke war der einzige Übergang, den die Bomben verschont hatten. Alle anderen Donaubrücken lagen eingestürzt im Wasser, nur die nackten Pfeiler ragten heraus. Leni und Elfi setzten ihren Weg fort, von Müdigkeit betäubt, auf ihren blutigen Füßen, stumm. So oft hatten sie sich den Augenblick ihrer Heimkehr ausgemalt, aber nun fanden sie keine Worte. Sie überquerten das Wasser, gingen die Lassallestraße entlang auf die Stadt zu und sahen zum Prater hinüber. In den Auen mussten die Bäume blühen und in den Tümpeln und Weihern die kleinen Kaulquappen schon eifrig herumrudern, wie in jedem Frühling. Nur das Riesenrad drehte sich nicht mehr, es war abgebrannt, und weiter vorne, am Ende der Praterstraße, wo der Donaukanal lag, sahen sie auf den Stephansdom, die Ruine, die von ihm geblieben war.

„Was ist denn?", fragte Leni, als Elfi sich plötzlich aufrichtete und ihren Arm losließ.

„Leni!", rief Elfi aus. „Da schau, dort vorne, eine Straßenbahn!"

Sie kamen gerade noch rechtzeitig, um einzusteigen. Die Schaffnerin zog die Klingel und sie fuhren los, so abrupt, dass die zwei Frauen auf der Plattform beinahe das Gleichgewicht verloren.

„Fahrkarten, bitte!", schnarrte die Schaffnerin und kam zu ihnen. Sie maß sie, wie vorhin der Russe, mit skeptischem Blick. „Na", sagte sie, weil weder Leni noch Elfi Anstalten machten, ihre Börsen zu zücken.

„Wir haben kein Geld", erklärte Leni hastig. „Entschuldigung." Sie senkte den Kopf, weil sie sich schämte.

„Und, was?", verlangte die Schaffnerin zu erfahren. „Wollen S' vielleicht eine Einladung von mir?"

Leni spürte, dass Elfi sie am Ärmel zupfte.

„Steigen wir wieder aus", flüsterte Elfi. „Du siehst ja ..."

Aber Leni schob ihre Hand weg. „Wir kommen aus dem Konzentrationslager", sagte sie mit fester Stimme.

„So schaut's ihr auch aus", stellte die Schaffnerin unbeeindruckt fest. „Davon kann ich mir nichts kaufen. Bei der nächsten Station seid's draußen. Aber dalli. Und könnt's froh sein, dass ich keinen Wachmann hole."

Leni bemerkte, dass die Schiebetür, die von der Plattform ins Innere des Wagens führte, offen stand. Drinnen saßen die Passagiere auf den hölzernen Bänken. Sie mussten den Disput mitgehört haben, aber keiner meldete sich zu Wort. Keiner spendete den zwei Heimkehrerinnen die paar Groschen für die Fahrkarten.

Die Straßenbahn hielt auf dem Nestroyplatz. Leni kletterte hinaus und half Elfi über das Trittbrett.

„Goldenes Wienerherz, du hast uns wieder!", rief sie zurück.

„Was für ein Tag ist heute?", fragte Elfi, mit ihren Gedanken weit weg.

„Ich weiß nicht."

Über den Platz schritt eine kleine Prozession, ein Priester unter einem Baldachin, den vier Ministranten trugen, gefolgt von einer Gruppe alter Frauen. Der Priester hielt die Monstranz und die Frauen sangen mit dünnen, hohen Stimmen: „Dich zu lieben, dich zu preisen, unser Heiland, unser Gott ..."

„Fronleichnam", begann Elfi wieder. „Das ist der Tag, an dem wir heimgekehrt sind. Wenn ich ihnen das zu Hause erzähle ..."

Bei dem Wort „zu Hause" klopfte Lenis Herz schneller. „Was machen wir jetzt?" Sie fürchtete sich auf einmal.

„Ich weiß nicht." Auch Elfi klang unschlüssig. „Glaubst du, dass am Südbahnhof die Züge wieder fahren?"

„Ja, hoffentlich." Leni schluckte. „Wirst du mir schreiben, Elfi? Aber gleich, ja, wenn du in Lichtenbach ..." Sie sah, dass Elfis Unterlippe zu zittern begann. „Oder willst du lieber ...?"

„Hast du es schon so eilig, mich loszuwerden!", rief Elfi, bevor Leni weitersprechen konnte. „Komm, ein Stück Weg haben wir noch miteinander, gemma jetzt."

Sie überquerten den Ring, bogen beim Stadtpark ab, gingen über den Heumarkt, hinauf über die Wiedner Hauptstraße nach Süden, wo Favoriten lag und etwas weiter noch Wiener Neustadt.

„Da draußen könnte ich vielleicht eine Mitfahrgelegenheit finden", sagte Elfi unbestimmt.

Sie traten auf den Südtirolerplatz, eine einzige Schutthalde.

„Wenn ich die Triester Straße hinausgehe ... bis zur Spinnerin am Kreuz ..."

Leni blieb stehen. „Kennst du die Geschichte von der Spinnerin am Kreuz?"

Sie schlang den Arm um Elfis Taille, die so schmal war wie die eines Kindes.

„Zwanzig Jahre hat die arme Frau gesponnen, bis ihr Mann aus den Kreuzzügen zurückgekommen ist. Und dann hat er sie nicht einmal erkannt."

„Deswegen hat sie ja das Denkmal bekommen, für ihre Treue." Elfi sprach in einem langsamen, träumerischen Tonfall, wie aus einem tiefen Schlaf erwacht.

Leni musterte sie besorgt. „Ich kann dich jetzt nicht gehen lassen. Du bist zu müd', ruh dich erst aus. Ja?"

Statt einer Antwort fiel Elfi ihr um den Hals. „Ich gehe mit dir. Ein paar Tage, Leni, nur ein paar Tage. Bis wir uns gewöhnt haben."

Leni nickte erleichtert. Ihr Herz schlug wieder ruhig. „Ja, Elfi, so machen wir es. Bis wir uns gewöhnt haben."

Sie nahmen sich an den Händen, wie in den langen Wochen ihres Rückwegs, sie gingen weiter und keine schüttete der anderen ihr Herz aus. Eine abergläubische Furcht hielt sie ab.

Auch in Favoriten war jeder Straßenzug vom Bombardement gezeichnet. Leni wurde bang und bänger, je näher sie der Neilreichgasse kamen. Da war das Kartoffelgeschäft, wo sich der arme Herr Oberländer hingeflüchtet hatte. Die kleine Molkerei gab es wohl nicht mehr. Was war aus der schwarzbunten Hanni mit den sanften Augen und den langen Wimpern geworden, diesem freundlichen Tier? Nur nicht weinen, Leni, ermahnte sie sich, und Elfi, die ahnte, was in Leni vorging, zog sie fest an sich.

Einen Schritt und noch einen, sie musste hinschauen, sie ... wenn ... nein. Neilreichgasse ... drei ... fünf ... ihr Haus? Das Haus war da. Es sah aus wie immer. Sie spürte Elfis Hand nicht, so nass war ihre geworden. Sie blieb stehen, sie wischte die Handfläche an ihrem Rock ab. Elfi wartete. Sie öffnete die Haustür. Drinnen roch es wie immer. Wie war das möglich? Drei Jahre war sie fort gewesen. Als wäre nichts geschehen. Aber es war alles geschehen. Sie stiegen die Treppen hinauf. Die Türen waren geschlossen. Hatte sie niemand kommen sehen?

Das wäre das erste Mal gewesen. Irgendwer schaute doch immer aus dem Fenster, hörte jemanden im Stiegenhaus, die Frau Quappil im Mezzanin, der entging nie etwas. Die Türen blieben zu. War denn keiner zu Hause?

Leni klopfte an ihre Wohnungstür. Niemand öffnete. Elfi stieß einen Seufzer aus. Sie sagte nichts. Es war zu deprimierend. Die Schaffnerin. Und jetzt die Hausbewohner. Vielleicht waren sie ja wirklich alle ausgegangen. Aber sie wussten ja, dass es nicht stimmte. Die wollten nicht. Leni Tomić war heimgekommen und keiner schaute sie an. Sie hatte es überstanden, sie hatte überlebt.

„Ihr könnt mir alle den Buckel runterrutschen, ich weine nicht. Keine Träne, nicht eine einzige Träne wegen euch." Leni sagte es so leise, dass nicht einmal Elfi sie verstand.

Sie stiegen wieder hinunter, eine Stufe nach der anderen, noch immer wortlos. Leni stocherte in ihrer Wut, damit die Flamme nicht ausging und sie am Ende doch traurig wurde. Die waren es nicht wert. Wenn sie nicht einmal einen Willkommensgruß für sie hatten, warum sollte sie sich von ihnen das Herz schwer machen lassen? Da ging im Erdgeschoss ein Licht an, fiel durch die gläserne Oberlichte auf den Flur. Die Frau, die da unten wohnte, in der ehemaligen Oberländerwohnung, kannte Leni nicht mit Namen. Die alte Frau Oberländer hatte der Herzschlag getroffen, als die SA ihren Mann draußen auf der Straße überfallen hatte. In die freie Wohnung war diese Frau eingezogen, so eine spiritistisch angehauchte Kartenlegerin, das hatte die Nane erzählt, naserümpfend. Die hielt es mit einem SA-Mann, an so eine wollte Nane gar nicht anstreifen. Aber nun war sie die Einzige, die ihre Tür aufmachte.

„Kommt's herein, ihr zwei Mädeln!“, rief sie in den Flur, wo Elfi und Leni immer noch wie erstarrt am Stiegenabgang warteten. „Ihr habt doch sicher einen Durst.“

Sie folgten ihr in die Küche. Jede von ihnen bekam ein Glas Wasser zu trinken, und als sie es auf einen Zug ausgeleert hatten, wurde es wieder gefüllt, so lange, bis sie genug hatten.

„Wo ist der Papa, wo ist meine Oma?“, fragte Leni schließlich.

Die Frau schüttelte bedauernd den Kopf. „Die Großmutter ist schon einen Monat nicht mehr da gewesen. Sie hat lange hier gewohnt, das weißt du ja, seit damals, als sie dich geholt haben, aber jetzt ist sie vielleicht zurück ins Burgenland. Rette sich, wer kann, in Wien bleibt nur, wer muss.“

Lenis Gedanken waren schon ein Stück vorausgeeilt. Einen Monat war sie nicht mehr da, bedeutete das, konnte es bedeuten, der Vater war …

„Und der Papa?“, Lenis Herz schlug bis in ihre Ohren.

„Den sehe ich alle Tage. Da unten um die Ecke, bei den Kommunisten, da geht er aus und ein.“

Eilig bedankte sich Leni. Sie sah, dass Elfi zum Umsinken müde war, aber sie konnte es nicht erwarten. „Ich muss gleich zu ihm!“, sagte sie aufgeregt. „Willst du hier bleiben, Elferl?“

„Nein, ich gehe mit dir“, antwortete Elfi tapfer.

Und sie machten sich wieder auf den Weg. Nun, nachdem so lange Zeit vergangen war, verlor Leni am Ende beinahe die Geduld. Der Vater war da, ganz in ihrer Nähe. Aber wo?

„Ich suche meinen Vater, den Tomić Jakob."

„Ja, den kennen wir."

„Wo ist er? Wo finde ich ihn?"

„Der wird in der Leibnizgasse sein."

Sofort gingen sie hin. Es war nicht weit, aber für ihre blutenden Füße doch eine Ewigkeit. Und wieder fragte Leni:

„Kennen Sie den Tomić Jakob, meinen Vater? Ich suche ihn dringend."

Und wieder hieß es, dass er häufig komme, doch jetzt gerade nicht da sei. Sie kehrten um und stiegen die Treppen hoch bis zur Wohnungstür, sie klopften, aber immer noch machte ihnen niemand auf.

Neben der Bassena auf dem Gang kauerten sie eine lange Zeit, dann sagte Elfi: „Wenn wir an die frische Luft hinaus könnten, wär's mir leichter."

Da stiegen sie wieder ins Parterre hinunter und gingen vor das Haus. Elfis setzte sich, wie sie war, auf den Gehsteig, und kaum hatten ihre Beine nachgegeben, folgte Leni ihrem Beispiel. Es war nicht kalt, ein warmer Frühsommerabend. Wie viele Wochen hatten sie auf der Erde geschlafen, mit nichts als einem Mantel als Unterlage und mit dem zweiten zugedeckt? Das machte ihnen gar nichts aus. Es war schönes Wetter die ganzen Wochen, seit sie von Ravensbrück aufgebrochen waren.

„Was wir für ein Glück gehabt haben, Elfi. Nicht einmal hat es geregnet."

Sie hatten Glück gehabt, nicht nur mit dem Wetter. Leni fühlte, wie Elfis Kopf an ihre Schulter sank, schwer wurde, aber sie selbst hielt sich aufrecht, sie wandte den Blick nicht, denn sie wusste, lange würde es nicht dauern, und dann ... Da sah sie jemanden in der Gudrunstraße, einen Mann, der rannte, in vollem Lauf die Straße überquerte, einbog in die Neilreichgasse und nicht langsamer wurde, bis er bei ihnen angekommen, so rasch, dass Leni es noch immer nicht glauben konnte, aber er war es, ihr Vater.

„Papa!“, rief Leni, halb lachend, halb weinend, nachdem sie sich umarmt und gedrückt hatten und gar nicht mehr loslassen wollten. „Papa, jetzt hab’ ich dich zum ersten Mal im Leben laufen gesehen!“

„Na, wenn das kein Grund ist“, antwortete Jakob Tomić.

Er gab seiner Tochter zwei Küsse auf die Backen, so knallend, dass Elfi aus ihrem Schlummer zurückkehrte und die Augen öffnete.

„Er ist da!“, sagte sie verschlafen. „Ich bin froh, Leni. Jetzt wird alles gut.“ Und schlief wieder ein.

Die nächsten zwei Tage lagen sie. Lenis Vater besorgte, was nötig war. Das Wasser vom Hydranten, das Holz aus den Ruinen der bombardierten Häuser. Er putzte den alten Küchenofen und setzte ihn in Gang, die einzige Möglichkeit zum Kochen und Heizen, die sie hatten. Von Freunden borgte er Kleider für Leni und Elfi aus, damit sie ihre Lumpen aus Ravensbrück endlich verbrennen konnten. Lenis alte Sachen passten nicht mehr. Sie hatte sich schon allein versorgen müssen, gekocht, gewaschen, geputzt, aber sie war doch noch ein Kind gewesen. Jetzt war sie dem Vater über den Kopf gewachsen.

„So was", wunderte der sich ein ums andere Mal. „Beinah verhungern hätten s' euch lassen, diese Hunde, aber du bist trotzdem ein großes Mädel geworden, Leni, so groß und stark. Nicht zu glauben."

Sie konnte nicht aufstehen, die Wunden an den Füßen eiterten und brachen bei jeder Belastung von Neuem auf. Es schmerzte so sehr, dass sie nicht schlafen konnte. In der Nacht lag sie an Elfi gedrückt, als wären sie noch immer auf der Flucht.

Nach zwei Tagen sagte Elfi: „Aber ich muss heim! Ich finde ja keine Ruh', ich weiß nicht, sind sie zurückgekommen, was ist ihnen geschehen, die Mutter und der Vater ..." Elfis Stimme wackelte und fing sich wieder. „Ich fahr' heim nach Lichtenbach."

Mit Mühe erhob sie sich. Ihre Lippen wurden weiß vor Schmerz, als sie die alten Schuhe überstreifte. Lenis Vater hatte besseres Schuhwerk gebracht, getragen, aber nicht so verbeult und zerrissen wie ihre eigenen. Doch weder Elfi noch Leni waren imstande, die neuen Schuhe anzuziehen.

„Elfilein?" Leni streichelte die Wangen ihrer Freundin. „Schreibst mir auch gleich? Und bald sehen wir uns wieder, das versprichst du mir, ja?"

Sie fielen einander in die Arme und küssten sich, wie zwei Liebende, die nicht voneinander lassen konnten.

„Du kommst mich besuchen."

„Ja, ich komme bald."

„Musst sie doch alle kennenlernen, von denen ich dir erzählt hab'."

„Ja, ich werd' sie alle kennenlernen."

Elfi sprach wie aufgezogen und Leni wiederholte, was sie sagte, im gleichen Ton, alles, um nicht weinen zu müssen.

„Na, na", sagte Lenis Vater, der darauf wartete, Elfi zum Südbahnhof zu bringen. Er schnäuzte sich laut in sein Taschentuch, um seine Rührung zu verbergen.

Schließlich machten sie sich voneinander los. So fest die Umarmung gewesen war, so schnell nahmen sie nun Abschied. Vor dem Haus wartete Vaters alter Kollege von den Pflasterern, um Elfi mit seinem offenen Wagen zum Bahnhof zu fahren. Benzin gab es nicht und auch kein Pferd, sie konnten sich nur selbst einspannen. Die zwei Männer hoben Elfi auf die Tragfläche und zogen los. Elfi wandte den Kopf nach hinten. Sie sah Leni oben am Fenster stehen. Sie winkten einander zu, bis der Wagen die Gudrunstraße erreichte und nichts mehr zu sehen war als eine Staubwolke, die zwischen ihnen hing wie vom Himmel gefallen.

*

Wenn es klopfte, musste man sich nicht mehr fürchten. Nicht mehr als Erstes zum Radio springen und auf der Skala den Deutschlandsender einstellen. Es war Frieden, es war Sommer, alles konnte nur besser werden. Jeden Tag begann Leni mit der Litanei. Sie fühlte sich so bleiern, als hätte sie alles, was hinter ihr lag, noch einmal zu ertragen.

Trotzdem blieb sie nicht im Bett. Sie stand am Morgen auf, sie tat, was zu tun war. Sie wartete darauf, dass ihre Wunden verheilten, damit sie zur Nane fahren konnte. Ihre Füße hatten es nicht eilig, gesund zu werden. Jede Woche sprangen neue Furunkel auf, als hätte sich ihr Körper gegen sie verschworen.

Noch einmal klopfte es, drängender, während sie sich von ihren Gedanken hatte forttragen lassen. Leni humpelte zur Tür.

Der Mann, der vor ihr stand, kam aus dem Konzentrationslager, das erkannte sie auf den ersten Blick. Nicht an seinem ausgemergelten Äußeren, sondern an der „Lagerstraße“, dem ausrasierten Mittelstreifen auf seinem Kopf.

„Bist du die Leni?“

„Ja, und du?“

„Ich bin der Lazar Vikerl.“

„Das sagt mir etwas.“

Sie hob den Kopf und sah ihm in die Augen. Kein Gramm Fett war an seinem Körper, er war wie ein gejagter, räudiger Hund, nicht viel anders, als sie selbst noch vor wenigen Wochen ausgesehen hatte. Aber seine Augen, blau wie der Junihimmel vor dem Fenster, strahlten, als hätte er das wunderbarste Bild auf Erden erblickt.

Sechzehn Monate war er in Gestapohaft gewesen. Ein Fallschirmspringer. Ein Zuchthäusler. Einer aus der Kompanie 999, ein Todgeweihter.

„Ich weiß, wer du bist“, sagte Leni. „Die Elfi Schön hat mir alles erzählt.“

Er begann zu lächeln. „Darf ich reinkommen?“

Sie öffnete die Tür weit. „Mohnnudeln hätte ich gekocht. Hast einen Hunger?“

Sie deckte den Tisch für ihn, das Reindl mit dem Mittagessen stellte sie dazu.

„Guten Appetit.“

Er füllte seinen Teller, verschlang die Mohnnudeln, griff ein zweites Mal zu. Sie sah ihm beim Essen zu. Es war eine Freude, wie es ihm schmeckte. Nicht eine Mohnnudel blieb übrig. Als alles in seinem mageren Leib verschwunden war, schrak er auf.

„Jessas“, sagte er. „Jetzt hab’ ich euch alles zusammengefressen. Nach so einer Zeit bleibt von einem doch nur ein wildes Tier über. Ich entschuldige mich, ich werd’ es wieder gutmachen, versprech’s dir!“

„Vikerl!“ Lenis Stimme war auf einmal glucksend wie das Bächlein hinter Nanes Haus, fröhlich und leicht, Vogelgezwitscher und Blätterrauschen, eine Stimme, die sie noch gar nie gehört hatte. Ein Lachen kitzelte sie, aber das zeigte sie ihm nicht. Er hatte Vaters und Lenis ganzes Mittagessen verspeist.

„Ich hab’s dir vergönnt!“

Wie beschämt er schaute, mit seinen himmelblauen Augen. Und sie, gar nicht mehr wegschauen konnte sie.

*

2. TEIL

DAS ZWEITE LEBEN

8. Kapitel

Ganze Straßenzüge Favoritens waren von eingestürzten Häusern unpassierbar.

Leni stand am Fenster und sah auf die Zerstörung. Jeden Morgen erschienen die Helfertrupps, überwiegend Frauen, mit vermummten Gesichtern, um sich vor dem Ziegelstaub zu schützen. So bahnten sie sich Pfade durch die Trümmermassen. In den Ruinen krochen alte Leute und Kinder herum, verstört, verwahrlost. Leni beobachtete sie mit bangem Gefühl. Wie sollte es nun weitergehen, was wurde aus den Menschen, die sich nicht zurechtfanden in dieser Welt, die sie nicht mehr als ihr Zuhause erkannten? Und warum gab es niemanden, der sich um diese Hilflosen kümmerte?

Sie fragte ihren Vater, der nur die Stirn runzelte. „Du kümmerst dich jetzt einmal um dich selbst, mein Kind. Das ist jetzt deine Aufgabe."

In jeder Gasse des Bezirks waren Opfer des Widerstands zu beklagen. Jakob Tomić kannte die verzweifelten Eltern, Witwen, Kinder. Nachdem ihn die Gestapo freigelassen hatte, war er nicht mehr an die Front zurückgekehrt. Er arbeitete bei einer Holzfirma neben dem Aspang-Bahnhof, dort, wo die Judentransporte von Wien weggegangen waren. Aus nächster Nähe hatte er mit ansehen müssen, wie Menschen in Waggons hineingepfercht und abtransportiert wurden.

Leni ließ sich nicht beirren. „Je länger dieses Chaos dauert, desto schlimmer wird es. Ich kann nicht warten, dass es jemand anderer tut, ich muss mithelfen. Wir müssen uns die Zukunft freischaufeln."

„Du hast geschuftet genug!", widersprach ihr Vater. „Du wirst ihnen nicht den Dreck wegräumen, den sie sich selbst eingebrockt haben!"

Alle jungen, gesunden Frauen waren verpflichtet, sich bei den Aufräumkolonnen zu melden und bei den Schuttarbeiten mitzuhelfen. Nur die Alten, die Kranken und die Heimkehrer aus dem Konzentrationslager waren von der Verordnung ausgenommen. Leni hörte dem Vater schweigend zu. Ausreden konnte er es ihr doch nicht mehr. Sie musste nur warten, bis ihre Füße sie wieder trugen, dann war es mit dem Nichtstun vorbei.

Drei Tage später versuchte sie es zum ersten Mal. Nachdem der Vater das Haus verlassen hatte, stieg sie langsam die Treppe hinunter. In der Quellenstraße stieß sie auf den ersten Aufräumtrupp. Sie fragte nicht lang, sondern nahm eine Schaufel und machte sich an die Arbeit. Nach einer Weile begann die Frau neben ihr zu jammern:

„Ich halte das nicht mehr aus!" Sie ließ sich auf einem Ziegelhaufen nieder. „Ich hab' mein Leben lang nicht mit den Händen gearbeitet, wie kommt man denn dazu?"

„Diese verfluchten Amis, die haben uns ruiniert!", rief eine Zweite. „Jetzt spielen sie sich noch als Befreier auf. Das ist doch ein Hohn für die Bevölkerung!"

„Als ob wir noch nicht genug gelitten hätten", setzte die Frau auf dem Ziegelhaufen fort. Sie warf einen Blick zu Leni hinüber. „Was sagen Sie, Fräulein? Wird Ihnen das nicht zu viel?"

„Ich hab' die Schaufelmatura in Ravensbrück abgelegt", erwiderte Leni trocken, ohne ihre Arbeit zu unterbrechen.

„Ravensbrück, wo ist denn das?"

Eine Pause entstand. Leni merkte, dass nun schon mehrere Frauen zuhörten. „Ach so, das wissen Sie nicht?" Sie stützte sich auf den Schaufelstiel. „Ich war im Konzentrationslager."

Kein Wort fiel, erst als Leni weitersprach. „Ich bin froh, dass sie uns befreit haben. Endlich ist der Faschismus besiegt worden!"

„Hört euch das an!", stieß eine Frau empört aus. „Und die Bomben, die Tausenden Menschen, die in ihren Häusern verschüttet worden sind, und wie sich diese grauenhaften Russen hier in Wien aufführen, darüber sind Sie froh!" Sie sah drein, als ob sie Leni ins Gesicht spucken wollte.

„Dann tischt sie uns noch so ein Lügenmärchen auf. Konzentrationslager!", mischte sich eine andere ein. „Wieso ist sie denn dann da, kaum, dass der Krieg vorbei ist? Angeblich war das doch so schrecklich und die Leute sind alle misshandelt worden."

Bei dem ersten Ausruf hatte Leni sich aufgerichtet. Ruhig und bestimmt wollte sie die Vorwürfe zurückweisen. Ohne die Rote Armee hätte der Naziterror noch lange kein Ende genommen. Die Bomben der Amerikaner hatten das Land zerstört, dafür blutete jedem Patrioten das Herz. Doch wären die Österreicher ohne diesen Bombenkrieg je von Hitler abgefallen? Aber ihr Herz klopfte so laut und unregelmäßig, dass ihr die Luft wegblieb. Sie konnte nichts erwidern. Ihre Knie zitterten, sodass sie sich kaum auf den Beinen halten konnten. Die Wunden an ihren Füßen begannen zu pochen.

„Schaut's euch die an, jetzt fängt sie gleich zu flennen an!"

Leni ließ ihre Schaufel fallen und ging davon. Erst ein paar Straßen weiter blieb sie stehen und rastete sich aus. Weglaufen war nicht das Richtige. Da glaubten die am Ende noch, sie hätten recht! Sie nahm sich vor, am nächsten Tag wieder beim Schuttaufräumen zu helfen. Endlich ließ der Druck in ihrem Hals nach. Sie schluckte den Kloß.

„Holst du uns ein Bier?", fragte der Vater. „Damit wir unseren Erbsensterz leichter runterspülen."

„Bier?" Leni lächelte. „Träumst du von schönen Vorkriegszeiten, Papa? Wo gibt es heute ein Bier?"

„Angeblich in unserem alten Wirtshaus. Das behauptet jedenfalls die Kartenaufschlagerin im Parterre." Der Vater öffnete das Fenster und schaute hinaus. „Ja, schau, die Tür ist offen und die Leute stehen heraußen."

Leni stellte sich zu ihm. „Tatsächlich! Ist mir gar nicht aufgefallen."

Sie wischte den Staub von der Kanne, mit der sie früher immer zum Wirten geschickt worden war, und ging. Die Schlange der Leute war lang. Was sie dann ins Glas bekamen, sah einem Bier nur entfernt ähnlich, doch wenn es sich der Vater wünschte, stellte sie sich gern für ihn an. Plötzlich drehte sich ein Mann um und trat aus der Reihe der Wartenden. Für einen Moment sahen sie sich in die

Augen. Der Wiesinger! Gleich nach ihrer Heimkehr hatte sie ihn zur Rede stellen wollen, aber der Vater war dagegen. Er hatte die Tür abgesperrt, damit sie nicht zu Wiesinger gehen konnte.

„Sei g'scheit, Leni. Der Zorn ist ein schlechter Ratgeber. Rede mit ihm, wenn du wieder ruhig bist."

„Warum? Er hat den Dragosits auf dem Gewissen!"

Aber sie sah ein, dass der Vater recht hatte. Dragosits war nach Wiesingers Hinweis von der Gestapo verhaftet und später hingerichtet worden. Wenn sie den Denunzianten auch beschimpfte, davon wurde Dragosits nicht wieder lebendig.

Und nun stand Herr Wiesinger neben ihr und schaute sie mit zerknirschtem Blick an.

„Lenerl, bist du wieder da, bin ich froh."

Er wollte ihr die Hand geben, aber sie rührte sich nicht.

„Verzeihst du mir?" Er machte eine Pause und setzte hinzu: „Ich bin doch auch ein Arbeiter wie dein Vater und du!"

Leni atmete tief ein. Sie zwang sich, ruhig zu antworten, wie der Vater es ihr geraten hatte. „Ich kann Ihnen leicht verzeihen, Herr Wiesinger. Aber das Leben vom Dragosits, dass eine Frau ohne ihren Mann zurückbleibt und sein Kind ohne Vater aufwachsen muss, das kann ich Ihnen nicht verzeihen. Und jetzt gehen Sie weg, ich kann Sie nicht anschauen!"

Die Leute in der Schlange drehten sich nach ihnen um, aber das kümmerte sie nicht. Sie ließ Wiesinger auf der Stelle stehen und ging wieder heim. Im Postkasten lag ein Brief. Leni drehte ihn um und spürte die Röte in ihre Wangen steigen, als sie den Absender las. Viktor Lazar hatte geschrieben. Große, ungelenke Buchstaben, eine Schrift, der man ansah, dass er nicht oft Briefe verfasste. Es war auch nur eine kurze Botschaft: Er wollte sie gern wiedersehen. Lächelnd ging sie die Stiege hinauf. Sie vergaß die Szene, die sie gerade erlebt hatte, die Wunden an ihren Füßen. Sie war jung, sie lebte und es gab jemanden, der an sie dachte, einen, den sie gern wiedersehen wollte.

„Und wo ist das Bier?", fragte der Vater.

„Leider, Papa. Heute musst du den Sterz ohne Bier schlucken."

*

Da war noch etwas, das sie von Woche zu Woche aufgeschoben hatte, weil ihre Kräfte nicht dafür ausreichten, der Besuch des Zentralfriedhofs. Nun war schon mehr als ein Monat vergangen, seit sie wieder zu Hause lebte, sie musste hin.

„Die Mama wird es dir nicht vorhalten, dass du nicht an ihr Grab gehst", meinte der Vater begütigend. „Du bist ja noch immer wie ein Zwirnsfaderl so dünn, Leni, das wird dir zu viel." Er sah an ihrem Blick, dass seine Ermahnung nicht fruchtete. „Eigensinnig wie immer! "

„Von wem hab' ich denn das geerbt?" Leni lächelte. „Also sag schon, Papa, welche Route schlägst du vor?"

Der Vater brummte vor sich hin. Dann erst gab er widerwillig nach. „Wenn du es dir schon nicht ausreden lässt, dann geh über den Laaer Berg nach Simmering, das ist der kürzeste Weg und da sind keine Hindernisse zu passieren. Vor dem ersten Tor gibt es einen Nebeneingang, da musst du hinein. Aber willst du es dir nicht noch einmal überlegen?"

Am frühen Abend, als die Hitze allmählich nachließ, brach Leni auf. Busse und Straßenbahnen verkehrten unregelmäßig, es fehlte an Treibstoff, der Strom funktionierte nur stundenweise. Entweder man hatte Glück oder man musste zu Fuß gehen. Die Sonne stand noch immer hoch am Himmel und stach wie vor einem Gewitter. Aber es kam keines, da brauchte Leni sich gar nichts zu erhoffen. Der Himmel hatte den beinahe weißen, metallischen Glanz der Hochsommertage. Nicht ein Wölkchen weit und breit. Sie fand das kleine Tor in der Friedhofsmauer und betrat das weite Areal. Drinnen kam ihr die Luft sofort kühler vor. Die Kuppel der Lueger-Kirche sah zwischen den hohen, alten Bäumen hervor und Leni schlug die Richtung dorthin ein.

Sie hatte ihrem Vater nicht erklären wollen, dass es sie nicht so sehr drängte, Wandas Grab zu besuchen. Die Mutter war immer bei ihr, in ihrem Herzen. Jeden Tag hielt sie mit ihr Zwiesprache. Sie würde auch an ihr Grab gehen, aber das war nicht der Grund, warum sie den weiten Weg von Favoriten zu Fuß zurückgelegt hatte.

Ein Mann in blauer Uniform mit dem Wiener Wappen der Stadtverwaltung an der Brust begegnete ihr.

„Können Sie mir helfen?", sprach sie ihn an. „Ich suche die Gruppe vierzig."

Er nickte. „Kommen S' nur mit, ich zeig's Ihnen selbst." Er begleitete sie ein Stück, bis sie bei der Lueger-Kirche ankamen.

„Da, gleich den Weg runter", deutete er. „Da ist gar nicht weit von hier ein freier Platz. Rechts davon sind Sie richtig."

Sie dankte ihm und ging weiter. Der Zentralfriedhof lag nicht verlassen, wie früher um diese Tageszeit. So viele Tote in dieser Stadt gab es zu betrauern. In den letzten Wochen des Krieges hatten die Angehörigen sie selbst bestatten müssen. Die Friedhofsverwaltung war wie alle anderen Einrichtungen der Stadt zusammengebrochen.

Leni erreichte den Platz, den ihr der Beamte beschrieben hatte.

„Gruppe vierzig, das können Sie gar nicht verfehlen."

Sie entdeckte das weiße Schild mit der schwarzen, gotischen Schrift. Das Gras wuchs hier fast einen Meter hoch. An manchen Stellen sahen dazwischen Vierecke nackter Erde hervor, das waren die frischen Gräber.

„Dort liegen die Verscharrten."

Leni ließ sich auf die Knie nieder. Wie konnten die Menschen so hässlich und gemein sein? War es denn immer noch nicht genug!

Sie legte den Kopf ins Gras und schmiegte ihre Wange an die Erde. Feuchte Schwüle stieg aus dem Boden auf. Da unten lag Anni, die kein Totenhemdchen trug, nur ein Kleid aus Papier, die nie mehr lachen und Grimassen schneiden konnte. Ohne Kopf. Auf der Himmelstraße brauchte sie ihn nicht mehr. Aber deshalb durfte man sie doch nicht vergessen, sie alle, die einmal gelebt hatten und sterben mussten, weil es dem Herrn Hitler und seinen schauerlichen Mordkumpanen so gefiel.

„Solange ich lebe, werde ich das nicht zulassen!“, flüsterte Leni in die Dämmerung, die nun langsam einfiel. „Ihr bekommt die Grabstätte, die euch gebührt. Ich verspreche es!“

Als sie wieder in Favoriten ankam, war ihr Gesicht sonnenverbrannt und von Tränen verschwollen.

„Um Himmels Willen, Kind!“ Jakob erschrak. „Hat dir am End’ wer was angetan?“

„Ja!“

Leni schrie. Sie hatten die Opfer vergessen, so schnell. Als ob sie nicht für Österreichs Freiheit gestorben wären!

„Und wenn ich die russische Kommandantur verständigen muss, ich lasse das nicht auf sich beruhen!“

Es war die Eingebung eines Augenblicks gewesen. Sie war nicht sicher, ob man sie vorlassen würde. Aber gleichzeitig war sie sicher, dass sie sich nicht abweisen lassen würde. Nicht heute, nicht morgen, nie wieder. Wovor könnte sie, nach dem, was sie überstanden hatte, noch Angst haben?

Die sowjetische Bezirksleitung von Favoriten war in der Inzersdorfer Straße. Vor der Tür wartete ein *Deschurnyj*, ein Dienstposten, den sie ohne Umschweife auf Russisch ansprach:

„Ich muss zum Major Schischkin.“

Den Namen des Bezirkskommandanten hatte sie von ihrem Vater. Ohne Schwierigkeiten durfte sie eintreten und ihr Anliegen vorbringen.

„Wie kommt es, dass Sie sich für die Opfer des Faschismus engagieren, jetzt, wo alle mit ihren persönlichen Sorgen vollauf zu tun haben?“, fragte er.

„Weil ich selbst ein Opfer bin. Aber sie sind tot und ich lebe“, antwortete Leni.

Sie holte den Zettel von Ravensbrück hervor. „Das ist das einzige Papier, das ich besitze.“

Er las es. Dann stellte er ihr einen russischen Ausweis aus. „Damit dürfen Sie auch nach der Zweiundzwanzig-Uhr-Ausgangssperre auf die Straße.“

„Und die Gruppe vierzig?“

„Dafür sage ich Ihnen persönlich meine Unterstützung zu.“

„*Spasibo*, Herr Major!“ Leni strahlte.

Vierzehn Tage darauf borgte sie sich das Rad aus, das ihr Vater in der Zwischenzeit organisiert hatte, und besuchte den Zentralfriedhof zum zweiten Mal. Zuerst legte sie einen Strauß roter Mohnblumen auf das Grab ihrer Mutter.

„Mama, liebste Mama, du allein weißt mein Geheimnis.“ Sie küsste ihre Mutter in Gedanken, ihre Stirn, ihre Wangen, ihren Mund. Die süßen kleinen Sommersprossen auf ihrer Nase.

„Eines Tages werde ich auch ein kleines Mädchen haben und das soll solche Sommersprossen bekommen wie du!“

Die Gruppe vierzig war nicht wiederzuerkennen. Das Gras war gemäht worden und überall, wo die schwarzen Vierecke Erde dazwischen hervorsahen, steckte ein dünnes

Holzstäbchen mit einer kleinen roten Fahne, für jedes Grab eine. So hatte der Major sein Versprechen gehalten.

Nun stellte es sich als Vorteil heraus, dass Leni so eifrig russische Vokabeln gelernt hatte. Im besetzten Wien gaben die Russen den Ton an. Sie hatten die Stadt erobert – befreit – je nachdem, aus welchem politischen Lager man es betrachtete. Dafür beanspruchten sie auch einen gewaltigen Einfluss auf die Verwaltung der Stadt und den Umgang mit ihren Bürgern, mehr als den anderen drei alliierten Mächten lieb war. Für Leni bedeutete die Nähe der Russen eine Erleichterung. Solange sie da waren, musste man sich nicht fürchten, fand sie. Andere Frauen machten schlimme Erfahrungen, das hörte sie mit Entsetzen, aber ihr selbst erging es immer gut mit ihnen. Kaum sprach sie einen Russen in seiner Muttersprache an, wich die strenge Miene einem Lächeln und Leni konnte sicher sein, dass ihr Anliegen wohlwollend behandelt wurde. Das half ihr ein wenig, denn nun setzte der Alltag ein, mit Hürden, die sie nicht erwartet hatte. Sie besaß keine Dokumente. Bei der Verhaftung waren ihre alle Unterlagen über ihre Person abgenommen worden. Im Konzentrationslager hatte sie nur mehr ihren Schubhaftbefehl besessen. Es gab kein Papier, das ihre Identität bewies. Solange sie ohne Papiere war, bekam sie keine Lebensmittelkarten und ohne Ausweis durfte sie sich gar nicht frei in der Öffentlichkeit bewegen, erst nun mit Major Schischkins Extraerlaubnis.

Zu Kriegsende waren fast ein Viertel aller Häuser in Wien zerstört worden, darunter nicht wenige Ämter. Gestapo und Kriegsministerium hatten ihre Akten verbrannt, um alle Informationen über ihre verbrecherische Arbeit zu vernichten. Selbst Lenis Taufschein war unauffindbar, stellte sich im Pfarramt heraus. Ein endloser Amtsweg lag vor ihr. Dabei hatte sie nicht einmal Kleider, in denen sie sich auf der Straße zeigen konnte, von ihren alten Sachen passte ihr nicht ein einziges Stück. Ihr Vater fand schließlich eine Bekannte von früher, die ihre Kleider auftrennte und daraus neue zusammenstückelte. Mit dieser notdürftigen Ausstattung machte sich Leni auf den Weg.

Für die Ausstellung neuer Papiere mussten drei Zeugen ihre Identität bestätigen. Mit ihres Vaters Hilfe waren sie bald gefunden. Leni erhielt eine Überbrückungshilfe von hundertfünfzig Mark monatlich. Dann endlich die Lebensmittelkarten. Und schließlich, weil sie ein Opfer des Nationalsozialismus war, einen eigenen Ausweis. Darin hieß es, Häftlinge, Naziopfer, Überlebende der Konzentrationslager seien in Ämtern und Geschäften bevorzugt zu behandeln.

Ein einziges Mal, als die Warteschlange beim Bäcker bis auf die Straße reichte, zog Leni ihren Opferausweis heraus. Unter den Hausfrauen erhob sich ein furchtbares Gezeter. In den ersten Wochen in Wien hatte die Freude über ihre Rettung und das Wiedersehen mit ihrem Vater alles andere in den Hintergrund gerückt. Erst allmählich öffnete sie den Blick für ihre Umgebung, die Welt, von der sie drei Jahre lang nur vom Hörensagen und aus den Zeitungsberichten eines Lügenblattes erfahren hatte. Sie waren nicht willkommen im Wien der Nachkriegszeit, die

Heimkehrer mit ihren Wunden und ihren furchtbaren Erfahrungen. Was sie zu erzählen hatten, machte den anderen ein schlechtes Gewissen.

„Wenn das alles stimmen würde, mit den Gaskammern, wieso lebt ihr dann noch?“, riefen die Frauen beim Bäcker voll Ärger über Lenis Opferausweis. „Ihr seid der lebendige Beweis, dass das alles übertrieben ist!“

Das hieß nicht, dass alle Österreicher unverbesserliche Nazis waren, sagte sich Leni wieder und wieder, sie wünschte es sich, dass nun endlich eine bessere Zeit anbrach.

„Uns ist es nicht gut gegangen“, klagten die Leute. „Wir haben nichts zum Fressen gehabt, die Nächte im Luftschutzkeller. Und dann ausgebombt, die Wohnungen, die Schulen, der Arbeitsplatz. Jahre und Jahre ist das dahingegangen. Und jetzt, wie geht's uns jetzt? Sind wir vom Schicksal nicht genug gestraft worden?“

Leni wollte keine Außenseiterin, ein ewiges Opfer bleiben. Doch wenn sie sich nicht deklarierte, bekam sie immer wieder die Geschichte zu hören, dass es im Konzentrationslager wohl nicht so schlimm gewesen war, wie die alle behaupteten, wahrscheinlich, damit sie sich einen Vorteil herausschlagen konnten. Wenn sie offen erzählte, dass sie in Ravensbrück gewesen war und wofür sie die Nazis eingesperrt hatten, erntete sie eisiges Schweigen. Aber auch Worte des Mitgefühls machten ihr zu schaffen. „Arme Haut, was euch der Hitler angetan hat.“ Oder: „Wie geht's dir denn jetzt? Sicher schlecht.“ Das wollte sie nicht hören.

Das Gefühl der Ratlosigkeit, das sie als vierzehnjähriges Mädchen befallen hatte, kehrte wieder. Auf den Litfaßsäulen waren die Plakate in scharlachroter Farbe affichiert gewesen. „Als Volkverräter hingerichtet!" stand da in riesigen schwarzen Lettern. Und darunter die Liste der Hingerichteten. Wie konnten die Leute behaupten, sie hätten nichts gewusst? Damals und heute wieder.

Im Juli erschien ein Zeitungsartikel im „Neuen Österreich": „Österreichs Blutzeugen" war der Titel. Er berichtete von einer Reihe bekannter Österreicher, die in den Konzentrationslagern verschmachtet waren. Am Ende stand der Schwur der Lagerinsassen von Buchenwald in der Stunde der Befreiung. „Wir werden nicht ruhen, bis der letzte Schuldige seiner Bestrafung zugeführt worden ist!"

Jakob Tomić gab Leni die Zeitung zu lesen.

„Mir fällt ein Stein vom Herzen", sagte er. „Lauter bekannte Namen, wenn das so groß in der Zeitung steht, werden sich die Leute schließlich doch besinnen."

Eines Nachmittags, als sie auf ihren Vater wartete, stand ein fremder Mann vor der Tür.

„Sind Sie das Fräulein Tomić?"

Bei näherer Betrachtung kam er ihr bekannt vor. „Ja, wer sind Sie?"

„Mein Name ist Lachner. Darf ich eintreten?"

Wie ein Feuer durchzuckte sie der Name. „Lachner!"

Er wollte an ihr vorbei in die Küche, sie vertrat ihm den Weg.

„Wenn Sie der Doktor Lachner von meiner Verhandlung sind, nicht!"

„Bitte, Fräulein Tomić.“ Er sah sie plädierend an. „Wir wollen das doch nicht auf dem Gang erörtern.“

„Und ob. Sie kommen mir nicht in die Wohnung!“, rief Leni voller Empörung.

Er zuckte die Achseln. „Na gut, wie Sie wollen.“ Aus seiner Aktenmappe holte er einen Brief hervor. „Ich würde Sie nur bitten, dieses Papier für mich zu unterschreiben.“

Leni schüttelte den Kopf, das Feuer stieg ihren Hals herauf und verätzte ihre Kehle.

„Es handelt sich nur um eine Bestätigung, dass ich alles Menschenmögliche unternommen habe, damit Sie freikommen.“ Wieder sah er sie an, mit leicht vorgeneigtem Rücken, als müsste er sich vor ihr verbeugen.

Sie fand ihre Sprache wieder. „Ich bin aber nicht freigekommen!“

Er richtete sich wieder auf, abwartend, was folgen würde. Doch mehr sagte Leni nicht. Endlich steckte er den Brief wieder ein. Er räusperte sich, als wollte er noch eine Frage stellen, doch dann traf ihn ihr flammender Blick und er überlegte es sich anders. Wortlos wandte er sich ab und stieg die Treppe hinunter. Sie blieb stehen, bis sie unten das Haustor zufallen hörte.

Einen Lichtblick in diesem heißen Juli gab es. Trotz der ganzen Rennerei um die Ersatzdokumente verheilten Lenis Füße endlich, worauf sie umgehend die Reise ins Burgenland antrat, siebzig Kilometer von Wien weg. Seit ein paar Tagen verkehrten die Züge der Südbahnstrecke wieder, allerdings nur bis Wiener Neustadt. Doch Leni hatte Glück, gerade als sie auf dem Bahnhof ankam, fuhr ein Zug nach Sopron ab. Von dem ungarischen Grenzort war es nicht mehr weit. Sie ging den Rest des Weges zu Fuß und kam gegen Mittag bei Nanes Haus an.

„Lenerl, dass du uns besuchst!“, empfing sie ihre Cousine Fini mit großer Freude.

Aber die Nane war nicht da.

„Wo denn? Wo ist meine Nane?“, fragte Leni. „Ich muss sie sehen, ich warte doch schon so dringend auf sie!“ Ihre Stimme begann zu zittern.

Fini beruhigte sie. „Sie ist nicht weit, in der Hinterleiten drüben. Du weißt den Weg doch noch?“

Drei Kilometer zu Fuß. Was war das schon, nachdem sie Hunderte Kilometer auf Bahnschwellen überwunden hatte? Doch wieder fand sie nur ein leeres Haus vor! Leni fühlte die müden Beine, die Tränen stiegen ihr schon hoch, aber nein, bevor sie zu weinen begann, fiel ihr ein, wo die Nane war, so eine Selbstverständlichkeit, dass die Fini es nicht einmal extra erwähnt hatte. Wo konnte eine Bauersfrau schon sein, Mitte Juli, an einem herrlichen Sommertag? Sie hatte den Blick nur auf die Straße gerichtet, nicht auf die Felder daneben. So rasch sie konnte, eilte sie zurück. Da waren die Frauen bei der Arbeit, sie stellten die Kornmandeln auf. Eine ließ plötzlich ihre Hände sinken. Sie schürzte den Rock und begann über die abgeschnittenen Getreidestoppel zu laufen, auf Leni zu.

Und Leni vergaß ihre Müdigkeit und kam ihr entgegen. Nane! Ihre Nane!

Nane hatte in Wien die Stellung gehalten, seit Leni verhaftet worden war. Sie wusch ihre Wäsche, sie brachte Lebensmittelpakete ins Gefängnis. Sie schrieb in ihrem mangelhaften Deutsch Postkarten, die Leni nie erreichten.

„Eine einzige habe ich bekommen, und da war nur die Adresse zu lesen."

In der Schiffamtsgasse hatte die Nane Elfi Schöns Mutter Josefine kennengelernt, die gerade ein Paket für Elfi ablieferte. Von Josefine Schön erfuhr Nane schließlich, wo ihr Lenerl hin verschwunden war, vor allem anderen, dass sie noch lebte. Ein dreiviertel Jahr waren sie ohne Nachricht gewesen.

„Aber ich habe immer gewusst, mein Liebling kommt zu mir zurück."

Der Himmel war hoch und flirrend vor Hitze. Das Gras unter ihren Füßen weich wie ein grüner, sanfter Polster. Die Vögel sangen nicht, es war ihnen zu heiß. Leni ging zum Bach, um ihre Füße zu kühlen. Unter dem Nussbaum legte sie sich auf den Rücken und dachte an den Traum, der sie so lange Zeit getröstet hatte.

„Lenerl, *édeském*. Mein Liebling. Mittagessen ist fertig!"

Er war nun Wirklichkeit geworden. Bald reiften die Nüsse.

9. Kapitel

„Lieber Viktor, auch ich freue mich auf ein Wiedersehen“, hatte Leni gleich zurückgeschrieben. Aber Tag um Tag verstrich, ohne dass Viktor Lazar sich bei ihr zeigte. Ob ihm etwas dazwischengekommen war? Oder war er krank? Er hatte nur nebenbei erwähnt, dass er weniger als fünfzig Kilo wog, und das auch nur als Entschuldigung für seine Verfressenheit. Sie ahnte, dass furchtbare Dinge hinter ihm lagen. Die Suche nach seiner Familie hatte ihn zu ihr geführt. Ludmilla Lazar war schon beim Transport aus Ravensbrück schwer krank gewesen. Er konnte eine schlechte Nachricht erhalten haben, die ihm die Lust auf einen Besuch nahm. Und noch einmal wollte sie nicht schreiben.

Zu tun gab es genug. Die Haushaltsführung verlangte Organisationstalent, Fantasie und Ausdauer. Die Geschäfte hatten schon wieder geöffnet, aber zu kaufen bekam man wenig. Die Russen spendeten die ersten Nahrungsmittel. Zwölftausend Tonnen, vor allem Erbsen.

„Erbsenfleisch“ sagten die Wiener respektlos, weil sie häufig wurmig waren.

„Sie haben selbst nicht viel und teilen mit uns“, widersprachen die, die den russischen Besatzern freundlich gesonnen waren, eine Minderheit. Obwohl die russische Armee Wien befreit hatte, waren die Russen beim Volk unbeliebt. Die Vergewaltigungen und Plünderungen fanden mehr Aufmerksamkeit als die Hilfe, die sie den Österreichern angedeihen ließen.

Der Mangel machte erfinderisch. Die Hausfrauenseite in der Zeitung enthielt hilfreiche und kuriose Tipps: ein Rezept zur Herstellung von Seife, die sonst nur auf dem Schwarzmarkt zu bekommen war. Fleischlose Fleischlaibchen. Kriegskuchen ohne Ei und den Vorschlag, Kartoffeln durch die wild wachsende Erdfrucht Topinambur zu ersetzen.

Zum Glück war Vaters Bruder, der Ferry-Onkel, Gaskassier in Simmering und mit allen Gärtnern gut bekannt. Stolz erzählte er von seiner Nichte Leni, der Widerstandskämpferin. Jede Woche brachte er ihr einen Rucksack mit Gemüse, Salat, Roten Rüben, Spinat. Und alle zwei Wochen kam der Joschi-Onkel aus dem Burgenland mit einem Feldhasen, dem der Vater im Keller der Neilreichgasse dann das Fell abzog. Lenis Magen revoltierte gegen den Geschmack. Dem Vater lief das Wasser im Mund zusammen, wenn sie den Hasen briet. Leni dagegen musste sich zusammennehmen, wenigstens einen Bissen davon zu essen.

Während sie mit wachsender Ungeduld auf Viktors Besuch wartete, nahm sie sich das nächste Ziel vor, eine Sorge, die ihr im Kopf herumging, seit sie mit dem halswehkranken Soldaten Vasilov und seinem Motorrad Ravensbrück verlassen hatte. Sie ging zur Volkssolidarität, einer Einrichtung der Sowjets für die Opfer des Faschismus, um eine Nachforschung einzuleiten:

„Wie finde ich heraus, was mit den Frauen passiert ist, die während der Typhusepidemie im Lager zurückbleiben mussten?“

Die Beamtin versicherte ihr, dass alles nur Mögliche für die Insassen der Konzentrationslager geschehen würde. „Aber bedenken Sie, um wie viele Personen es geht, da kann man nicht über jeden einzelnen Auskunft bekommen, das ist eine Illusion. Warten Sie ab, schon in kurzer Zeit werden alle Heimkehrer wieder in Österreich eingetroffen sein, dann wissen wir mehr."

„Abwarten, wie stellen Sie sich das vor? Die Leute waren im Krankenblock kaserniert! Das war Ende April und jetzt ist Juli. Haben sie überlebt, wo sind sie hingebracht worden? Das muss man doch in Erfahrung bringen können!"

Leni beschloss, nicht locker zu lassen. Schon am nächsten Tag ging sie wieder hin. An der Tür stieß sie mit zwei Frauen zusammen, die gerade von der Volkssolidarität kamen. „Die werden mich kennenlernen! Lauter Ignoranten!"

Diese Stimme kannte sie doch. Während sie noch grübelte, sah ihr die Frau ins Gesicht.

„Friedl!"

„Meine Güte, das ist die Leni!"

Es war Friedl Sedlacek, die zusammen mit ihr auf dem Transport nach Ravensbrück gewesen war! Hastig und unbeholfen vor Rührung umarmten sie sich. Friedl schluckte ihre Tränen.

„Weißt, wer das ist?", wandte sie sich an die Zweite, eine große Frau mit dunklen Haaren, die Leni aufmerksam in die Augen sah, bevor sie zögernd den Kopf schüttelte.

„Die Leni Tomić hat dir doch damals die Zähne gebracht, Rosa, als du total parterre warst. Sag nicht, dass du das vergessen hast!"

Rosa sah Leni noch immer an. Sie begann zu nicken und lächelte. „Das war so gut von dir." Sie nahm Leni um die Schulter. „Nicht viele hätten sich das getraut. Nein, ich übertreibe nicht. Du bist ein mutiges Mädchen. Ich danke dir."

Stumm vor Freude und Verlegenheit schlug Leni den Blick nieder. Die große Rosa Jochmann lobte sie und sogar noch mit solchen Worten. Sie wusste nicht, was sie antworten sollte.

„Genug, genug, ich fange gleich zu weinen an!", mischte sich Friedl dazwischen. „Dabei gibt es Wichtiges zu tun! Wir sind uns genau im richtigen Moment begegnet, Leni. Wir müssen nach Ravensbrück. Jetzt brauchen wir nur noch einen Plan, wie wir hinkommen."

Sofort vereinbarten sie einen Termin im Rathaus und sprachen bei Bürgermeister Körner vor. Er sicherte seine Hilfe zu. Am Nachmittag ging Leni auf die russische Kommandantur in Favoriten. Major Schischkin empfing sie, auch er versprach seine Unterstützung.

„Jetzt kann sich jeder anschauen, was ein russisches Versprechen bedeutet!", jubilierte Leni. „Da, bitte!"

Auf der Straße wartete der Autobus für den Transport der Ravensbrückerinnen. Am nächsten Tag fuhren Rosa und Friedl los. Auf dem Wilhelminenberg war im Schloss, das im Krieg als Lazarett gedient hatte, ein Flüchtlingslager eingerichtet worden. Dort fanden die Überlebenden aus den Konzentrationslagern eine erste Unterkunft.

Drei Tage später kehrte der Autobus mit den letzten Frauen, die noch im Lager zurückgeblieben waren, nach

Wien zurück. Auch eine Tote brachten sie mit, die junge Juli Jelinek, Mutter von drei Kindern. Sie hatte die Fahrt nach Hause nicht überlebt.

„Eines Tages, wenn alle wieder daheim sind, müssen wir etwas machen“, sagte Rosa beim Abschied. „Wir gehören unser Lebtag zusammen. Ob wir wollen oder nicht, das ist eine Verbindung fürs Leben.“

Darauf gaben sie sich die Hand.

*

Sie standen sich in der Tür gegenüber, Leni und Viktor, sie streckte ihm die Hand hin und er nahm sie und hielt sie fest und ließ sie nicht mehr los. Sein Haar war ein Stück gewachsen, seit sie sich zum ersten Mal gesehen hatten. Die Lagerstraße war schon fast unsichtbar. Er spürte ihren Blick und strich sich über den Kopf. Auf seiner Stirn perlten Schweißtropfen. In Wien hatte es fast vierzig Grad im Schatten. Aber die Neilreichgasse 5 lag nicht im Schatten, sondern im prallen Sonnenschein. Im Hausflur stand die heiße Luft wie in einem Backofen, dabei war es noch vor Mittag.

„Magst du da stehen bleiben oder kommst du doch lieber herein?“

Endlich fand Leni ihre Sprache wieder. Sie trat einen Schritt zurück, um Viktor einzulassen. Er versuchte, ihre Hand in seiner zu behalten, aber sie entzog sie ihm sanft.

„Hast recht viel zu tun gehabt?“, fragte sie. Er sollte nicht denken, dass sie ihm etwas vorhielt.

Er nickte und folgte ihr in die Küche. „Das Radl hab' ich nicht ausborgen können, und weißt du, ich wohne nicht zu Hause."

Bei seiner Rückkehr hatte ihm eine fremde Frau die Tür geöffnet. Mit den Worten:

„Jessas, der Tote aus dem KZ ist wieder da!"

Nachdem die Familie Lazar verhaftet worden war, hatte man ihrem Mann das Haus zugewiesen, einem Gestapoangehörigen, wie Viktor inzwischen wusste. Nun gab es eine Verordnung der neuen Regierung, dass illegal requirierte Wohnungen, Häuser und Firmen ihren Eigentümern zurückzustellen waren.

„Ich kann sie ja nicht auf die Straße setzen."

Der Mann war eingerückt, wann er heimkehren würde, wusste man nicht. Viktor Lazar wohnte in der Zwischenzeit bei Familie Schön. Elfi war es ja gewesen, die Viktor von Leni erzählt hatte. Deshalb war er zu ihr nach Wien gekommen, in der Hoffnung, etwas über seine Familie zu erfahren. Leni wusste leider auch nicht mehr als Elfi.

„Hast du inzwischen was gehört?", fragte sie ihn.

Er schüttelte den Kopf. Sie sah, wie sich die Linien um seinen Mund vertieften. Eigentlich waren es Lachfalten, dachte sie, aber zu lachen hatte er schon lange nichts gehabt.

„Bei der RAVAG läuft jetzt eine Sendung", sagte Leni. „Jeden Tag von halb elf abends bis Mitternacht. Da zahlt man zwei Mark und kann dafür nach Angehörigen und Freunden fragen lassen, ob es ihnen gut geht und dass sie sich melden sollen."

„Was du alles weißt, bist eine ganz Vife, gell?"

Endlich lächelte er und wie bei ihrer ersten Begegnung strahlten seine Augen auf, so blitzblau, dass sie nicht mehr wegschauen wollte.

„Na klar", gab sie ihm zurück. „Und du auch, Vikerl, sonst wären wir jetzt beide nimmer da, glaub' ich."

Sie schenkte ihm eine Tasse Kaffee ein. Es war Zichorienkaffee, echten bekam man nur auf dem Schwarzmarkt, das konnte sie sich nicht leisten. Aber da sie sich nicht einmal erinnerte, wie Bohnenkaffee schmeckte, machte es ihr auch nichts aus. Viktor sagte nichts dazu außer einem Dankeschön. Er saß am Küchentisch, hielt seine Tasse und nahm ab und zu ein Schlückchen, während er Leni versonnen betrachtete.

„Ist was nicht in Ordnung?", fragte sie schließlich, weil sie sich unter seiner Musterung immer unbehaglicher fühlte. „Ich weiß eh, dass ich ein hässliches Entlein bin, musst mich nicht so mitleidig anschauen."

Er stutzte, dann begann er laut zu lachen. Sie trug die Kaffeekanne zum Herd zurück, damit sie ihm den Rücken zuwenden konnte. Ihre Wangen brannten vor Röte.

„So ein langhaxiges Enterl hat die Welt noch nicht gesehen", grinste er hinter ihr.

Sie schwieg dazu. „Magst du noch einen Kaffee?", fragte sie ihn stattdessen.

Er stand auf. Sie spürte seine Hände auf ihren Schultern. „Hab' ich was Blödes gesagt?"

Sie rührte sich nicht, bis er sie wieder losließ, dann erst drehte sie sich um.

„Das ist eine Geschichte. Von Hans Christian Andersen, wenn du es genau wissen willst", sagte sie, patziger, als es gemeint war.

„Ach so …" Seine Augen sahen auf einmal ganz matt und ernst aus. „Na, weißt du, so viel Bildung hab' ich nicht mitgekriegt, das sag' ich dir lieber gleich. Politisch schon, aber …"

„Geh!", unterbrach ihn Leni. „Rede nicht so einen …" Sie schüttelte den Kopf. „Das ist doch nur ein Märchen, für die Kinder. Aber ein schönes, mein Lieblingsmärchen."

„Wirst du es mir einmal erzählen?", fragte Viktor. Wieder berührte er sie, ganz leicht nur, am Arm. Nun lachten seine Augen wieder. Die Regenwolke war verschwunden, der Himmel wieder blau.

„Das werden wir noch sehen", sagte Leni. „Jetzt würd' ich aber lieber …"

Sie zögerte. Sollte sie nicht lieber warten, was er ihr vorschlug?

„Einen Film anschauen?", setzte er fort. „Im Apollo-Kino spielen sie ‚Kampf um Wien', das ist eine sowjetische Filmreportage."

„Nein, danke!", platzte Leni heraus. „Also Kampf haben wir genug gehabt, ich will mich lieber unterhalten."

Er stimmte ihr zu, ein wenig enttäuscht. „Ja, und außerdem, in welcher Zone liegt denn das Apollo überhaupt?"

Seit ein paar Tagen waren die Bezirke Wiens unter den Besatzungsmächten in vier Zonen aufgeteilt worden, ebenso wie die einzelnen Bundesländer in Österreich. Der Bezirk Favoriten gehörte zu den Russen.

„Das ist egal“, erwiderte Leni. „Man kann ganz leicht die Zonen wechseln, man muss nur immer Papiere mithaben, falls eine Kontrolle kommt.“

Sie sah, dass er noch immer verstimmt war über ihre Ablehnung. „Was sagst du zu einem Spaziergang, oben bei den Ziegelteichen. Kannst du schwimmen? Später, wenn's nimmer so heiß ist, können wir ja immer noch ins Kino.“

Sie suchte in der Kommode unter den Sachen ihres Vaters einen Schwimmanzug. Wirklich, er besaß immer noch eine alte Badehose mit langen Beinen. Bei ihrem Anblick wurde Viktors Laune schlagartig besser.

„Das ist ja eine schnittige Ausrüstung!“, rief er aus. „Und was ziehst du an, Lenerl?“

Darauf hatte sie ganz vergessen. Aus ihrem Kinderbadeanzug war sie längst herausgewachsen, so ein Schauspiel konnte sie den Badenden am Ziegelteich nicht bieten, von Viktor Lazar ganz zu schweigen.

„Nein, geht nicht, ich hab' nix“, bekannte sie.

Viktor schien sich darüber weniger zu kränken als sie. Konnte er vielleicht gar nicht schwimmen?

„Ehrlich gesagt, ich bin nicht gerade ein schöner Anblick“, sagte er später, als sie im Schatten der großen Alleebäume langsam den Laaer Berg hinaufstiegen. „Auf meinem Luxuskörper gibt es nicht einen Zentimeter, den sie nicht gepiesackt haben.“ Er warf Leni einen kurzen Blick zu. „Weißt eh, unsere alten Bekannten bei der Gestapo.“

Unvermittelt begann er zu erzählen. Von der ersten Verhaftung. Er war schon früh mit der Sozialdemokratie in Berührung gekommen, durch die Familie. In der Gegend um Wiener Neustadt, aus der er kam, war der Wohlstand nicht daheim, die Leute in den Dörfern lebten von der Fabriksarbeit, sie waren Tagelöhner oder Kleinhäusler. Die meisten aber hatten gar keine Arbeit. Viktor selbst stammte aus ärmlichen Verhältnissen, seit dem Unfall seines Vaters waren sie sogar bettelarm geworden. Aus Enttäuschung über die sozialistische Politik wechselte er in den dreißiger Jahren zu den Kommunisten und engagierte sich weiter, auch nach 1934.

„Der Dollfuß hat die Armut nicht abgeschafft, im Gegenteil. Also haben wir weitergemacht. 1938 haben sie uns erwischt. Im Dorf bei uns hat ja jeder gewusst, wer dabei ist. Das ist ganz schnell gegangen."

Anders als Lenis Vater ließen sie Viktor nicht wieder aus. Er bekam die Einberufung auf den Heuberg in Deutschland, zu der berüchtigtsten Einheit der deutschen Wehrmacht, der Strafkompanie 999.

„Hast du vielleicht schon gehört, das waren die sogenannten Wehrunwürdigen. Dorthin haben die Nazis Kriminelle und Widerstandskämpfer geschickt. Unsere Aufgabe war es, als Kanonenfutter die deutsche Wehrmacht zu unterstützen. Ich kam zur Afrika-Division, stell dir das vor, nach Tunesien. Vorher bin ich noch nicht weiter weg gewesen als am Semmering. Und dann auf einmal Wüste, Meer, glühende Hitze. Da ist das ein kühles Lüfterl dagegen."

Er blieb stehen und wischte sich den Schweiß vom Gesicht. Gegenüber war der Eissalon Hedi, dort hatte Leni früher manchmal ein Stanitzel bekommen. Jetzt war das Geschäft geschlossen, wie die meisten, an denen sie vorüberkamen. Es gab nicht viel zu kaufen. Kein Fleisch, keine Butter, Milch nur für die kleinen Kinder. Ein bisschen Fett, Ersatzmarmelade, Brot, alles nur auf Marken. Und die getrockneten Erbsen der Russen im Überfluss. Hungern musste keiner. Dennoch, so ein Eis, Erdbeer, Vanille, Schoko. Mit Schlag – Schlagobers! Einmal wieder ein Schlagobers auf der Zunge zergehen lassen!

Sehnsüchtig sah sie hinüber.

„Hörst du mir eigentlich zu?", fragte Viktor misstrauisch. Er folgte ihrem Blick und verstand. „Ja, recht hast, wenn ich dir beim ersten Spaziergang solche Geschichten erzähle, statt dass wir ein bissl Spaß miteinander haben. Entschuldige, Lenerl."

Sie dachte nicht lang nach, sondern umarmte ihn. „Sag so was nicht, Vikerl, nie wieder! Du musst mir alles erzählen, was sie dir getan haben, und ich erzähl dir auch alles von mir! Wer soll sich's denn anhören als die, die auch so ein Schicksal haben? Nur weil ich gern wieder einmal ein Eis schlecken würde, heißt das nicht, dass ich mich nicht interessiere. Entschuldige, wenn du so einen Eindruck von mir bekommen hast!"

Sie ließ ihre Hände, wo sie waren, und er hielt still, ohne ein Wort. Nach einer Weile legte er seine Arme um ihre Mitte und zog sie näher an sich. So standen sie, aneinander gelehnt. Wo sie sich berührten, lief der Schweiß an ihnen herunter. Ihre Haut glühte unter den dünnen Kleidern, als ob sie Feuer gefangen hätten. Aber sie blieben, wie sie waren. Erst als eine alte Frau aus dem Haustor kam und überrascht über den Anblick vor ihnen stehen blieb, lösten sie sich voneinander.

„Jetzt schau' ich aus, als wäre ich samt den Kleidern schwimmen gewesen", stellte Leni fest, während sie an sich heruntersah.

Viktor nahm ihre Hand, als wäre das nun ganz selbstverständlich geworden. Sie gingen weiter und nach ein paar Minuten setzte er fort, wo er vorher aufgehört hatte zu erzählen, bei seinem Einsatz an Rommels Afrikafront.

Den Todgeweihten lag nichts daran, dass Hitler den Krieg gewann. So war auch ihr Kampfwille gering, die Begegnung mit dem Feind bedeutete eher eine Überlebenschance. Ziel der 999er war es, möglichst schnell in Kriegsgefangenschaft zu kommen. Schon nach einem Monat saß Viktor in einem französischen Militärlager und willigte ein, für die Résistance zu arbeiten.

„Als Erstes wurde ich zum Funker ausgebildet", erzählte Viktor. „Und dann hatten die Briten die Idee, ich könnte als Fallschirmspringer taugen."

„Wieso die Briten, nicht die Franzosen?", fragte Leni, die dachte, sie hätte wieder nicht gut genug aufgepasst.

„Frag mich nicht, ich hab' mich auch nicht ausgekannt", antwortete Viktor.

Sie erreichten das Favoritner Kreuz, die oberste Stelle des Laaer Bergs, flirrend in der Mittagssonne. Auf der anderen Seite, Richtung Laxenburg, lagen die Ziegelteiche.

„So sprachenkundig war ich ja anfangs nicht, wenn ich auch langsam das eine oder andere verstand. Jedenfalls haben mich die Briten dann richtig ausgebildet, als Funker und als Fallschirmspringer. 1943 war es so weit, dass ich in Österreich eingesetzt werden sollte."

Als sie bei der Roten Hilfe angefangen hatte, war ihr das schon wie ein Abenteuer vorgekommen, Geheimwort „Stechmücke", Uhrenvergleich, nicht stehen bleiben, wenn man nicht sicher ist, dass es einer aus der Gruppe ist, immer Achtung vor Spitzeln. Was war das schon gegen echte Spionage!

Viktor missverstand Lenis Miene. „Rede ich dir zu viel? Da musst du gleich protestieren, Leni, ich bin's nämlich nicht gewohnt, dass mir jemand so geduldig zuhört wie du, weißt du. Die letzten Jahre hab' ich mich meistens mit mir selbst unterhalten, in aller Stille natürlich."

Leni nickte. Sie wusste, was er meinte. Wie oft hatte sie in Gedanken Gespräche geführt, Briefe geschrieben, an Nane, an ihre tote Mutter, um jemandem ihr Herz ausschütten zu können. Und die ganze Zeit hatte es einen gegeben, der auch so empfand wie sie. Wie schön, dass Elfi ihn ihr geschickt hatte!

Sie zeigte ihm von fern die in der Sonne glitzernden Flecken, das waren die aufgelassenen Ziegelteiche, das Ziel ihres Spaziergangs. „Wird's dir nicht zu heiß?", fragte sie ihn.

„Mit dir geh' ich ans Ende der Welt", antwortete er, so leise, dass sie nicht wusste, ob sie ihn richtig verstanden hatte.

Schnell sah sie zu ihm hinüber, aber da hatte er schon tief Atem geholt und war wieder in der Vergangenheit, in einer Jännernacht des Jahres 1944, als er mit einem englischen Flugzeug nach Österreich zurückkehrte, gemeinsam mit dem Karl Brezina, seinem Kameraden. Über dem Neusiedler See wurden sie mit ihren Fallschirmen abgeworfen mit dem Auftrag, Quartiere für die nachkommenden Partisanen und Informationen über militärische Ziele zu beschaffen. Doch gleich vom ersten Moment an ging alles schief. Sie tauchten in verschiedenen Verstecken unter, schließlich, als kein anderer Ausweg mehr blieb, suchte Viktor Schutz in seinem Elternhaus.

„Dort haben sie mich geholt. Es war eine wilde Schießerei, zwei Stunden hat die Verhaftung gedauert. Aber das war noch gar nichts im Vergleich zu dem, was sie danach mit mir aufgeführt haben."

Viktor erzählte es, als ob er mit Kindern Räuber und Gendarm gespielt hätte. Nur an seinen Augen erkannte Leni, wie entsetzlich die Bilder der Erinnerung sein mussten.

Sie hatte ihre eigenen Erfahrungen mit der Gestapo gemacht, sie erschauderte bei dem Gedanken, wie sie dem widerspenstigen Viktor zugesetzt haben mussten. Wegen Feindbegünstigung verhafteten sie die ganze Familie, dazu die Nachbarn, Familie Schön, wo Viktor sich zuerst versteckt hatte. Einmal wurde er nach einem sogenannten verschärften Verhör zum Baden in die Liesl geschleppt.

„Das weiß ich noch!", sagte Leni. „Dem Badewaschl war übel, solche Verletzungen hat er zum ersten Mal gesehen, das warst du, Vikerl."

„Für mein Leben hätte damals keiner mehr einen Pfifferling gegeben", setzte Viktor fort. „Aber dann kam Glück ins Spiel. So was gibt's, ja, das kann man sich nicht ausrechnen, die einen haben's, die anderen nicht. Der

Transport, der uns abholte, der Karl Brezina war dabei und andere Kameraden aus dem Widerstand, lauter Todeskandidaten, wurde von Tieffliegern bombardiert. Der einzige Waggon, der nichts abbekam, war der mit den Gefangenen. Die Wachmannschaft war getötet, unsere Papiere vernichtet. Wir wollten abhauen, aber die Polizei ist schneller gewesen, hat den Transport übernommen und uns nach Linz gebracht. Unsere Papiere aber konnten sie sich nicht mehr beschaffen. Ich hab' mich Viktor Mayer genannt und als Haftgrund Arbeitsvertragsbruch, das haben sie geschluckt. Wir waren auf dem Weg in ein Konzentrationslager, wahrscheinlich Flossenbürg, genau hat es uns keiner verraten. Und jetzt ging es stattdessen nach Terezin, auch kein Erholungsort."

„Theresienstadt", sagte Leni.

„Wir kamen nicht in das Konzentrationslager, sondern in die kleine Festung Terezin, das Prager Gestapogefängnis. Dort herrschten SS-Hauptsturmführer Jöckel und sein sadistischer Untergebener, eine Bestie namens Rojko."

Bis sie am Wasser angekommen waren, sprach Viktor ohne Unterlass weiter. Von der Schwerarbeit, von den Hieben, den Morden, die sich täglich vor den Gefangenen zutrugen, dem Hunger, der Verzweiflung und der Hoffnung, die sich dennoch nicht töten ließ. Leni unterbrach ihn nicht mehr. Sie spürte die Traurigkeit, als ob sie ein Stoff wäre, den man berühren konnte, ein Mantel, den sie trugen, ihre zweite Haut, die sie nicht abstreifen konnten, heute nicht, vielleicht niemals mehr im Leben. Sie teilte seinen Schmerz, er teilte ihren. Sie hatten überlebt, so viele waren gestorben.

„Auch wenn wir trauern, wir müssen uns auch trösten. Wir haben auch ein Recht, glücklich zu sein", sagte Leni zu Viktor, als sie endlich unter einem Baum im Schatten saßen. Es war eine Trauerweide, die Enden ihrer langen, zarten Zweige hingen ins Wasser. Leni zog die Schuhe von ihren Füßen mit den zerklüfteten Narben und den kaum verheilten Furunkeln und wollte sie verstohlen ins Wasser stecken. Aber Viktor war schneller, er packte einen ihrer Fußknöchel und betrachtete Lenis Wunden voller Mitgefühl.

„Was sie uns angetan haben. Dir auch, du meine Schöne."

Viktor beugte den Kopf und drückte einen Kuss auf Lenis Fuß, bevor sie ihn daran hindern konnte. Was für ein Gefühl war das? Scham, weil sie so ekelhaft aussah. Aber er empfand keinen Ekel. Sie sah ihn an und begann zu zittern vor Freude.

*

Von diesem heißen Julitag an sahen sie sich, sooft es nur möglich war und die fast fünfzig Kilometer, die zwischen Wien und Lichtenbach lagen, es zuließen. Viktor war noch immer ohne Nachricht von der Familie. Nach der Evakuierung von Ravensbrück verlor sich die Spur von Ludmilla und Paula Lazar. Sie waren hoffentlich in einem Lazarett oder Auffanglager der alliierten Kräfte gelandet.

Doch waren es die Russen, die Amerikaner oder hatten sie doch im letzten Moment das Leben durch ein SS-Kommando verloren? Auch was aus Viktors Vater geworden war, konnte keiner sagen.

Viktor fühlte sich am Schicksal der Familie schuldig. „Wäre ich doch nie nach Lichtenbach zurückgegangen! Ich habe sie in das Entsetzlichste hineingezogen! Ich kann nicht schlafen in der Nacht, immer sehe ich sie vor mir …"

Leni nahm seinen Kopf energisch zwischen ihre Hände und schaute ihm in die Augen. „Ich kann auch nicht schlafen, Vikerl! Das ist eben so. Ich sehe die Bilder vom Lager, die jungen Mädchen, die von den Hunden zerrissen worden sind, und die kleinen Kinder, die ins Gas gegangen sind, nachdem wir mit ihnen Weihnachten gefeiert haben. Das Wasser vom Schwedtsee. Immer wieder schaufle ich den gelben Sand, ich trage die Ziegel durch das Wasser, das mir bis zur Brust geht. Irgendwann hört es auch wieder auf, ich bin sicher. Wir werden ruhig schlafen können und wir werden etwas Schönes träumen. Viktor, bitte! Schau mich nicht so an! Deine Eltern waren genauso gegen den Hitler wie du! Du hast es richtig gemacht, du wirst es aus ihrem eigenen Mund hören. Du musst jetzt Geduld haben!"

Auch sie hatte diese Tage, die mit Tränen begannen, Tränen, die sie nicht weinte, die ihr im Hals stecken blieben und den Atem nahmen. Sie hatte ihm ihre Geschichte erzählt, alles, was sich in Worte fassen ließ. Aber da war etwas anderes, ein peitschendes Gefühl von Angst und Verzweiflung, das in ihrer Brust lag wie ein schlafender

Drache. Wenn er erwachte, verwandelte sie sich von der tüchtigen, vernünftigen Leni in eine stumme Rasende. Sie hätte eine Hacke nehmen und alles zerschlagen wollen vor Wut über die Bosheit, die sie in die Welt gebracht hatten, die kein Ende nehmen wollte, als ob die Menschen von einer unheilbaren Krankheit befallen wären. Wie die Pest, nur dass man nicht starb daran, man ließ die anderen sterben.

In der Zeitung las Leni, dass sich registrierte Nazis, ob weiblich oder männlich, für den Arbeitsdienst erfassen lassen mussten, andernfalls ihnen Bestrafung drohte.

„Unglaublich, dieses Gesindel", schimpfte sie. „Das wäre doch das Mindeste, nach allem, was sie angerichtet haben."

Leni und Viktor halfen beide mit, Kriegsschäden zu beseitigen, obwohl sie als Opfer dezidiert ausgenommen waren. „Ich weiß, dass ich nicht muss, ich will", sagte Viktor. Leni vertrat dieselbe Ansicht. So blieb weniger Zeit zum Nachdenken. Das sprach sie nicht aus. Sie vermieden es, sich über den Alltag zu beklagen.

„In Wien allein müssen zwölf Millionen Quadratmeter Glas ersetzt werden, aber die Glaserer haben nur fünfundsechzigtausend Quadratmeter auf Lager", sagte sie. „Der beste Beweis, dass es uns wieder gut geht. Vor einem halben Jahr haben wir noch andere Sorgen gehabt. Stimmt's?"

Sie begleitete ihn ins Kino, weil er die sowjetischen Filme so gern sah. Sie mochte es, mit ihm Händchen zu halten und einen Kuss zu tauschen. Die Filme nahm sie in Kauf. Immer gab es einen Kommentator, der einem sagte, wie man zu leben hatte, was gut und was falsch war. Das verdarb ihr das ganze Vergnügen. Sie saß auch nicht gern in dunklen Räumen, dann hob der Angstdrache den Kopf und nagte an ihrem Herzen. Aber das ließ sie sich nicht anmerken, weil Vikerl die Filme so liebte.

Nach dem Kino spazierten sie durch eine der schönen Parkanlagen, den Burggarten, den Volksgarten, den Rathauspark. Immer wieder sahen sie im Gras frische Gräber, die Toten, die in den letzten Kriegstagen verstorben und von ihren Angehörigen dort rasch zwischen zwei Bombenangriffen bestattet worden waren. Die Überführung auf die Friedhöfe machte nur langsam Fortschritte. Noch waren alle Kräfte auf die Wiederherstellung des Allernötigsten gerichtet. Strom und Gas funktionierten nur sporadisch. Welcher Hydrant Wasser führte, verbreitete sich durch Mundpropaganda. Wenn vor einem Geschäft eine Schlange wartete, stellte man sich an, egal, was es zu kaufen gab.

Einmal, bei einem kleinen Ausflug ins Belvedere, brachte Viktor den Fotoapparat eines Freundes mit. Er machte einen Schnappschuss von Leni, das erste Foto seit dem Gestapobild in den Akten. Beim nächsten Mal zeigte er ihr den Abzug. Er trug ihn in seiner Brusttasche.

„Weil du sollst immer an meinem Herzen sein!“, sagte er. Seine Augen strahlten in ihrem schönsten Himmelblau, der Beweis, dass es ihm gut ging.

Leni aber erschrak über das Bild. Wie Stecken sahen ihre langen, dünnen Arme aus der kurzärmeligen Bluse hervor. Die Kleidung schlotterte an ihr. Das war nichts Besonderes, auch die Dicksten waren bei der Nachkriegsdiät abgeschlankt. Aber ihr Gesicht! So verkniffen und misstrauisch schaute sie, als wäre ein Gewehr auf sie gerichtet, keine Kamera. Sie besaß nichts Junges, nichts Fröhliches. Noch nicht zwanzig und schon verbraucht.

„Unsinn, was du redest!", widersprach ihr Viktor. „So ein fesches Dirndl finde ich kein zweites Mal!"

Doch wie sah er denn selbst aus? Sie liebte seine blauen Augen, das Lächeln, das die Kummerfalten um seinen Mund verschwinden ließ. Aber er war wie sie gezeichnet.

„Hab' ich dir schon einmal vom Suchanek erzählt?" Plötzlich fiel Leni die ganze Geschichte wieder ein. „Das ist ein Mann wie aus dem Bilderbuch. Einen Schnurrbart hat er und braunes Haar mit so schönen Locken. Am Sonntag, wenn er mich abholen kommt, schenkt er mir zehn Deka Schokolinsen, Trüffeln oder getunkte Aranzini, die kosten am meisten. Wir steigen dann auf den Hameau und auf den Hermannskogel und nachher gehen wir zum Heurigen auf ein Achtel Weiß gespritzt. Schwimmen hat er mir beigebracht und nächsten Winter, hat er versprochen, werden wir auf der Alten Donau eislaufen."

Viktor hatte ihren Worten zugehört wie erstarrt. Jetzt hielt er es nicht länger aus und riss sich von Leni los. Mit langen Schritten ging er weiter, ohne sich nach ihr umzusehen.

„Vikerl!", rief sie und eilte ihm nach. „Warte doch, wie es weitergeht."

„Ich glaub', ich hab' genug gehört!" Er drehte sich nicht nach ihr um.

„Was denkst du denn von mir!" Sie musste laufen, um ihn wieder einzuholen. „Jetzt könnte ich aber beleidigt sein."

„Du?“ Jetzt musste er sie doch ansehen. „Du kommst mir aus heiterem Himmel mit so einem – so ein – wie …“ Er begann zu stottern vor Ärger.

„So hör mir doch zuerst einmal zu!“

Leni wollte sich bei Viktor einhängen, aber er ließ es nicht zu. Sie spürte, dass er zitterte.

„Bitte, reg dich nicht auf! Ich hab’ ihn erfunden, den Suchanek. Für die Gestapo.“

Plötzlich war ihr zum Weinen. Er entschuldigte sich bei ihr, er machte Anstalten, mitten auf dem Gartenweg, auf die Knie zu fallen, weil er so ein eifersüchtiger Esel war und wirklich einen Moment daran geglaubt hatte. Das hatte der Schiller auch getan und der war immerhin bei der Gestapo und von Berufs wegen misstrauisch. Wirklich erschreckt hatte sie Viktors Verwandlung. Wenn er sich aufregte, war er zum Fürchten.

Die aus der Hölle zurückgekommen waren und sich im Paradies nicht zurechtfanden. Das dachte sie nur, sie wollte nicht, dass er ihre Traurigkeit fühlte. Deshalb liebte sie die Aufräumarbeiten in den Trümmerstraßen Wiens. Ziegel aus den Ruinen zusammen tragen, die sich wieder verwenden ließen, das half besser als alles andere gegen die Schwermut.

So ging es auf und ab, hin und her, einmal war sie oben, dann wieder er. Nane schrieb, ob Leni nicht auf Besuch kommen wollte. Sie fuhr nach Radersdorf und arbeitete bei der Heuernte mit. Als sie rechtzeitig, bevor das Gewitter losging, mit der letzten Fuhre in der Scheune ankamen, spürte Leni ein fast vergessenes Glücksgefühl. Für kurze Zeit war ihr zumute wie damals, in ihren Kindertagen, als nichts ihre Freude trüben konnte. Da dachte sie ans Fortgehen, nicht in dieser Stadt, wo ihr so Böses widerfahren war, bleiben. Ein neues Leben beginnen.

Wie ein Echo ihrer Gedanken sagte Viktor nach ihrer Rückkehr zu ihr:

„Ich habe mir das überlegt, Lenerl. Ich hab' meine Meisterprüfung noch nicht und Haus gibt es dank unserem feinen Nazibürgermeister vorläufig auch keines. Aber auf was sollen wir warten, immer nur im eigenen Saft schmoren? Wir haben uns doch versprochen, dass uns die Vergangenheit nicht auffressen darf, wir schauen vorwärts, ja, in die Zukunft."

Es war keine besonders romantische Werbung. Er fragte nicht, ob sie seine Frau werden wollte. Er zählte nur die Dinge auf, die dafür nötig waren. „Wohnen müssen wir wo, das gehen wir gleich als Erstes an. Und leben, ja, ich werde wieder als Tischler arbeiten, aber ich ducke mich nur, so lang ich muss, ich will selbstständig sein. Für die Schule hab ich mich schon angemeldet, im September fang ich an. Ja und …"

„Und was ist mir?", fragte Leni dazwischen. „Ich glaube, du hast etwas vergessen."

Viktor schaute sie nachdenklich an. „Stimmt." Er rieb sich die Schläfe und das Kinn, hob unsicher die Schultern und warf ihr forschende Blicke zu.

Sie half ihm nicht, sondern wich seinem Blick aus und versuchte, sich das Lachen zu verbeißen. Schließlich hielten es beide nicht mehr aus.

„Leni!", rief Viktor ungeduldig.

„Du wartest darauf, dass ich dir einen Heiratsantrag mache?“, erwiderte sie im gleichen Tonfall.

„Warum denn nicht? Wenn ich’s nicht zusammenbring’ …“ Er umarmte sie. „Bitte Leni, sag es du!“

Sie wollte sich losmachen, aber er hielt sie fest und beugte seinen Kopf, bis sein Ohr an ihren Lippen lag.

„Willst du …“, begann er.

„Was?“, fragte Leni. „Ah, das …“ Sie lachte los, dass es in seinem Ohr schallte. „Ja, ja, ja! Ich will deine Frau werden!“

Verlobungsfeier gab es keine. Am Abend, als sie heimkamen, sagte Leni es ihrem Vater. Er klopfte Viktor auf die Schulter, mehr konnte er nicht sagen, weil er zu gerührt war. Viktor war ihm als Schwiegersohn willkommen. Das hatte er schon früher zum Ausdruck gebracht.

„Warst du überhaupt schon da unten in Gschertindien, wo er her ist?“, fragte er Leni.

„Noch nicht.“

„Das solltest du dir schon anschauen, wenn du den Rest deines Lebens dort verbringen willst.“

Er borgte Leni sein Fahrrad. „Aber aufpassen, gell, ein anderes kriegen wir nicht so bald.“

Fahrräder gehörten wie Fensterglas, Zigaretten und Nylonstrümpfe im darbenden Österreich zu den Luxusgütern.

10. Kapitel

„Geboren bin ich in Unterdorf, das ist ein paar Kilometer weiter“, erzählte Viktor auf der Fahrt. „Der Vater hat dort in der Pulverfabrik gearbeitet.“

„Was ist Lazar für ein Name? Das klingt so …“

„Ursprünglich ist es ein serbischer Name, aber meine Familie stammt aus Italien. Der Großvater ist aus Belluno heraufgereist, damals, als hier die erste Wasserleitung gebaut wurde.“

„So, da bist du ja ein Italiener?“

„Ich nicht, aber der Großvater blieb lebenslang italienischer Staatsbürger. Von Beruf war er Tischler. Alle meine Vorfahren, auch mein Vater, bis er in die Fabrik gegangen ist.“

Eines Tages ging die Pulverfabrik in die Luft, zum Glück ohne Viktors Vater, der gerade krank gewesen war. „Aber dafür hat es ihn dann anderswo erwischt. Na, reden wir von was anderem.“

Leni fragte nicht weiter. Belluno, das klang schön, nach blauen Bergen, Sonnenschein und Gitarrenmusik. Einmal wollte sie auch nach Italien.

„Dann kannst du auch Italienisch?“, fragte sie.

„Ja, sicher. *Si.*“

„Ist es noch weit nach Lichtenbach?“

Sie war aufgeregt, was sie wohl erwarten würde. Südlich von Wien wurde die Gegend flach, man konnte weit sehen, wie im Burgenland, eine Landschaft, die ihr vertraut war. Aber das Getreide auf den Feldern stand nur halb so hoch wie dort und die Luft war rauer.

„Da fangen die Föhrenwälder an “, sagte Viktor. „Die hat die Maria Theresia anbauen lassen.“

„Damit es nicht so kahl ist und der Wind nicht so pfeift“, vermutete Leni.

„Kann schon sein. Steinfeld heißt es hier. Die Steine gibt’s noch immer auf den Feldern.“

Die Berge, Schneeberg, Rax, lagen malerisch in der Ferne, davor, kantig und fast düster anzusehen, ragte die Hohe Wand empor.

„Unser Hausberg“, nannte ihn Viktor.

Was das bedeutete, sah sie erst, als sie sich Lichtenbach näherten. Das Dorf lag unmittelbar am Fuß der schroff aufsteigenden Felswand, die selbst Bergsteigern Respekt abverlangte, so steil ging es über den berüchtigten Hanselsteig hinauf.

Leni war froh, dass Viktor sie jetzt nicht mit ihrer Suchanek-Erfindung hänselte. Sie hatte noch niemals den kleinsten Berg bestiegen.

„Heut’ ist nicht die Zeit, aber beim nächsten Mal nehm’ ich dich mit hinauf.“

Lichtenbach war ein bescheidenes Dorf mit ein paar Hundert Einwohnern. Zwei Greißler, zwei Bäcker, ein Fleischer, ein Schuster. Sie passierten den Bahnhof, eine Kreuzung mit einem Marterl und fuhren die Hauptstraße entlang, bis zur Tischlerei Spiegel, wo Viktor seine Lehrzeit absolviert hatte. Spiegel war ein Nazi der ersten Stunde gewesen. Dennoch gewann er Viktors Achtung, weil er den Lehrling, der sich weigerte, mit „Heil Hitler“ zu grüßen, nicht auf die Straße setzte.

„Er hat nur verlangt, wenn eine Kundschaft ins Geschäft kommt, muss ich den Hitlergruß erwidern, aber da hab' ich schon geschaut, dass ich mich trolle, wenn ein Nazi bei der Tür herein ist."

Frau Spiegel hatte den bockigen, aber fleißigen Lehrling besonders ins Herz geschlossen und bot ihm gleich nach seiner Heimkehr an, doch wieder seinen alten Arbeitsplatz einzunehmen.

„Stell dir vor, was dann g'schehn ist, der alte Spiegel hat sich die Pulsadern aufg'schnitten. Und ihr auch! Er ist tot, sie haben s' retten können. Was sagst dazu?"

Viktor führte sie rund um das Haus und zeigte ihr die Werkstatt. Dahinter lag ein großer Garten mit Obstbäumen. Von hier konnte man weit über die Felder sehen.

Sie radelten ein Stück weiter zu Viktors Elternhaus am Husarenweg.

„Mein Vater hat es mit seinen eigenen Händen gebaut. Da hausen jetzt die Nazis", sagte er. „Aber sie werden gehen, ich lasse nicht locker."

„Du bleibst derweil bei den Schöns?" Leni sah sich um. „Wo wohnen sie denn? Ich hab' die Elfi schon so lang nicht gesehen."

Viktor stieg vom Rad ab. Er wies auf ein nahes Grundstück mit einem kleinen Haus, das weit von der Straße weg gebaut war. „Die Elfi ist aber nicht da."

„Nicht da?", wiederholte Leni enttäuscht. „Wo denn? Warum?" Sie sah, dass Viktor ihr auswich. „Fehlt ihr etwas? Hat sie deshalb nicht zurückgeschrieben?"

Elfi war in Wiener Neustadt im Krankenhaus. Viktor wusste nicht, was ihr fehlte, oder wollte es Leni nicht sagen. Aber er versprach ihr, dass sie Elfi besuchen würden, vielleicht noch an diesem Tag.

„Schau einmal." Viktor führte sie an das Ende des Grundstücks. „Da will ich bauen. Wenn du mithilfst, Lenerl …"

„Bauen? Mit was denn, bitte?"

„Mit den Ziegeln, die ich in Wien aus den Trümmerbergen geholt hab', können wir uns ein Schloss bauen."

„Aber …"

Werkzeug und Baumaterial hatte er auch schon herbeigeschafft. „Ich kann meine Eltern nicht auf der Straße stehen lassen, wenn sie zurückkommen", erklärte er. „Wer weiß, wie lang es dauert, bis wir die Nazisse los sind. Angeblich ist ihr Mann immer noch vermisst."

Er schaute Leni, die unschlüssig dastand, fragend an.

„Du hast an alles gedacht! Nur …"

„Nur nicht, ob du einverstanden bist, ich weiß", setzte Viktor beschämt fort. „Aber ich hab' gehofft …"

„Aber nein, Viktor, ich freue mich doch, ich hab' nur ein bissl Angst, dass ich … dass ich …"

„Was?"

„Eine Städterin, ohne Erfahrung, dass ich nicht die Richtige für dich sein könnte!"

Da hatte er sie schon gepackt und in die Höhe gehoben, wie ein Kind, das man zum Spiel in die Luft wirbelt. „Sag das nie wieder! Niemals! Du bist doch das Einzige, was ich habe, mein Schatz! Ich kann mir keine andere Frau als dich vorstellen!"

„Auch wenn ich nicht bergsteigen kann?"

„Ich kann auch nicht schwimmen, ich wollt' es nur nicht zugeben damals."

Sie musste lachen und weinen, genau wie er. Die gehäkelten Vorhänge hinter dem Fenster bewegten sich. Sie bemerkte es, es war ihr egal. Sollten sie nur sehen, wen er heimgebracht hatte. Sie legte die Arme um seinen Hals und küsste ihn.

*

Der Sommer 1945, der erste Sommer in Freiheit. Sie waren glücklich. So glücklich, egal, was rundherum vor sich ging, glücklich, einander gefunden zu haben.

„Ein Geschenk vom lieben Gott", sagte Leni und Viktor nickte: „Ja, dafür werde ich ewig dankbar sein, dass er meine Wege zur Leni Tomić gelenkt hat."

Beide waren von der Familie antiklerikal erzogen worden, aber nicht gegen den Glauben. Sie gingen nicht zur Messe, beten konnte man überall.

Schöne Tage, einer reihte sich an den nächsten wie Perlen an der Schnur, sonnige Tage und warme Nächte. Nur in ihren Träumen kehrte das Entsetzen wieder und quälte sie, bis sie von ihren eigenen Schreien aufwachten.

Im September kamen Ludmilla Lazar und Paula, ihre Schwiegertochter, endlich in Lichtenbach an. Die alte Frau war in schlechtem gesundheitlichem Zustand. Damals, als Leni und Elfi die Flucht antraten, hatten die Lazars zurückbleiben müssen, weil Ludmillas Füße so stark geschwollen waren, dass sie kaum gehen konnte.

„Ohne die Paula hättet's mi' nimmer g'sehn", wiederholte sie immer wieder.

Sooft Paula in der Nähe war, streichelte sie ihre Hand und ihre Wangen und dankte ihr für die Lebensrettung. Paula erwiderte kaum etwas darauf. Ernst und in sich gekehrt ging sie durch ihren Heimatort und schlug die Augen nieder, wenn die Leute sie im Vorbeigehen neugierig musterten. Als ob sie sich schämte, im KZ gewesen zu sein, dachte Leni. Vielleicht hielt sie es Viktor auch insgeheim vor, dass er seine Familie in den Widerstandskampf hineingezogen hatte.

Paula und Ludmilla waren von den Amerikanern nach Ingolstadt in ein Auffanglager gebracht worden. Statt Befreiung wartete neuerlich ein Gefängnis auf sie. Paula hatte genug von ihnen allen. Wenn sich wenigstens ihr Mann über ihr Wiedersehen gefreut hätte. Aber er hatte sich sofort mit einer anderen Frau getröstet. Viktor half, wo es möglich war. Mit ihrer Ehe musste Paula allein fertig werden.

Zweimal in der Woche ging Viktor in die Berufsschule, um sich auf die Meisterprüfung vorzubereiten.

„Und ich?", fragte Leni. „Was für einen Beruf soll ich lernen?"

„Du", antwortete Viktor. „Na, das ist klar, du arbeitest mit."

„Wo?"

„In meiner Tischlerei natürlich. Ich kann doch nicht alles allein machen."

„Du willst dich also wirklich hier selbstständig machen?"

Viktor nickte freudig. Lenis zweifelnden Ton hörte er nicht oder wollte er nicht bemerken. Mit seinen sechsundzwanzig Jahren hatte er schon jede Art von Schikane kennengelernt, in der Schule, in der Lehre, beim Militär erst recht.

„Ich lasse mir nichts mehr anschaffen, ich werd' mein eigener Herr", sagte er im Brustton der Überzeugung.

„In Lichtenbach?"

„Wo sonst?"

Leni dachte, dass sie die Dorfleute nicht lieben würden, die zwei Linken, die lebenden Toten aus dem Konzentrationslager, die sie immer an die Verfehlungen der Vergangenheit mahnten. Doch Viktor widersprach ihr: „Da machst du dir ganz überflüssige Sorgen, Lenerl. Die Lichtenbacher sind von Natur aus widerspenstig, so wie der Berg vor ihrer Nase, nicht leicht einzunehmen. Natürlich haben wir auch ein paar Nazis gehabt, aber die meisten waren gegen sie, ob Kommunist oder Katholik, die Braunen haben in Lichtenbach keinen guten Boden gefunden. Fast ein jeder hat einen Bekannten oder Verwandten verloren bei dem großen Bombenangriff. Dann ist die letzte Begeisterung verflogen. Im Gegenteil, Leni, wir sind die, die gleich gewarnt haben, das ist der falsche Weg."

Von der Gemeinde kam ein Brief mit einer ausführlichen Erklärung. Die Gestapofamilie hätte das Haus der Lazars nur bezogen, um es vor Vandalenakten zu schützen. Wenn Viktor am Abend aus der Werkstatt kam, ging nun die Arbeit im Elternhaus weiter. Alles war von den Nazis leer geräumt, geplündert und verkauft worden, die Möbel, die Tiere im Stall, Ziegen, Schafe, Hasen, sogar die Gemüsebeete im Garten. Die massive Kredenz war als einziges Möbelstück zurückgeblieben, weil sie niemand vom Fleck rücken konnte.

Leni half Viktor beim Herrichten. Ludmilla war noch immer gesundheitlich hergenommen. Das Opferfürsorgeamt gestand ihr fünfzig Mark monatliche Unterstützung zu, ein bescheidener Betrag, von dem sie sich kaum durchbringen konnte. Doch Ludmilla Lazar kannte nichts anderes als Armut und beklagte sich nicht.

„Wenn nur der Alfred schon wieder daheim wär'!"

Bei Viktors Verhaftung hatte die Gestapo auch seinen Vater mitgenommen. Sie brachten sie nach Wiener Neustadt ins Gestapogefängnis und von dort auf den Morzinplatz. Tag und Nacht dauerten die Verhöre und Folterungen, damit Viktor den geheimen Funkcode preisgab. Schließlich hatten sie seinen Vater herbeigeschleppt und mit seinem eigenen Stock niedergeschlagen. Aus Wut und Verzweiflung war Viktor trotz seiner Fesseln auf den Schläger losgegangen. Danach hatte ihn die Gestapo bis zur Bewusstlosigkeit geschlagen und getreten.

Wenn das Gespräch auf seinen Vater kam, verstummte Viktor. Bei den Lazars war die Mutter die Erziehungsperson gewesen, sie hatte die Kinder gezüchtigt, der bärenstarke Vater nie, er war ein Mann des Wortes gewesen, der gern las und sich sein Leben lang für den Sozialismus engagierte. Alfred Lazars Schulbildung bestand aus zwei Jahren Volksschule, aber er war der gescheiteste Mann im Dorf. Alles, was Viktor über Politik und Geschichte wusste, verdankte er seinem Vater. Mit vierzig hatte er bei einem Unfall in der Fabrik einen Fuß verloren. Der Arzt erkannte die Verletzung nicht als Arbeitsunfall an, von da an lebte die Familie nahe am Bettelstand. Ludmilla musste als Tagelöhnerin auf den Feldern von Schloss Stolzach arbeiten, um Mann und Kinder zu ernähren. Zwei Schilling am Tag war ihr Verdienst, kaum genug für das Essen. Einmal hatte Viktor auf dem Heimweg von der Schule seine Mutter bewusstlos im Freien liegend gefunden. Sie war aus Hunger zusammengebrochen.

Seine ganze Jugend hatte Viktor der Gedanke begleitet, dass er seinen Eltern einen schönen Lebensabend bereiten wollte. Leni sah die Traurigkeit in seinen Augen, wenn er sich unbeobachtet glaubte. Inzwischen war ein Hinweis auf seinen Vater eingelangt: ein Mann namens Lazar, der im deutschen Konzentrationslager Buchenwald inhaftiert gewesen war. Bei der Befreiung des Lagers schien er nicht mehr in den Listen auf. Aber noch besaß Viktor keine Bestätigung, dass es sich wirklich um seinen Vater handelte. Je näher das Kriegsende rückte, desto schlampiger war die SS geworden. Täglich tauchten Totgeglaubte wieder auf.

Ludmilla gab die Hoffnung auf die Rückkehr ihres Mannes nicht auf. Auch als die Zeit mehr und mehr voranschritt, wartete sie weiter auf ihn.

Sie mussten doch glücklich werden. Sie hatten es verdient. Leni sagte es sich und ihm immer wieder vor. Dazu hatten sie überlebt. Vor ihnen lag die Zukunft, in der sie Kinder in die Welt setzen würden. In eine bessere Welt.

Und Viktor stimmte zu. Ob er überhaupt glücklich sein konnte? Welche Erinnerungen fielen über ihn her, wenn er die Augen schloss? Manchmal öffnete er ihr sein Herz. Dann weinte sie mit ihm. So wie sie ihm ihre Ängste erzählen konnte, damit er sie tröstete. Geteiltes Leid, halbes Leid, das Sprichwort traf auf sie beide zu. Das durfte nicht alles sein.

*

Seit sie Viktor bei der Arbeit half, blieb Leni öfter über Nacht in Lichtenbach.

„Du hast bei mir immer einen Platz, in meinem Herzen und unter meinem Dach", sagte Josefine Schön, Elfis Mutter, bei Lenis erstem Besuch. „Du hast mir die Elfi heimgeführt, das werde ich dir nie vergessen!" Sie umarmte Leni und küsste sie fest auf beide Wangen. „Vergelt's Gott, mein Kind! Ich kann es dir nie vergelten."

Nachdem Viktor von der Gestapo erwischt worden war, hatten sie auch Josefines Mann Fritz Schön geholt. Er wurde als „Quartiergeber eines feindlichen Fallschirmspringers" des Hochverrats angeklagt. Im November 1944 bekam Josefine einen Brief aus Flossenbürg. „Trotz bester Behandlung ist Ihr Gatte an Lungenentzündung verstorben", stand in der Todesnachricht. Gegen Bezahlung schickte man ihr seine Asche zu. Asche gab es in den Krematorien der Konzentrationslager im Überfluss.

Mit Elfi kehrte wieder Freude im Haus ein. Gern nahm Josefine Viktor Lazar auf.

„Das ist keine Mühe für mich, im Gegenteil. Wir haben Platz genug."

Zwei Monate wohnte Viktor bei ihnen, bis er in die Tischlerei Spiegel übersiedelte. An seiner Stelle bezog nun Leni das Gästezimmer.

„Du kannst kommen, sooft du willst. Ich hoffe, du wirst die Elfi aufmuntern!"

Elfis Zustand bereitete Josefine Sorgen. Ob ihr Körper die jahrelange Ausbeutung nicht ertrug oder ob es eine psychische Erschöpfung war, konnte niemand sagen. Sie ging zur Untersuchung ins Krankenhaus und kehrte so krank zurück wie vorher. Seitdem lag sie im Bett. Nur wenn Leni auf Besuch kam, stand sie auf.

„So geht das nicht, du musst dich zusammennehmen!", schimpfte Leni mit ihr. „Was ist denn los? Willst du nicht mehr? Dann denk doch wenigstens an deine Mutter, was die ausgestanden hat. Und jetzt muss sie sich diese Trauerweide anschauen!"

Elfi nickte gehorsam. Aber es war, als würde aus einer unsichtbaren Wunde Blut fließen. An manchen Tagen konnte sie sich vor Schwäche kaum aufrichten.

Viktor erklärte, dass er mit der Hochzeit nicht länger warten könne. „Womöglich schnappt dich einer mir weg! Das ist kein Witz, lach mich nicht aus!"

Lenis Herz begann laut zu schlagen, wenn Viktor ihr so unverhüllt seine Liebe erklärte. Sie konnte es noch immer nicht fassen, dass er gerade sie ausgesucht hatte, so lang und dünn, wie sie aussah, eine richtige Heugeige, wie sie auf dem Land sagten. Bei den Lebensmittelrationierungen konnte sie auch nicht viel zunehmen. Tausendfünfhundertfünfzig Kalorien waren für einen Erwachsenen vorgesehen, fünfzig Gramm Fett und ein halber Laib Brot pro Woche. Fleisch gab es nur selten.

„Aber ich hab' noch immer nicht meine Papiere beisammen. Solange kann ich auch nicht heiraten." Sie fasste sich ein Herz und setzte fort: „Dabei wär's höchste Zeit. Weil wir werden bald drei sein!"

Weiter kam sie nicht. Viktor stieß einen Jubelschrei aus. „Endlich!", rief er.

Er packte sie um die Mitte und küsste sie ab. „Lenerl! Das ist der schönste Tag in meinem Leben!"

Zu Peter und Paul 1946 heirateten Leni und Viktor. Um zwei Uhr rieb Leni noch den Küchenboden, um drei ging sie mit Viktor ins Gemeindeamt hinüber und der Lichtenbacher Gemeindeangestellte traute sie.

„Die kirchliche Hochzeit holen wir dann später nach", kündigte Viktor seiner Mutter an. „Gell, aufgeschoben ist nicht aufgehoben", sagte er zu Leni.

Sie zuckte die Achseln. „Mir ist es nicht so ein Anliegen, ehrlich, Viktor. Kümmern wir uns einmal um die wichtigen Dinge."

Lenis Hochzeitskleid hatte die Maria genäht, eine Schneiderin, die sie noch aus dem Gefängnis kannte. Nach dem Krieg waren sie sich zufällig wieder begegnet und für den hohen Anlass hatte Maria ein Stück Stoff für ein Kleid herbeigezaubert. Als einziger Trauzeuge fungierte ein Lichtenbacher namens Hoffmann. Er sah die Braut ohne Blumen im Gemeindeamt warten und lief zurück in seinen Garten, wo er einen Strauß für sie pflückte und ihn Leni vor der Trauung überreichte.

Der Himmel war azurblau, gefleckt von weißen Wolken, die eilig vorüberzogen. Der Wind blies Lenis Rock auf, sodass es aussah, als trüge sie einen prächtigen Unterrock.

„Eine schöne Braut!“, stellte Herr Hoffmann bewundernd fest.

Viktor, im schwarzen Anzug seines älteren Bruders, der ihm ein wenig eng an der Brust war, was man aber nicht merkte, er war ein ebenso schöner Bräutigam.

Eine Hochzeitsfeier fand nicht statt. Die Lebensmittelmarken waren knapp und in den Geschäften gab es kaum etwas, womit man Gäste bewirten konnte. Für einen Einkauf am Schwarzmarkt fehlte ihnen das Geld. Ludmilla schenkte ihnen einen Hasen, Leni buk eine Biskuitroulade, das war ihr Hochzeitsmahl. Nachher spielte Viktor auf der Ziehharmonika seines Vaters den Hochzeitsmarsch.

„So schön wie der Vater kann ich's nicht. Erinnerst du dich noch, Mama, wie ich einmal heimlich geübt hab', als er schon im Bett war? Er ist sofort wieder aufgestanden. Ziehen musst du! Hörst, Bua, ziehen!“

Ludmilla liefen die Tränen über die Wangen.

Die Blumen brachte Leni als Geschenk ins Spital. „Wer den Brautstrauß bekommt, heiratet im nächsten Jahr.“

Sie umarmte ihre Freundin. Elfis Wangen hatten wieder die hellrosa Farbe, die nichts Gutes versprach. Ihre großen, sanften Augen hingen voller Freude an Leni.

„Ich bin so froh, dass ich diesen Tag mit dir verbringen kann!"

Elfi legte ihre dünnen Ärmchen um die Freundin. Sie trug ein Nachtgewand aus einem weißen, durchscheinenden Stoff. Wie ein Feenkind sah sie aus.

„Weißt du noch, Elferl, wie ich geschimpft habe mit dir, wenn du so müde warst und nicht weiter wolltest?"

Elfi nickte lächelnd. „Ich werde noch auf deiner Hochzeit tanzen, hast du gesagt."

*

„Du bist verrückt!", sagte eine Frau, die mit Leni im Lager gewesen war. „Warst du nicht beim Doktor? Wir dürfen keine Kinder bekommen, noch lange nicht. Wenn wir uns überhaupt jemals erholen davon."

Es waren keine leeren Worte. Jedes Mal, wenn Leni eine Ravensbrückerin sah, kam die Rede auf die Krankheiten, an denen sie litten. Unterleibsoperationen, Brustkrebs. Magen und Darm waren bei den meisten betroffen. Die jahrelange minderwertige Ernährung zeigte ihre Nachwirkung. Aber Leni freute sich. Sie hatte keine Angst. Und wenn, schob sie den Gedanken schnell weg. Liebe war doch die beste Medizin. Das Kind bedeutete ihre Gesundheit, nicht das Gegenteil. Sonst wäre sie doch gar nicht schwanger geworden, oder? Sie fuhr nun selten nach Wien, nur wenn sie ihren Vater besuchte.

„Du bist eine richtige Provinzlerin worden", bemerkte er ein bisschen spöttisch.

Für den Vater war ein Leben ohne Favoriten nicht vorstellbar. Zwar gab er zu, dass die Gegend um Lichtenbach ganz hübsch war und die Wanderung auf der Hohen Wand hinauf zum Kohlröserlhaus hatte ihn beeindruckt.

„Aber leben, nein, wirklich, da möcht' ich nicht begraben sein."

Viktor war beleidigt, wenn er ihren Vater so reden hörte.

„Er ist ja gar kein echter Wiener", versuchte Leni vergeblich abzuschwächen. „Wir stammen alle aus dem Burgenland. Burgenländische Kroaten und Ungarn."

Die ersten Aufträge trafen ein, meistens Dachreparaturen. Viktor benötigte ein Fahrzeug, um das Material über Land zu führen.

„Ein Auto?", fragte Leni ungläubig. „Kannst du dir das leisten?"

„Nein." Viktor lachte. „Aber ich weiß eine andere Lösung. Wir bauen es selbst!"

Die Karosserie und die Autositze fertigte er aus Holz an. Das Dach war aus einem Stück Stoff, das ihm ein Lagerkamerad schenkte. Nur der Motor stammte aus einem richtigen PKW, Viktor erwarb ihn im Tauschhandel. Die Reifen waren Kriegsbeute, von abgestürzten Flugzeugen. Sie passten nicht genau, deshalb ging ihnen schnell die Luft aus. Zuletzt strich Leni das Gefährt mit brauner Farbe. Sie reichte nicht ganz aus, sie musste mit Beige weitermachen. Ein zweifarbiges Auto mit Fetzendach. Vorsichtig legten sie die langen Holzbalken darauf, zwei mussten vorne und hinten auf dem Rad mitfahren und die Enden halten, so lieferten sie die ersten Aufträge aus. Das selbst gebaute Auto sorgte für Aufsehen. Wenn sie vorüberfuhren, ließen die Lichtenbacher ihre Arbeit liegen. Sollten sie nur lachen, Hauptsache, es fuhr!

11. Kapitel

Leni schrieb Nane, ob sie vor ihrer Niederkunft nach Lichtenbach kommen würde, um ihr beizustehen. Nane antwortete umgehend, ja, sie werde rechtzeitig da sein.

Das Versprechen ließ sich nicht einhalten, denn Lenis und Viktors Söhnchen hatte es zu eilig, auf die Welt zu kommen. Sie nannten ihn Leopold, nach dem Bruder von Viktors Vater.

„Der Onkel Leo ist im Ersten Weltkrieg gefallen. Da war ich noch nicht auf der Welt. Der Vater hat den Leo sehr geliebt."

Leni konnte sich nicht sattsehen an dem Wunder, das sie zustande gebracht hatte. Sein blondes, gekringeltes Haar und die ganz ebenmäßige weiße Haut. Später würde er bestimmt Wandas Sommersprossen bekommen, er hatte auch ihren zarten Knochenbau geerbt. Die Hände sahen aus wie von der feinsten Spitzenklöpplerin gehäkelt. Seine Augen waren zwei Vergissmeinnichtblümchen, von hellem Blau. Er weinte nicht, auch nicht, wenn er am Morgen früher als Leni erwachte. Das bereitete ihr ein schweres Herz, denn sie erinnerte sich an das andere liebliche kleine Kind, das niemals geweint hatte. Aber nein! Das ließ sich doch gar nicht vergleichen, die armselige kleine Eva und ihr Polderl, der mit allem, was er brauchte, reichlich versorgt wurde!

Leni strickte ihm ein blauweiß geringeltes Hütchen für die Taufe und dazu passende Schühchen. Sie wollten warten, bis das heiße Wetter vorüber war. Manchmal bangte sie davor, dass etwas nicht stimmte mit ihrem Sohn. Immer wieder fieberte er. Warum? Es war doch alles in Ordnung gewesen nach seiner Geburt, alles an ihm so gut ausgebildet, so harmonisch, er war ein schönes Kind.

Wie jeden Nachmittag kam die Schwiegermutter, um Polderl zu hüten, während Leni nach Wiener Neustadt fuhr, um Elfi zu besuchen. Zögernd legte sie den Säugling in Ludmillas Arme. Sie hatte ein Versprechen zu erfüllen.

„Hast du dir die Zeit genommen? Danke, du", sagte Elfi zu Leni.

„Elfi! Ich komme doch jeden Tag zu dir!"

„Jetzt nicht mehr, wirst sehen."

„Aber warum denn, natürlich besuche ich dich wieder."

Elfis Hände waren heiß und kraftlos. Trotz ihrer Mattigkeit konnte sie nicht schlafen, sondern bewegte sich unruhig in ihrem Bett hin und her. Draußen glühte die Sommersonne auf die Stadt. Auch Elfi glühte. An ihrem Krankenbett war die Luft so schwül, dass man kaum atmen konnte. Sepsis war ausgebrochen. Ohne Medikamente ließ sich die Infektion nicht eindämmen. Leni hatte die russische Kommandantur aufgesucht und um Hilfe für ihre beste Freundin gebeten. Aber die Russen besaßen kein Penicillin.

Nach einer Weile schlug Elfi die Augen auf und suchte Lenis Blick. „Ich hab' dich gar nicht gefragt, wie es dem Poldi geht." Ihre Zunge war schwer. Als sie den Namen des Kindes aussprach, brach ihr die Stimme.

„Gut, ein bisschen verkühlt ist er, aber sonst ist er gesund und munter", erwiderte Leni rasch.

Doch da hatte Elfi schon wieder die Augen geschlossen. Unvermittelt verschlechterte sich ihr Zustand. Ihre Wangen, die vom Fieber hochrot gewesen waren, verloren jede Farbe. Erschrocken rief Leni die Krankenschwester. Die schüttelte nur resignierend den Kopf.

„Es geht zu Ende."

Leni blieb am Bett sitzen und hielt Elfis Hände in ihren. Sie dachte daran, wie ihre Mutter gestorben war. Und die vielen Toten, die sie dann gesehen hatte, Tag für Tag, in der Hölle, die ihr Alltag gewesen war. Sie wünschte sich, dass Elfi noch einmal zu sich kommen würde, damit sie sich verabschieden konnten. Aber Elfi regte sich nicht mehr.

Auf dem Heimweg nach Lichtenbach radelte ihr Josefine entgegen.

„Wie steht's?", rief sie Leni zu.

„Beeil dich, sonst ist es zu spät!"

Elfis letzte Worte hatten dem kranken Kind gegolten. Als ihre Mutter im Krankenhaus ankam, war sie tot. Fünf Tage später verschlechterte sich Polderls Gesundheit. Seine weiße Haut bekam Flecken und Pusteln, da und dort sprangen eitrige Blasen auf, ein Sekret floss aus vielen kleinen Wunden.

„Als tät' er Blut schwitzen", sagte Viktor. „Weißt du, dass es mir auch einmal so ergangen ist, wie ich mit dem Fallschirm im Neusiedler See gelandet bin und der Wind mich nicht freigegeben hat? Wie ein Wellenreiter bin ich über den See gefahren, von Weiden nach Jois."

Leni will nicht hinhören. Sie sieht nur Polderl, und die Worte, dass der Kleine vor Angst Blut schwitzen muss, drücken ihr das Herz ab. Sie darf nicht weinen. Der Arzt, wo ist er denn! Sie trägt Polderl, bis ihre Arme erlahmen, dann nimmt ihn Viktor und geht mit ihm im Zimmer hin und her, hin und her. Er singt ihm die alten Partisanenlieder vor, „Brüder, zur Sonne, zur Freiheit", „Bella Ciao", „Die Moorsoldaten" und „Die Internationale".

Endlich ist der Doktor da, er steht in der Tür, überrascht, weil da gesungen wird, und glaubt, dass er an der falschen Adresse ist. Nur ganz kurz dauert die Untersuchung. „Furunkulose", sagt er. „Wenn das Kind eine Sepsis bekommt, müssen sie sich auf das Schlimmste gefasst machen."

Sepsis, Elfis Todesurteil. Leni kann nicht aufhören zu zittern.

Nane kommt und bleibt und Ludmilla Lazar hilft trotz ihrer kranken Füße, sie kocht und macht den Haushalt. Leni lässt die Augen nicht von Polderl. Der Doktor hat recht, sie weiß es, sie sieht es, aber sie will es nicht wissen, sie will die Stimme der Vernunft zum Schweigen bringen.

„Wir haben es auch geschafft, gegen alle Wahrscheinlichkeit. Ich hab' den Glauben daran nie aufgegeben. Und bei meinem Kind soll ich es tun? Nein!"

Einmal nur schreit sie und schluckt schnell die Verzweiflung und die Tränen. Viktor ist bei ihr. Er hält sie fest und sie ihn und sie beide das Kind. Aber sie können nichts tun, als ihm beim Sterben zuzusehen. Sie müssen Polderl gehen lassen.

Elf Tage erst liegt Elfi unter der Erde. Sie hat sich Lenis Kind in den Himmel geholt.

„Wir alle folgen ihnen auf diesem Weg", sagt der Priester.

Leni presst eine Faust auf ihren Mund, sie sperrt ihre Schreie ein. Es gibt keinen Trost.

*

„Prosit Neujahr!" Die Pummerin klang aus dem kleinen Radioapparat und dann die Klänge des Donauwalzers. Das zweite Mal feierten sie Silvester in Freiheit. Sie hatten ein Dach über dem Kopf, wenn es auch nicht ihr eigenes war. Frau Spiegel hatte sie eingeladen, in ihrem Haus zu bleiben. Seit dem Tod ihres Mannes fürchtete sie sich vor dem Alleinsein. Viktor war für sie wie ein eigener Sohn. Leni hatte sie gleich von Anfang an lieb gewonnen und fühlte mit ihr, dem armen Mädel, das nichts von der Jugend gehabt hatte und dann noch mit dem Verlust des Kindes gestraft wurde. Wenn Frau Spiegel die politische Gesinnung ihres Ehemanns geteilt hatte, war inzwischen nichts mehr davon zu bemerken. Sie verstand, dass Viktor und Leni nach Gerechtigkeit suchten. Im Dorf wollten ja viele nicht geahnt haben, was da Schreckliches vor sich gegangen war.

„So ein Unsinn", meinte Frau Spiegel abfällig dazu. „Die wären heute noch dafür, wenn der Hitler nicht den Krieg verloren hätt'."

„Aber nicht alle! Die Sorte kann man überall treffen!", verteidigte Viktor die Lichtenbacher.

„Glücklich ist, wer vergisst, was nicht mehr zu ändern ist", sangen sie beim Heurigen und Leni hätte auch gern mitgesungen. Aber für sie und ihresgleichen gab es kein Vergessen.

„Wir werden nicht nachlassen, darauf brauchen sie nicht zu hoffen", sagte Viktor.

Die Nazisse, die sich ein Jahr lang in seinem Elternhaus eingenistet und alles weggestohlen hatte, war ihm auf der Straße nachgelaufen. Sie begann zu jammern, wie schlecht es ihr ging und ob er nicht etwas für sie tun könnte. Viktor wollte gar nicht hinhören, aber sie klammerte sich an ihn und redete weiter und weiter, bis er die Nerven verlor und sie schlug. Eine Ohrfeige, die ihm ausgerutscht war, aber nicht leid tat.

Sie öffneten eine Flasche Krimsekt, die Leni von den Russen geschenkt bekommen hatte. Frau Spiegel holte die schön geschliffenen Gläser aus der Vitrine, böhmisches Kristall, noch von ihrer Aussteuer. Sie stießen an und nippten ehrfurchtsvoll an dem unbekannten Getränk. Es schmeckte nach enormem Luxus. Unisono stießen sie ein „Mmmhm!" aus und fanden, nie etwas Herrlicheres gekostet zu haben. Sie tranken darauf, dass Viktor die Meisterprüfung bestehen würde. Fast zwei Jahre ging er schon in den Unterricht. Nun durfte er endlich zur Prüfung antreten. Die Leitung der Tischlerei hatte ihm Frau Spiegel bereits übergeben.

Die Nachforschungen um Alfred Lazar blieben weiterhin erfolglos. Hunderttausende waren vermisst, in Kriegsgefangenschaft, untergetaucht, in den letzten Tagen des Krieges umgekommen. Von den Häftlingen aus Buchenwald, die heimkehrten, konnte sich niemand an einen einbeinigen älteren Mann erinnern.

Es schneite ohne Unterlass in diesem Winter 1947. In Wien steckten sogar die Schneeräumfahrzeuge fest und mussten mühselig freigeschaufelt werden. Die Stromversorgung brach immer wieder zusammen. Es gab nicht genug Kohle zum Heizen, die Schulen blieben geschlossen.

„Himmelsbrot“ sagten die armen Leute zum Schnee, hatte Leni in Adelheid Popps Buch gelesen, solange sie mit Schneeschaufeln ein wenig Geld verdienten, mussten sie nicht verhungern. Sie dachte an den Winter drei Jahre zuvor, den Tag, als Anni, Poldi und Trude geköpft worden waren. Wie jetzt war der Schnee gefallen. Sie hatte sich gefragt, wo man sie begraben würde. Jetzt ging auch Elfi mit ihnen auf der Himmelstraße und hielt Polderl auf dem Arm. Unten auf der Erde machte sich sein Bruder auf den Weg ins Leben.

Beim Aufräumen fand Leni unter Viktors Kleidern eine Strickweste. Sie war abgetragen, die rote Wolle verblichen und fadenscheinig geworden. Ungläubig hielt sie die Weste in die Höhe.

„Was ist denn mit dir los?“, fragte Viktor.

Immer wieder glitt ihr Blick forschend über die Maschenreihen.

„Die Weste, woher …?“ Leni fehlten die Worte.

„Ja, die hat eine Geschichte.“ Viktor nickte. „Ein Mithäftling hat sie mir geschenkt, da war ich im Keller am Morzinplatz. Ich hab’ so elendiglich gefroren. Das war ein guter Kamerad, der Dorfecker Ernstl, auch ein Fallschirmspringer. Mit der Jacke bin ich nach Terezin gegangen, in die Festungshaft, und von dort wieder heim, die rote Jacke hat mir treue Dienste geleistet."

„Aber du weißt nicht, wer sie gestrickt hat." Leni hatte sich von ihrer Sprachlosigkeit erholt. „Ich!"

Jetzt war es an ihm, ungläubig zu schauen.

„Die Dorfecker Milli, Ernstis Mutter, ist mit mir in der Liesl gesessen. Sie hat ihre eigene Weste aufgetrennt als Geschenk für den Sohn, sie wusste, dass er in Haft war. Aus den hölzernen Stäben der Fensterverdunklung haben wir Stricknadeln gebastelt und ich hab' die Strickerei gemacht, ich war immer schon geschickt beim Handarbeiten."

Beide streckten gleichzeitig die Hand aus. Leni streichelte die Wolle, die ihren Mann gewärmt hatte. Er drückte sie fest an sich.

„Ich bin so froh, dass ich dich hab', meine Liebste."

„Und ich erst, Vikerl!"

In diesem Frühjahr dauerte es, bis die Kälte nachließ und die dicke Schneedecke auf den Feldern endlich schmolz. Leni fuhr nach Langem wieder nach Wien. Ihr Vater war nicht ganz allein auf sich gestellt, er hatte „ein schlampertes Verhältnis", wie er sagte, mit einer Frau, deren Mann in Russland vermisst war. Gegen Kriegsende hatte eine Bombe ihre Wohnung zerstört und sie war in der Neilreichgasse eingezogen, bis sie kurz vor Lenis Rückkehr eine neue fand. Damals hatte der Vater sie nicht erwähnt und auch seitdem nur ab und zu eine

Bemerkung gemacht. Aber es gab sie, das nahm Leni zur Kenntnis. Zu mehr konnte sie sich nicht überwinden, sie machte kein Hehl daraus, dass sie die Frau nicht mochte.

Ihr erster Weg in Wien führte immer auf den Zentralfriedhof. 1945, nach ihrer Heimkehr, war sie die einzige Besucherin der Gruppe vierzig gewesen. Das hatte sich längst geändert. Sooft sie kam, traf sie Angehörige, meist waren es die Mütter, die Ehefrauen. In der schönen Jahreszeit saßen sie im Gras, manche strickten und die Kinder spielten zwischen den kleinen Gedenksteinen. Leni dachte an Schwester Restituta, die Freundlichkeit, die sie ausgestrahlt hatte, die Ruhe und Zuversicht, obwohl sie wusste, dass sie sterben musste. Es war eine Erinnerung, die ihr half, Frieden mit sich zu machen, wenn die Wut und der Schmerz über sie herfielen. Sie wollte lernen, wie sie gelassen auf das Leben zu sehen. Die Hoffnung, dass sie nach dem Krieg ein neues Leben beginnen konnte, erfüllte sich nicht. Die Wunden heilten nicht.

Leni ging zwischen den Gräbern hin und her, bis sie ruhiger wurde. Immer halfen ihr die armen Toten, die sich selbst nicht hatten helfen können. Ehrengräber mussten sie bekommen! Leni schwor sich, dass sie nicht rasten und ruhen wollte, bis sie das durchsetzte. Auf die Kuppel der Lueger-Kirche fiel die junge Aprilsonne und schickte einen glänzenden Strahl zu ihr herüber. Geblendet schloss sie die Augen.

*

In der „Volksstimme“ erschien ein Bericht: „Nazimordjustiz an der Arbeit“. Zum ersten Mal konnte man in der Zeitung lesen, was den Menschen, die für Österreich eintraten, angetan worden war. Das qualvolle Warten in den Todeszellen, die Hinrichtungen wie am Fließband, fünf Minuten pro Kopf. Die Geköpften waren vom Landesgericht ins Gerichtsmedizinische Institut transportiert worden und von dort im Schutz der Dunkelheit weiter auf den Friedhof. Aus den Holzkisten hatte man sie in tiefe Schächte hineingekippt, so viele, bis ein Schacht voll war.

Ein Foto war in der Zeitung abgebildet. Leni schaute es lange an, bevor sie begriff, dass es wirklich die toten Körper ohne Köpfe zeigte, je vier in eine Kiste geschlichtet.

Die Kameradinnen aus Ravensbrück trafen sich nun regelmäßig und bei jedem Mal wurden es mehr. Im Mai entschieden sie, dass sie sich organisieren mussten. Sie hatten kein Büro, nicht einmal eine Schreibmaschine. Einen Nachmittag im Monat gingen sie zusammen in ein billiges Kaffeehaus, zu einem Getränk reichte das Geld gerade. Schreibarbeiten wurden mit der Hand erledigt, wenn Kosten entstanden, für Kopien oder Briefmarken, legten sie zusammen. Rosa Jochmann, die als Abgeordnete im Parlament vertreten war, arbeitete die Statuten für ihren neuen Verein aus.

„Wir sind die Ersten, die sich zusammenschließen. Wir gehören zu keiner Partei, wir wollen den Ravensbrückerinnen, die überlebt haben, einen Platz bieten, wo sie Rat, Hilfe, Trost bekommen können.“

Aus den roten Winkeln der Kameradinnen nähten sie sich ihre Fahne. Bei der Gründung der „Lagergemeinschaft Ravensbrück“ lag sie auf dem Tisch. Die Statuten wurden verlesen und die Frauen gaben sich feierlich die Hand darauf, dass die Zeit der Verfolgung für sie niemals vergangen und vergessen sein würde. Die letzte Ravensbrückerin sollte die Fahne in ihr Grab bekommen.

Aber der Tag war noch fern. Sie hatten viel vor. Eine Reise nach Ravensbrück, wo dem Vernehmen nach fürchterliche Zustände herrschten. Beim ersten Mal war Leni nicht dabei gewesen. Sie musste wegen einer Gallenblasenoperation ins Krankenhaus. Den schwachen Magen hatten sie alle als Souvenir aus Ravensbrück mitgebracht und die Galle ging ihnen oft über. Zum Beispiel, wenn der Bürgermeister von Lychen dafür plädierte, das ganze Lager dem Erdboden gleichzumachen. Warum, so argumentierte er, sollten die Menschen, die dort zu Hause waren, unter der Vergangenheit, die sie nichts anging, leiden?

Eine Abordnung der Ravensbrückerinnen sprach daraufhin beim Wiener Bürgermeister Körner vor. Sie verbanden grauenhafte Erinnerungen mit dem Konzentrationslager. Dennoch protestierten sie gegen die Auslöschung des Lagers. Sie wünschten sich, dass dort eine Gedenkstätte errichtet werde.

„Eines Tages wird es Wirklichkeit. Niemals vergessen!“

In den Nächten war Leni wieder dort, sie strickte einen endlosen grauen Strumpf, das Tagespensum der alten Frau Lazar, im Krankenblock stöhnten die Typhusfälle und sie fürchtete sich davor, hineinzugehen, aber da war ja Elfi, die sie herausholen musste, und dann schlich sie durch den Totengang und eine Stimme sagte:

„Wir sind Österreicherinnen."

Mit ein paar Löffeln Suppe hatte sie die Bewusstlose ins Leben zurückgeholt. Erna Musik, plötzlich war der Name wieder da. Am Morgen tauchte sie aus einem Schlaf, der sie nicht erfrischt hatte, zerschlagen und mit verweinten Augen auf. Da fiel ihr der Traum wieder ein, wie das junge Mädchen Leni für ihre Hilfe gedankt hatte, mit den Augen, sprechen konnte sie nicht.

„Kennst du eine Musik?", fragte sie Rosa Jochmann bei der nächsten Sitzung. „Ich war mit einer Musik in Ravensbrück und würde so gern wissen, was aus ihr geworden ist, ob sie noch lebt."

„Ja, sag du mir, bist du verrückt!", rief Rosa, in ihrer herzlich groben Art. „Was soll sie nicht leben? Das ist doch unsere Erni!"

Erna Musik arbeitete wie Rosa Jochmann für die Sozialistische Partei.

Am Sonntag fuhr ein Motorrad mit Beiwagenmaschine durch Lichtenbach. Das Fahrzeug hielt vor dem Haus. Sicher waren es wieder Viktors Wiener Kunden, vermutete Leni. Die suchten sich gern den Sonntag aus, um nach Lichtenbach zu kommen.

„Da will dich jemand sprechen", rief ihr Viktor, der draußen arbeitete, zu.

Leni schaute aus dem Fenster. Eine Frau in schwarzer Motorradkleidung kletterte aus der Beiwagenmaschine.

Sie nahm ihre Brille ab. Bei Lenis Anblick stieß sie einen Freudenschrei aus. Leni zuckte ratlos die Achseln.

„Leni! Leni! Erinnerst dich nicht, wir waren doch zusammen in Ravensbrück!"

Leni kam ins Freie. Die Frau umarmte sie und drückte sie so fest sie konnte. „Die Rosl hat's mir erst gestern gesagt, wo ich dich finde!"

Die Rosl? Das hieß, dass – sie war die – „Du bist die Erna Musik? Nein, das gibt's nicht!", stieß Leni ungläubig hervor.

„Ja, ich bin's, mit vierzig Kilo mehr!", lachte Erna.

In Ravensbrück war sie zum Skelett abgemagert angekommen. Verhungert und von der Tuberkulose ausgezehrt.

„Aber mein Manderl hat mich schön aufgepäppelt."

Sie stellte ihren Ehemann Karl vor, der wie sie in einer Motorradkluft steckte.

„Und ein neues Kinderl haben wir auch bekommen, den Karli, der ist bei der Oma daheim geblieben. Wir wohnen in Wien und du hier in Lichtenbach. Schön habt ihrs da", sprudelte Erna ohne Pause hervor.

Erst als sie Atem holen musste, kam Leni dazu, ihre Umarmung zu erwidern. So fest drückte sie Erna ans Herz.

„Ein kleiner Karli", wiederholte Leni und musste sich die Augen wischen. „Das freut mich. Und deine andere Kleine?"

Erna Musik hatte schon eine Tochter gehabt, bevor sie ins Konzentrationslager gekommen war.

„Es geht uns allen gut."

Erna warf ihrem Mann lächelnd einen Blick zu. Er nickte.

„Ich werd's dir mein Lebtag nicht vergessen, du hast sie gerettet“, sagte Karl.

Erna küsste Leni auf beide Wangen. „Ich hab' es dir nicht danken können. Ich werde es dir nie danken können.“

„Ich hätte jeder anderen genauso geholfen. Wer sonst, wir hatten doch niemanden als einander.“

Erna sah Leni in die Augen, wie damals, so ernst und innig. „Sei nicht so bescheiden! Weißt du eh, du hast jetzt eine Freundin, die dich nie mehr verlässt. Das ist ein Versprechen, Leni!“

*

Eine andere Erinnerung der ehemaligen Häftlinge, nicht weniger schrecklich, nahm Gestalt an. Maria Steiner aus Krems, die gemeinste aller Aufseherinnen im Landesgericht, eine wahre Handlangerin des Todes. Vor 1938 war sie auf den Strich gegangen, unter der Naziherrschaft hatte sie ihre Lust am Quälen entdeckt. Die dreißig Mark Blutgeld für die Begleitung zum Schafott nahm sie als Draufgabe für die Freude, den Gefangenen in ihrer Todesnot zusätzliche Schmerzen zu bereiten. Zusammen mit anderen Frauen, die ihre Umtriebe aus dem Landesgericht kannten, erstattete Leni bei Gericht Anzeige. Der Prozess war der erste Triumph der Gerechtigkeit, den Leni miterlebte.

„Das Urteil war gnädig, verglichen mit dem, was sie anderen zugefügt hat."

Sieben Jahre Kerker bekam die Szabó, geborene Steiner.

„Schau dir das an, Lenerl!" Viktor zeigte Leni einen Aufruf in der „Wiener Zeitung": „Tausend Gestapo-Helfer werden gesucht!"

Das Journalistenzimmer im Landesgericht neben dem Schwurgerichtssaal war als Ausstellungsraum eingerichtet. Dort hingen die Fotos von Mitarbeitern der Gestapo, die unter Verdacht von Misshandlungen und Folterungen standen. Zwei Wochen sollten sie ausgestellt bleiben. Auf diese Weise erhoffte man sich, endlich Wind in die schleppenden Ermittlungen gegen Gestapomitglieder zu bringen.

Schon am Eröffnungstag wurde das Graue Haus gestürmt. Leni war unter den Ersten, die sich vor den Bildern drängten. Auf einmal konnte man gar nicht alles erfassen. Da waren mehr als tausend Fotos von Verdächtigen, die im Dienst der geheimen Staatspolizei gewesen waren, oft mehrere Aufnahmen einer Person. Unter jedem Bild stand eine Kennzahl. Dazu gab es ein Modell des ehemaligen Hotel Metropol mit einem Aufriss der Zimmer, denn kaum einer konnte angeben, in welchem Zimmer er damals vernommen worden war. Als die Gestapo in das Haus am Morzinplatz eingezogen war, hatte sie alle Zimmernummern entfernen lassen. Durch das Modell war eine bessere Orientierung möglich. Die

Gestapo hatte schriftliche Aufzeichnungen über die Vernehmungen und in welchen Räumen sie stattfanden geführt.

Wer eine der Personen identifizieren konnte, trug die Kennzahl in einem eigenen Meldeblatt ein, das im Landesgericht auflag. Es gab auch Fotos von Gestapoleuten, die bereits in Haft waren. Sie gliederten sich in mehrere Gruppen, „links", „rechts", „Juden", „Abwehr" und „Kommunisten".

Leni erkannte den Mann auf dem Foto auf einen Blick. Die schlimmsten Tage und Nächte ihres Lebens waren sein Werk gewesen. Das Schwein, jetzt kam er an die Reihe! Sie füllte das Blatt aus, zögerte kurz vor der Namensrubrik und schrieb „Schiller" hin, obwohl sie wusste, dass es nicht sein Name war.

Ende September kam ein Schreiben vom Gericht. Der Untersuchungsrichter lud Magdalena Lazar, geborene Tomić, vor, ihre Aussage zu machen.

„Sie sind sich Ihrer Sache sicher, Frau Lazar, aber leider stimmen Ihre Angaben nicht mit der Person überein", sagte er zu ihr.

„Ich weiß, dass er einen anderen Namen hatte", antwortete Leni. „Aber …"

„Welchen Namen?", unterbrach sie der Untersuchungsrichter.

„Ich weiß ihn nicht. Ich hab' in der Ausstellung gelesen, dass man feststellen kann, wo die Beamten ihre Verhöre gemacht haben. Ich kann ihnen das Zimmer beschreiben, die Waschmuschel, wo ich mir das Blut abgewaschen hab', den Schreibtisch mit der Lade oben rechts, da war seine Peitsche drin."

„Daran mögen Sie sich ja erinnern, das Gericht bezweifelt nicht, dass Sie am Morzinplatz einvernommen wurden. Aber wer ist der Mann, der Sie geschlagen hat? Darauf kommt es uns jetzt an. Ihre Beschreibung reicht nicht aus."

Leni spürte die rote Wolke der Ohnmacht vor ihren Augen. Sie klammerte sich an die Lehne ihres Stuhls.

„Ich weiß es!" Ihr Herzschlag dröhnte so laut, dass sie kaum sprechen konnte. „Einmal hat er am Telefon auch Kurt gesagt."

Der Untersuchungsrichter schüttelte den Kopf. Auf seinen Wink öffnete der Gerichtsdiener die Tür.

„Was geschieht jetzt?", fragte Leni mit bebender Stimme. „Sie lassen ihn doch nicht wieder raus? Nur weil sich das Schwein nicht mit seinem richtigen Namen bei mir vorgestellt hat!"

Vor dem Untersuchungsraum wartete Viktor auf sie. Er sah, was mit ihr los war, und nahm wortlos ihren Arm. Ihre Schritte hallten auf dem Flur wie ein Echo von damals. Sie trugen ihre Ketten immer noch.

Noch ein zweiter Besucher der Ausstellung hatte Schiller identifiziert. Doch auch dieser Häftling kannte nur einen falschen Namen. Bei seinen Vernehmungen war er als „Bauer" aufgetreten. Die Untersuchung gegen den Mann auf dem Foto wurde niedergeschlagen.

„Das ist kein Einzelfall. Sie lassen sie laufen, scharenweise! Wenn man die Prozessberichte liest, kann einem schlecht werden."

„Aber es gibt auch andere Beispiele. Denkt an die Mörder von Engerau, die haben den Strang bekommen, und der Schauspieler von der Burg, das Denunziantenschwein Hartmann, sogar lebenslang."

„Sie hat recht, was haben wir davon, wenn wir nicht an die Justiz glauben? Sollen wir sie selber umbringen?"

„Also wenn ich so eine wie die Steiner zwischen die Finger kriege …"

„Die Steiner sitzt glücklicherweise. Und dem Alias Schiller werden sie auch noch das Handwerk legen."

Im Café Westend, gegenüber der Ruine des Westbahnhofs, wo die Lagergemeinschaft Ravensbrück an diesem trüben Novembernachmittag tagte, prallten die Meinungen aufeinander. Die meisten Heimkehrerinnen hatten in den letzten zwei Jahren traurige Erfahrungen mit den Daheimgebliebenen hinter sich. Den Zweifel, ob es wirklich so schlimm gewesen war im KZ, die Vermutung, dass man, wenn man dort landete, auch etwas angestellt haben musste, hatte jede von ihnen schon gehört. Manchen erschien es, als habe sich nichts geändert. Aber dazu trafen sie sich ja, um ihre Erlebnisse auszutauschen, sich Mut zu machen und Hindernisse aus dem Weg zu räumen.

Im August wurde Doktor Lambert Stumfohl vom Volksgericht Wien angeklagt. Der Arzt hatte Helene Kafka, die Schwester Restituta, ans Messer geliefert. Stumfohl ordnete im Mödlinger Krankenhaus an, dass Österreicher ihr Blut nicht ausländischen Kranken spenden durften. Wenn sich im Spital kein Ausländer mit der richtigen Blutgruppe meldete, musste der Patient elend zugrunde gehen, sagte eine Zeugin aus.

Das Spottgedicht, das Schwester Restituta von einem verwundeten Soldaten gehört hatte und sich abschreiben ließ, übergab er der Polizei als Beweisstück für Hochverrat. Es wurde im Gerichtssaal verlesen:

„... Unser Fleisch, Obst, Milch und Butter waren für sie ein willkommenes Futter. Sie befreiten uns und ehe man's geglaubt, hatten sie uns gänzlich ausgeraubt. Selbst den ruhmvollen Namen stahl uns die Brut und jetzt wollen sie auch noch unser Blut ..."

Harmlos genug, aber die Nonne kostete es den Kopf. Stumfohl entschuldigte sich damit, dass er die Konsequenzen nicht hatte ahnen können. Als er damals vom Todesurteil erfahren hatte, war er bestürzt gewesen und wollte alles tun, um das Urteil rückgängig zu machen.

Warum glaubte man ihm das? Schwester Restituta war nicht die Einzige gewesen, die wegen eines Witzes unter dem Fallbeil endete. Wie war es möglich, dass das den Ravensbrückerinnen bekannt war, dem Wiener Volksgericht aber nicht? Lambert Stumfohl bekam fünf Jahre.

*

Die Belohnung für dieses Jahr, in dem sich Hoffung und erwartungsvolle Aufregung mit Enttäuschung und Bitterkeit abwechselten, wog vier Kilo achtzig und traf zu Weihnachten ein, gerade zehn Minuten nach Mitternacht. Lenis zweiter Sohn wurde nach seinem Vater Viktor genannt. Er glich ihm aufs Haar. Rund und fröhlich. Eigensinnig und strahlend.

„Ein richtiger Lazar, der sich niemals unterkriegen lassen wird!“, sagte der stolze Vater.

12. Kapitel

Ein Jahr war vergangen. Vikerl junior hatte vier Zähne, konnte laufen und schon „Mama", „Papa", „Auto" und viele andere Worte sagen, die nur seine Mutter verstand. Ludmilla Lazar wartete nicht mehr auf ihren Mann. Sie hatte ihn für tot erklären lassen müssen, weil seine Rückkehr aus Buchenwald nun keine Wahrscheinlichkeit mehr besaß, wie der Brief vom Ministerium mitteilte. Dadurch bekam sie auch Anspruch auf eine Witwenrente. Das Geld vom Opferfürsorgeamt war zu wenig zum Leben, zum Sterben zu viel, nun würde es leichter werden. Doch Frau Lazar ließ sich nicht trösten.

Der österreichische Nationalrat beschloss Erleichterungen für minderbelastete Nazis. Die Sühneabgaben wurden gestrichen, entlassene Beamte wieder eingestellt. Der Alliierten-Rat legte sich quer, doch die Österreicher fanden eine andere Lösung, Begnadigung durch den Bundespräsidenten. Im nächsten Jahr, 1949, wurde gewählt und die Politiker begannen um die „Ehemaligen", wie man sie nannte, wenn sie es auch oft nicht waren, zu buhlen. Da tauchte der Name Sanitzer in den Zeitungen auf.

„Johann Sanitzer!"

Viktor war wie elektrisiert, er konnte an nichts anderes mehr denken, von nichts anderem mehr sprechen. Im Jänner 1949 begann der Prozess. Viktor fuhr nach Wien, er musste vor Gericht als Zeuge gegen den Gestapobeamten und Kriminalrat Sanitzer aussagen. Leni hatte inzwischen viel von Viktors Erlebnissen gehört. Aber jetzt erst verstand sie die volle Tragweite dessen, was ihm widerfahren war.

Die Zeit im Afrika-Korps der 999er klang wie eine Abenteuergeschichte und der Brief, den Viktor der Familie aus Tunesien geschickt hatte, hatte etwas Märchenhaftes. Es war so heiß gewesen, dass ihm die Tinte in der Feder fast austrocknete. Von einer jungen Schildkröte schrieb er, die in der Nacht bei ihm geschlafen hatte. Wie gern er sie behalten hätte. Er schilderte die Köstlichkeiten, die er genossen hatte, Feigen, Zitronen, Wein, Schokolade. Freiwillig war er zu den Alliierten in die Kriegsgefangenschaft gegangen, zuerst in die französische, dann zu den Briten. Er hatte eingewilligt, sich als Agent ausbilden zu lassen, war Funker geworden und Fallschirmspringer. Für die Befreiung Österreichs war er bereit, sein Leben einzusetzen, und tat es auch.

An einem schönen Februartag des Jahres 1944 waren Viktor Lazar und Karl Brezina mit einem englischen Flugzeug über Jugoslawien, die Slowakei und Ungarn nach Österreich gebracht worden. Die Entscheidung, dass sie über dem Neusiedler See abspringen sollten, fiel erst im letzten Augenblick. Viktor war nicht wohl bei der Änderung, aber ihn fragte keiner.

Das Verhängnis nahm seinen Lauf, als der Lastenfallschirm beim Abspringen über dem Neusiedler See verloren ging. Er enthielt nicht nur die Funkausrüstung, sondern auch alle Papiere. Viktor wusste seit diesem Tag, dass Blut schwitzen nicht nur ein biblisches Wort war. Sturm herrschte und peitschte die Wellen hoch auf. Eine Windböe erfasste ihn und drückte ihn in die Tiefe. Sein Fliegeranzug wurde im Wasser schwer wie Blei, der Fallschirm breitete sich über ihn und hielt ihn gefangen. Plötzlich fühlte er sich in die Höhe gehoben. Der Wind blähte den Fallschirm auf und zog den halb ertrunkenen Mann wieder aus dem Wasser.

Wie ein Segel trieb der Sturmwind den Fallschirm mit Viktor über den See, bis auf die andere Seite und dort in Jois ans Ufer. Weiter ging es über Land, kilometerweit durch die Joiser Weinberge. Vergeblich versuchte er sich an den Weinstöcken festzuhalten, der Sturm riss ihn mit sich. Als ihn der Fallschirm nach der gewaltigen Luftfahrt endlich freigab, hatte Viktor sein Hemd blutig geschwitzt.

Noch bevor Viktor in Lichtenbach Unterschlupf fand, wusste die Gestapo, wen sie zu suchen hatte, sein Name stand in den Dokumenten, die sie fanden. Zuerst versteckte ihn die Familie Schön, aber dort gingen ständig Leute ein und aus, deshalb entschloss er sich, am Abend zu seinem Elternhaus am Husarenweg hinüberzuschleichen. Ein Lichtenbacher, der ihm begegnete, erkannte ihn. Daraufhin hätte Viktor sofort umkehren und verschwinden müssen. Aber er hatte solche Sehnsucht, einmal wieder in einem Bett zu schlafen. Am nächsten Tag wollte er auf die Hohe Wand aufsteigen. Oben auf dem Berg und in den Wäldern verbargen sich Widerstandskämpfer. Dazu kam es nicht mehr. Die Gestapo fiel mit einer ganzen Horde bei den Lazars ein. Den ersten Mann erwischte Viktor, dann überwältigten sie ihn.

So weit kannte Leni Viktors Geschichte, die Verhaftung, das Gestapogefängnis in Wiener Neustadt und von dort in die Folterzellen am Morzinplatz.

Es begann im Referat IV A 2 im vierten Stock, zuständig für die Bekämpfung von Sabotage, Funk- und Fallschirmagenten. Zwar hatte die Gestapo den Lastenfallschirm mit Viktors ganzer Funkausrüstung aus dem See geborgen, doch ohne den Funkcode war sie nichts wert. Die Verhöre blieben ergebnislos, Viktor schwieg.

Sie brachten ihn in den Keller, Zelle sechs. Die ehemaligen Speiseaufzüge des Hotels waren zu sechs schmalen, fensterlosen Räumen umgebaut, durch Gitter voneinander abgetrennt, wie Tierkäfige. Viktor wurde hängend ans Gitter gefesselt. Nur wenn er zum Verhör in den vierten Stock ging, machten sie ihn los. Ohne den Zweiten in der Zelle, Theodor Rankwetz, ebenfalls ein Fallschirmspringer, hätte Viktor nicht überlebt. Theo fütterte ihn, gab ihm zu trinken, half ihm bei allen Verrichtungen. Die Fesseln verwandelten Viktors Hände in geschwollene Klumpen. Manche Aufseher banden ihn so an, dass er stehen konnte, dann wurden die Hände entlastet. Andere wie der sadistische Leidenfrost hängten ihn wieder so hoch, dass er nur mit den Zehenspitzen den Boden berührte. Neun Monate dauerte Viktors Martyrium. Die Anordnung dafür kam vom Leiter des Referats, dem Mann, der sich nun vor dem Volksgericht in Wien verantwortete.

Leni saß auf dem Gang vor dem Verhandlungssaal, als die Wache den Angeklagten vorbeiführte. Ein schlanker, großer Mann mit schwarzem Haar und hellen, ausdrucksvollen Augen. Gut aussehend, regelmäßige Züge, kluger, ernster Blick. Sein Charakter stand ihm nicht ins Gesicht geschrieben. Die unzähligen Missetaten, die er begangen hatte, schienen ihn nicht zu berühren. Er sah Leni und blieb abrupt stehen. Mit einer Kopfbewegung deutete er auf sie: „Leni Tomić. Fall Gustav Adolf Neustadtl. Rote Hilfe. Ich vergesse nie ein Gesicht."

Sprachlos sah Leni ihm nach. Erst als die Tür hinter ihm zufiel, konnte sie sich wieder bewegen.

„Haben Sie das gehört?", fragte sie den Polizisten, der daneben stand. „Ich bin mit dem Zeugen Lazar verheiratet und in anderen Umständen. Sind Sie ein Antifaschist? Bitte, lassen Sie mich hinein."

Der Saal war wie so oft mit Gesinnungsgenossen und Familienangehörigen gefüllt, die sich schon im Morgengrauen um einen Sitz anstellten und dann während der Verhandlung für die entsprechende Stimmung sorgten. Der Polizist begleitete Leni hinein und verhalf ihr zu einem Platz, wo sie gute Sicht hatte.

„Alles Gute, Frau Lazar", sagte er leise zu ihr. „Und die Antwort auf Ihre Frage lautet Ja."

„Sechsundzwanzig Beamte haben sich im Hof meiner Eltern versammelt, anscheinend haben sie bei der Gestapo so viele gebraucht, um einen einzelnen Mann zu verhaften. In der Folge kam es zu einer Schießerei, dabei ist einer von ihnen erschossen worden, von welcher Waffe, lässt sich nicht sagen. Ich selbst hab' einen Streifschuss abbekommen. Ich bin zur Mauer hin und hinaufgeklettert, aber dann waren sie schon da und haben mich an den Füßen heruntergezogen. Zwei Stunden hat die Verhaftung gedauert. Tritte, Schläge, bis ich am ganzen Körper blutete. Dann plötzlich sagte einer aus dem Hintergrund, das war der Chef der ganzen Truppe: ‚Hört's auf, wir brauchen ihn lebend.'"

Viktor zeigte auf den Mann in der Anklagebank. „Damals hab' ich noch nicht gewusst, wie er heißt. Das ist er."

Viktor konnte sich nicht erinnern, in den neun Monaten von Sanitzer geschlagen worden zu sein. „Er hat mich immer korrekt behandelt. Die Sadisten waren seine Beamten, der Printschler, der Brödl, oft waren es fünf, sechs, die alle auf mich eingeprügelt haben, von vier Uhr Nachmittag bis sechs Uhr in der Früh. Nur wenn sie müde waren, hab' ich eine Pause gekriegt. Weil aus mir trotzdem nichts herauszubringen war, ist der Vorgesetzte vom Sanitzer dazugekommen und hat mit Ketten auf mich eingeschlagen. So ein großer, schlanker Mensch mit zurückgekämmtem Haar, ich würde ihn sofort wiedererkennen."

Der Vorsitzende rief den Angeklagten auf. „Wer ist dieser Mann?", fragte er.

Sanitzer hatte schon in der Voruntersuchung den Namen verweigert. „Es steht mir nicht zu, gegen meinen Vorgesetzten Aussagen zu machen."

Durch Viktors Beschreibung kam dem Vorsitzenden die Idee, Doktor Trnka vorzuführen. Trnka war bereits vor Gericht gestanden, aber mit achtzehn Monaten davongekommen, da man ihm nur wenige Anklagepunkte beweisen konnte, unter anderem, weil sein Untergebener, der Kriminalrat Sanitzer, ihn schützte.

Als Trnka aus der Haft vorgeführt wurde, rief Viktor: „Natürlich! Der war's!"

Trnka widersprach zornig. „Ich kann mich nicht erinnern, diesen Mann geschlagen zu haben."

„Er hat sich ja noch die blutigen Hände irgendwo hinten im Zimmer gewaschen!"

„Ich habe nie einen Häftling geschlagen!"

Noch einmal konnte sich Trnka nicht herauswinden. In der Pause kaufte Leni die Mittagsausgabe der Zeitung. Viktor Lazar war die Sensation des Tages. Seine Zeugenaussage hatte den Fall von Neuem ins Rollen gebracht.

„Wenn ich nicht so eingehend gefragt hätte, hätten wir über dieses Verbrechen niemals etwas erfahren und der Herr Trnka wäre weiter mit seinen bald abgesessenen achtzehn Monaten durchs Leben gegangen!", rief der Vorsitzende.

Nun würde Otmar Trnka, der Abteilungsleiter vom Referat IV, einen neuen Prozess bekommen. Und Viktor als Kronzeuge gegen ihn aussagen!

„Neununddreißig Faustschläge hat mir der Doktor Trnka versetzt. Mein Gesicht war so verschwollen, dass sie mich nicht einmal für die Gestapo fotografieren konnten. Ich war an den Händen gefesselt, aber in meiner Verzweiflung hab' ich ihn niederrennen wollen und in den Hals gebissen. Der Hund beißt, hat er gesagt, daran wird er sich wohl noch erinnern!"

„Herr Lazar", fragte der Vorsitzende. „Wollen Sie sich dem Verfahren als Privatbeteiligter anschließen?"

„Von so einem Menschen brauche ich nichts!"

Leni stockte der Atem, als Viktor plötzlich aufstand und sich direkt an Trnka wandte:

„Eines kann ich Ihnen sagen, Herr Trnka. Wir haben uns korrekter benommen. Wir sind für unsere Taten eingestanden!"

Er sah drein, als wollte er sich auf Trnka stürzen, der sich daraufhin besorgt um Hilfe umsah.

„Haben Sie keine Angst, ich vergreif' mich nicht an Ihnen. Sie sind mir zu schmutzig!", sagte Viktor und dann, nach einer Pause, in der es so still im Saal wurde, dass man seine heftigen Atemzüge hören konnte: „Niemand will es jetzt gewesen sein. Die Tausenden Toten sind wahrscheinlich an Herzschlag gestorben!"

Die Tränen liefen Leni über die Wangen. Endlich, endlich sprach es einmal einer laut aus. Ihr Viktor. Diesmal würden die Schuldigen nicht davonkommen.

Der Kriminalrat Johann Sanitzer, der sich zwar bei Viktor Lazar zurückgehalten, jedoch bei den verschärften Verhören andere brutalst misshandelte hatte, sprach mit rückhaltloser Offenheit über die Praktiken der Gestapo. „Ermüdungsübungen" wurden die Folteranwendungen im verschärften Verhör genannt. In Ketten legen war dabei vorgesehen, das Hochziehen an den Händen nicht. Bis 1944 hatten die in einem Geheimerlass Himmlers festgelegten Regeln gegolten. Nach dem Hitler-Attentat am 20. Juli gab es keinerlei Einschränkungen mehr. Alle Verhörmethoden waren nun offiziell erlaubt.

„Ich verstehe nicht, dass sich diese Leute beschweren, weil sie Prügel bekommen haben", bemerkte Sanitzer kaltblütig. „Spione sind Kinder des Todes. Warum beklagen sie sich, da sie doch heute noch leben?"

Sanitzer wurden fünfundzwanzig Fälle von schwersten Misshandlungen nachgewiesen. Dafür bekam er lebenslänglich.

Der Jurist Doktor Trnka mit der Devise „Die Zähne müssen fliegen!“ kam mit fünf Jahren davon, weil sich nicht beweisen ließ, ob er wirklich Abteilungsleiter und damit für die Tätigkeit zweier Gestaporeferate verantwortlich gewesen war. Mehr als vierzigtausend Menschen hatte der Doktor beider Rechte allein zwischen 1938 bis 1941 ins Konzentrationslager geschickt. Die Anklage wegen Quälerei und Misshandlung wurde ihm im Fall Viktor Lazars sowie zweier anderer Opfer nachgewiesen. Als mildernden Umstand wertete das Gericht, dass Trnka prominenten Antifaschisten wie dem Schauspieler Paul Hörbiger geholfen hatte.

„In der obersten Justizverwaltung gibt es eine Fäulnisstelle!“, warnte der kommunistische Abgeordnete Ernst Fischer in der „Volksstimme“. Er erntete nicht mehr als ein Achselzucken. Es war ein offenes Geheimnis, dass manche Richter unter dem Naziregime größere Schuld auf sich geladen hatten als die Männer auf der Anklagebank.

Die Anwälte, die als Scheinverteidiger der Widerstandskämpfer eingesetzt gewesen waren, allesamt Blutordensträger, erhielten bald nach dem Krieg ihre hohen Ämter zurück. Doktor Führer bei der Volkspartei, Doktor Zörnleib bei den Sozialisten, auch Doktor Lachner, Lenis Anwalt, und sein Bruder tauchten in den Gerichtssaalberichten als Verteidiger auf.

Doch hätte man 1945 auf alle belasteten Juristen verzichtet, wäre die Justizverwaltung zusammengebrochen.

Und ohne Richter ließ sich nun einmal nicht Recht sprechen.

*

Mit der Geburt ihres dritten Kindes ging Lenis heißester Wunsch in Erfüllung.

„Jetzt werde ich nie mehr allein sein“, sagte sie zu ihrer Tochter. „Wie sollen wir dich denn nennen? So schön bist du, meine kleine Prinzessin!“

Der zweijährige Vikerl guckte mit seinen hellblauen runden Augen überrascht auf das krähende Bündel in den Armen seiner Mutter. „Und was ist jetzt mit mir?“, schien sein Blick zu fragen. Aber da zog sie ihn schon an sich. Sie liebte ihren Vikerl genauso wie ihr Mäderl. Aber zu ihr spürte sie eine Nähe, von ihrem ersten Tag an, eine Vertrautheit, die aus dem Gleichklang ihrer Wesen kam.

„Eine Tomić!“ Diesmal waren es ihr Vater und Nane, die in den Zügen des Babys verwandte Züge entdeckten.

„Derweil schaut sie noch aus wie alle Neugeborenen“, befand Viktor und schnupperte voll Behagen hinter ihrem winzigen rosa Ohr. „Und wie wunderbar sie riecht! Dass ich dir nicht gleich ein Stückl von deinem Marzipanohrli abbeiß’!“

Er lief mit ihr im Spitalzimmer herum und wollte sie nicht mehr loslassen. „Meine Tochter! Mein Schatzerl! Schaut euch an, was ich für ein schönes Mädel hab’!“ Er hielt sie in die Höhe. „Was heißt Tomić, ganz der Vater!“

Er lachte und drehte sich mit ihr im Kreis, bis die Frauen protestierten und er sie Leni zurückbringen musste. Da streckte schon Vikerl seine Arme nach ihm aus.

„Du auch?" Viktor warf den jauchzenden Kleinen in die Höhe.

Großmutter Lazar kam dazu. „Ursula soll sie heißen!", wünschte sie sich. „Das ist so ein schöner Name."

„Meine Schönheit, meine kleine Königin Ursula!", flüsterte Leni ihrem Töchterlein zu.

Zwei Kilo zehn wog Ursula bei der Geburt, nicht einmal halb so viel wie Vikerl, der nun mit seinen zwei Jahren schon so groß wie ein Dreijähriger war. Vikerl liebte seine Schwester. Er konnte die Augen nicht von ihr lassen, so gut gefiel sie ihm. Wenn sie weinte, kletterte er zu ihr in den Kinderwagen und legte sich zu ihr. Ursula weinte oft, sie war zart und kränklich, ganz das Gegenteil ihres robusten, großen Bruders. Jeden Abend um halb sieben kam Oma Lazar zu ihnen herüber.

„Ich hol' mir den Buben zum Schlafen. Du hast genug mit der Kleinen zu tun", hatte sie gleich nach Ursulas Geburt entschieden.

Vikerl ging gern zu seiner Großmutter auf Besuch. Aber noch lieber war er bei Ursula. Sie war sein Herzensschatz.

*

Eine Familie wie viele andere. Langsam ging es mit dem Geschäft aufwärts. Viktor verdiente genug, um neues Werkzeug, die eine oder andere Maschine anzuschaffen. Das erste richtige Auto war ein Renault, Viktors ganzer

Stolz. Auch Leni machte den Führerschein. Oft mussten sie weit über Land fahren. Von den Lichtenbacher Kunden allein konnte die Tischlerei nicht leben. Große Auftraggeber wie Gemeinde und Land Niederösterreich gaben ihnen nur selten Arbeit. Der Name Lazar war durch die Gestapoprozesse bekannt und das passte nicht jedem.

Viele Jahre lebten sie nun schon mit Frau Spiegel unter einem Dach. Sie half Leni, die nicht nur in der Werkstatt mitarbeitete, sondern auch die Buchhaltung und alle Büroarbeiten erledigte, mit den Kindern und im Haushalt.

„Pippa", riefen sie die Kinder, sie wollte nicht Oma genannt werden.

„Die Oma ist die Frau Lazar, nicht ich", sagte sie.

Zu fünft platzte das bescheidene Häuschen immer mehr aus den Nähten.

„Wir müssen anbauen", beschloss Viktor.

Sie bauten an, sie stockten auf, wie so viele andere landauf, landab. Der Wiederaufbau Österreichs, an dem so zahlreiche Hände arbeiteten, auch ihre, unermüdlich und voll Zuversicht. Die Dachziegel ihres Hauses trugen den Stempel des Doppeladlers. Es waren noch immer die Bestände, die sie aus den eingestürzten Häusern in Wien nach Lichtenbach geschleppt hatten.

Jeden Samstag um acht gingen sie in Lichtenbach ins Kino, manchmal fuhren sie in ein Theater, wenn es ein Lustspiel gab. Regelmäßig spendierte Viktor den Leuten im Gasthaus einen Doppler Wein. Er war gesellig und von vielen geschätzt.

Und dennoch, sie waren nicht wie die anderen Lichtenbacher. Sie vergaßen nicht. Sie konnten nicht. Sie durften nicht. Die anderen ließen sie nicht vergessen.

Im hellen Mittagssonnenschein stand Viktor auf dem Dach der Garage und schweißte die neue Dachröhre an. Am Fuß der Leiter wartete Leni, um ihm, wenn er etwas brauchte, das nötige Werkzeug hinaufzureichen. Ein Moped fuhr die Hauptstraße entlang. Viktor warf einen Blick hinunter. Er wollte sich schon wieder abwenden, als ihm auffiel, wie neugierig der Fahrer in seine Richtung sah.

„Jessas!“, schrie Viktor, ließ das Rohr los und lief über das Dach. Mit einem Satz sprang er in die Tiefe.

„Halt! Wart einmal, du! Stehen bleiben!“

So rasch er konnte, rannte er hinter dem Moped her. An der nächsten Straßenkreuzung verlangsamte es seine Fahrt, da war Viktor schon zur Stelle.

„Kennen wir uns nicht?“, fragte er den Mann, der verlegen zu blinzeln begann.

„Kann schon sein …“

„Ich weiß genau, wer Sie sind!“ Viktor packte das Gouvernal, damit der andere ihm nicht entwischte. „Sie haben zahllose Menschen auf dem Gewissen, Ihre eigenen Landsleute haben Sie ans Messer geliefert und zu Tode gequält!“

Der Mann auf dem Moped war der gefürchtete Leuteschinder, Johannes Sanitzers bester Schläger, der Gestapobeamte Anton Brödl. Er versuchte gar nicht zu leugnen. Im Gegenteil.

„Ich bin Deutscher! Ich habe gegenüber Führer und Reich meine Pflicht erfüllt. Was versteht ein Vaterlandsverräter wie Sie davon!“

Die Wangen glühend vor Zorn und Erregung, trat Viktor nahe an Brödl heran.

„Ein Mörder sind Sie, davon können Sie sich niemals reinwaschen, dafür gibt es keine Entschuldigung! Vor meinen Augen haben Sie meine Mutter in den Unterleib getreten, dass sie bis an die Tür geflogen ist, und meinem Vater haben Sie den Stock am Kopf zerschlagen. Was haben Ihnen diese Menschen getan? Das müssen Sie einmal am eigenen Leib erfahren!“

Leni, die hinterhergeeilt war, sah, wie der Mann zu zittern begann. Von seinen forschen Reden war nichts mehr geblieben als ein ängstliches Stammeln: „Wagen Sie ja nicht, Sie …“

„Keine Sorge, keine Angst, du Dreckskerl. Da will ich nicht einmal anstreifen, ich mach’ mir meine Hände nicht schmutzig an der Mörderbrut.“

Er ließ das Moped los. Leni fasste seinen Arm und zog ihn zurück. Kaum witterte Brödl Morgenluft, kehrten seine Lebensgeister wieder.

„Das ist Ehrenbeleidigung! Ich zeige Sie an! Warten S’, ich geh’ gleich zur Polizei!“

Er gab Gas und bog links in die Straße ab, wo er ein paar Häuser weiter anhielt und abstieg. Leni und Viktor sahen ihm nach.

„Ich weiß, wo er jetzt hingeht“, sagte Viktor. „Ein unverbesserlicher Nazi wie der Brödl. Es gibt auch solche bei uns in Lichtenbach. Wirst sehen, der deckt ihn.“

Viktor zeigte Brödl an, weil er als Beamter wehrlose, gefesselte Häftlinge geschlagen hatte. Obwohl ihm sein Ruf als bewährter Folterknecht der Gestapo vorauslief und es eine Reihe von Zeugen gab, die ähnliche Erlebnisse wie Viktor zu Protokoll brachten, konnte ihm keiner etwas anhaben.

„Gestaposchinder unter uns“, schrieb die „Volksstimme“. Brödl verwies seelenruhig auf ein Sachverständigengutachten. Er hatte sich zeitgerecht für unzurechnungsfähig erklären lassen und war nicht straffähig.

„Ich setze mich nicht“, schrie er den Richter im Gerichtssaal an. „Von Ihnen lasse ich mich nicht vernehmen! Sie haben mir schon vor zehn Jahren angedroht, dass ich hängen werde, da drüben im Eck, und jetzt laden Sie mich schon wieder vor. Sie sind ein falscher, verkappter Nazi, ich kenne Ihre Laufbahn, ich lasse mir nichts von Ihnen einreden!“

Nach diesem Auftritt sah das Gericht die Geisteskrankheit als erwiesen an. Brödl bekam nicht einmal eine Ordnungsstrafe für seine Ausfälligkeiten.

„Hab’ ich es nicht vorausgesehen?“ Viktors Stimme zitterte vor unterdrücktem Zorn. „Er wird noch eine schöne Beamtenpension kriegen! Und unsere armen Zigeunerln in Katzelsdorf werden vom Amt abgelehnt, weil sie mit drei Kreuzen unterschreiben und nichts von ihren Quälereien zu Protokoll geben können.“

Und wie sollte sie ihm widersprechen, obwohl sie sich so sehr wünschte, dass er nicht recht hatte, dass sie sich besannen, den Verbrechen der Nazis abschwörten und die Schweine hinter Schloss und Riegel brachten. Niemand sprach es öffentlich aus, doch je mehr die Zeit verging, desto klarer kam es zum Vorschein, dass die Politik einen anderen Weg eingeschlagen hatte. Der Staat, das waren alle, und eine Mehrheit von allen konnte man nicht verurteilen, denn was wurde dann aus dem Staat?

Leni spürte, dass die Kinder unter der Geschichte ihrer Eltern litten. Sie wünschte ihnen ein anderes Leben, aber sie konnte sie nicht von allem fernhalten. Unter den Lehrern gab es genügend Nazis. Witze über die Gasrechnung von Mauthausen und Leute, die dem Hitler durch den Rost gefallen waren, fielen ungestraft.

Leni kochte Salbeitee für Vikerl, der einen schwachen Magen hatte, und hörte nicht, dass das Telefon hinten in der Werkstatt läutete. Ursula kam gelaufen, mit aufgerissenen Augen vor Freude und Aufregung, weil sie abgehoben und eine Nachricht für ihre Mama entgegengenommen hatte.

„Die Poldi Krivanek lässt dir sagen, dass der Lavra gefunden worden ist", berichtete sie stolz. „Und du sollst nach Wien kommen, ihr müsst zu ihm gehen."

Leni vergaß den Tee. Sie sank auf den Küchenhocker neben dem Herd.

„Mami?" Ursula legte ihre Hände um das Gesicht ihrer Mutter und las aufmerksam in ihren Augen. „Bist du traurig? Wer ist der Lavra? Ein böser Mann?"

Lavra, der ihr die Jugend genommen hatte, der ihr die Freude am Leben unwiederbringlich zerstört hatte. Der die Gruppe Neustadtl an die Gestapo verraten hatte. Amalie Wondrak, Emmi Tlnay, Maria Sip, Rosalia Graf und ihren Mann, die Gaidas. Alle wegen Hochverrat hingerichtet. Der gebrochene Gustav Adolf Neustadtl hatte sich in seiner Gefängniszelle umgebracht. Und Lavra?

„Ich bin nicht traurig, Ursula. Froh bin ich, so froh. Er ist ein böser Mann und jetzt wird er endlich seine Strafe bekommen!“

Der Spitzel Josef Lavra saß im Militärgefängnis Favoriten. Leni ging in die russische Bezirksleitung und verlangte Major Schischkin zu sprechen.

„Diesem Menschen hab' ich meine Verhaftung zu verdanken. Meine Genossinnen und Genossen sind im Landesgericht unter dem Schafott gestorben. Ich war die Jüngste, deshalb bin ich knapp entgangen. Mit achtzehn kam ich ins Konzentrationslager.“

Ihr Appell wirkte, sie bekam die Erlaubnis, Lavra zu besuchen. Ein österreichischer Polizist begleitete Leni bis zu Lavras Zelle. Bei ihrem Anblick erschrak er zutiefst:

„Du lebst noch? Das gibt's nicht!“

In der Verhandlung tat er es Brödl nach. „Ich kenne das Fräulein nicht. Nein, das Fräulein habe ich nie gesehen. Kenne ich nicht. Nie gesehen, dieses Fräulein!“

Wieder und wieder brachte er nichts als den einen Satz hervor, während Leni ihm als Zeugin gegenüberstand und protestierte.

„Er lügt! Vor ein paar Wochen im Gefängnis hat er mich sehr wohl erkannt. Jetzt stellt er sich dumm, weil er sich vor der Strafe fürchtet!“

Josef Lavra musste keine Angst haben. Wie Brödl ging er frei und konnte unbehelligt in die Zukunft sehen. Lange danach hörte Leni noch einmal von ihm. Lavra lag schwer erkrankt im Wiedner Spital auf der Favoritenstraße. Die geistliche Krankenschwester, die ihn pflegte, gab seinen Wunsch an die Lagergemeinschaft Ravensbrück weiter.

„Der Herr Lavra möchte sich bei denen, die er geschädigt hat, entschuldigen. Er wird bald sterben, bitte besuchen Sie ihn, damit er seinen Frieden machen kann."

Leni schüttelte nur den Kopf. „Nein, dazu ist es zu spät."

Den Frieden machen wollte auch Österreich, kaum dass der Staatsvertrag unterschrieben war und die alliierten Siegermächte keinen Einfluss mehr auf die Justiz üben konnten. Schon früher, 1951, als Bürgermeister Körner zum Bundespräsidenten gewählt worden war, hatte er eine Generalamnestie für die Nazitäter in Haft erlassen. Sanitzer war zur Freude der Lazars nicht davon betroffen gewesen, er saß in einem Sowjetgefängnis, im Politisolator Wladimir, wo es sicher recht ungemütlich zuging. 1955, nach dem Staatsvertrag, kam er nach Österreich und wurde entlassen. Die meisten Naziverbrecher wurden in dieser Zeit begnadigt oder befanden sich längst in Freiheit. Eine weit höhere Zahl war nie angeklagt worden, wie der Mann, der sich Schiller nannte und in Wirklichkeit anders hieß.

*

Lichtenbach bekam eine eigene Hauptschule. Der Innenminister Oskar Helmer reiste höchstpersönlich an, um die Einweihung vorzunehmen. Die Journalistin in seiner Begleitung war eine zerknitterte ältere Frau mit schiefem

Rücken. Ihre körperliche Hinfälligkeit wurde von ihrem scharfen Verstand mehr als ausgewogen. Ein Blick in ihre Augen und man wusste, dass nichts auf dieser Welt sie aus der Fassung bringen konnte.

Nach Helmers Rede begab sich die Journalistin in das Gasthaus an der Hauptstraße.

„Ich würde gern wissen, wo ich die Lazars finde", verkündete sie den Lichtenbacher Bürgern, die dort ihr Mittagsmenü einnahmen.

„Was wollen Sie bei denen, das sind Kommunisten!", rief einer, der an der Bar stand.

Er arbeitete bei der Gemeinde. Früher hatte er der Gestapo Dienste geleistet. Alle im Dorf wussten es.

Die Frau ignorierte ihn. „Also wohnen sie noch in Lichtenbach", stellte sie fest. „Das sind meine Lagerkameradinnen aus Ravensbrück."

Ludmilla Lazar war zu Hause und auch Paula, die gleich loslief, um Leni zu holen.

„Die Thury ist da!"

Leni ließ alles liegen und stehen und ging mit ihr.

Elisabeth Thury, eine Furcht einflößende und zugleich Respekt gebietende Person, die Lagerälteste von Ravensbrück. Leni wusste noch gut, wie Friedl Sedlacek sie gewarnt hatte: „Stell ihr ja keine Frage, sei ganz ruhig!"

Gerüchte kreisten um ihre Herkunft. Eine Prinzessin irgendwo vom Balkan sollte sie sein, und wenn sie auch nicht so aussah wie aus dem Märchenbuch, ihr Benehmen hatte etwas Vornehmes, selbst unter den Ravensbrückerinnen stach sie als etwas Besonderes heraus. Sie trug den roten Winkel des Widerstands, aber sie hatte angeblich auch ein schlimmes Verbrechen begangen und war dafür im Gefängnis gewesen.

Ein Anflug der alten Angst überkam Leni, als sie ihr gegenüberstand. So durchdringend und wissend musterte sie die ehemalige Lagerälteste. Doch das war nur ein Augenblick, dann lächelte sie und nahm Leni in die Arme.

„Schön, dass ich dich gesund wiedersehe!"

Bei der Evakuierung des Lagers waren die Lazars mit Elisabeth Thury in das amerikanische Auffanglager bei Ingolstadt gekommen. Später hatten sie sich zusammengetan und nach Wien durchgeschlagen, ein mühseliger, Monate dauernder Rückweg, mit der kranken, fußmaroden Frau Lazar. Nach dem Abschied in Wien waren sie sich nicht wieder begegnet. Und nun arbeitete die Thury als Journalistin bei der großen österreichischen Presseagentur und fuhr mit den Ministern über Land!

Über Oskar Helmer verlor sie kein gutes Wort. Er war ein Antisemit, der sogar im Parlament abfällige Judenwitze riss. Beim Justizminister machte er seinen ganzen Einfluss geltend, damit verurteilte Nazis, die im Zuchthaus in Stein saßen, im Zuge der Weihnachtsamnestie wieder frei kamen.

„Da sind auch Mörder darunter gewesen, das hat ihn aber nicht abgehalten. Ein jeder Nazi findet beim Innenminister Helmer mehr Verständnis als einer aus dem Konzentrationslager. Ihm können wir verdanken, dass die Entschädigungszahlungen für die Opfer verschleppt wurden. Der Mann ist eine Schande für die Sozialdemokratie! Und das Traurigste daran, kein Einzelfall in dieser Partei."

13. Kapitel

Ein Wind kam auf, er blies über die offenen Felder hinter dem Garten. Leni suchte den Himmel ab. Wolken, die sich von Westen her auftürmten und Regen versprachen. Die Pfingstrosen wiegten ihre blutigroten Köpfe. Wenn der Wind sie zauste, fielen einzelne Blütenblätter herunter und tupften rote Punkte auf die Wiese. Die Kirschen bekamen schon rosa Wangen. Leni schaute in die hohe Baumkrone hinauf. Viele Kirschen in diesem Jahr. Noch ein paar Tage Sonnenschein, dann mussten die Enkel Ernte halten. Sonst waren am Ende die Würmer die schnelleren.

Viktor hatte die Kirschen geliebt, mehr als alle anderen Früchte des Gartens. In seinen letzten Jahren war er nicht mehr in den Baum hinaufgestiegen. Er saß auf der Bank und sah den Kindern zu. Voller Sehnsucht wartete er, bis Leni ihm die erste Schüssel Kirschen brachte. Er war nun selbst wieder ein Kind, wie einst der kleine Vikerl sah er zu ihr auf, mit seinem hell strahlenden Blick, der immer an ihr Herz rührte. Seine Hände streichelten ihre Wange. Die Haut war zart, nicht mehr schwielig wie früher von der Tischlerarbeit. Viktor war kein Tischler mehr, er konnte keine Arbeit mehr verrichten. Es hatte gedauert, bis sie es eingesehen hatten, die Tischlerei war ihr Leben und ihr Brot. Doch die Krankheit verließ ihn nicht mehr. Keine Krankheit, dachte Leni. Ein Schmerz. Weil alles, wofür er sich plagte, sein Leben lang, nichts fruchtete. Weil es eine Fäulnisstelle gab und er, der darauf zeigte, der Feind war. Drei Jahrzehnte hatte er im KZ-Verband mitgearbeitet. Ehrenamtlich. So etwas gab es heute gar nicht mehr, nur bezahlte Ämter für die, die sich um das Gedenken kümmerten.

Fünf Jahre seines Lebens hatten die Nazis Viktor gestohlen. Das Opferfürsorgeamt erkannte keinen Haftschaden bei ihm an. Der eingetretene Magenpförtner, der nie verheilte, beeindruckte den Amtsarzt nicht. Viktor Lazar war ein kerngesunder Mann.

1988, endlich, kam das Bekenntnis des Bundeskanzlers Vranitzky, dass Österreich Mitschuld trage. Eine Gabe für die Opfer, ein paar Schilling für jeden, nein, doch nicht alle, es gab auch solche, die nichts erhielten und aufschrien, von Neuem gedemütigt.

„Niemals vergessen" stand in weißer Schrift auf den kleinen schwarzen Wimpeln, die ihre Enkelkinder in der Schule malten. Leni nahm sie mit auf den Friedhof.

In der Gruppe vierzig stand nun ein Denkmal für die Kämpfer gegen den Faschismus. Die Schachtgräber der Geköpften trugen immer noch die kleinen Betonsockel mit Namen, die Leni damals vor vielen Jahrzehnten den russischen Besatzern abgebettelt hatte. Die Erde war aufgewühlt von Grabungen. Schwester Restituta, ein halbes Jahrhundert von ihrem Orden als Schandfleck verschwiegen, war Aspirantin für die Seligsprechung. Seitdem versuchten die Franziskanerinnen herauszufinden, wo sie begraben lag. Sie störten die Ruhe der Toten. Warum? Nur weil ihre Reliquien auf einmal gefragt waren.

Hätte Leni die Arbeiter nicht mit eigenen Händen abgehalten, es gäbe keine Gruppe vierzig mehr. Die Stadt Wien wollte die Erhaltung nicht mehr bezahlen.

„Das sind Kriegsgräber, die werden aufgelassen."

Aber die Köpfler waren nicht im Krieg gefallen. Sie hatten ihr Leben für Österreichs Freiheit verloren. Leni ließ nicht locker, bis die Gemeinde ihren Plan aufgab. Noch immer musste sie um jede Laterne betteln gehen, dafür hatte die große Stadt keine Mittel übrig. Manchmal fühlte sie sich erschöpft von ihrem Jahrzehnte dauernden Bemühen. Dann dachte sie an Anni, die so gern gelebt hatte, an die zwei Frauen, die ihr das letzte Brot geschenkt hatten, an die vielen selbstlosen, mutigen Frauen, in den Todeszellen.

Niemals vergessen. Nein, sie vergaßen nicht. Das war ihr Fluch.

Vor dem Bezirksgericht in Wiener Neustadt beginnt Viktor auf einmal zu schreien.

„Bitte hilf mir, versteck mich, sie holen mich, Lenerl!"

Sie kann ihn nicht beruhigen. Er reißt sich aus ihren Armen los, er läuft mit langen Schritten davon. Unter den Fliederbüschen in der Parkanlage hockt er.

„Komm, mein Vikerl."

Sie hält ihm die Hand hin. Er nimmt sie. Ihre Finger mit seinen verflochten.

„Ich verlasse dich nicht. Niemand kann dir etwas tun."

Im Gericht war das Gestapogefängnis, wo er geschlagen und getreten worden ist, nächtelang. Bis er ins nächste Gefängnis kommt. Neun Monate im Folterkeller am Morzinplatz. Weiter nach Terezin, Festungshaft.

„Mütze ab!", schreit Viktor. „Achtung, die Knüppel, lauf!" Wer nicht schnell genug ist, wird niedergetrampelt. Appellstehen im Hof, Rojko, die Bestie, befiehlt: „Nackt ausziehen!"

Rojko steigt einem Mann auf den Kehlkopf, es kracht, er rührt sich nicht mehr. Die SSler schleifen ihn an den Füßen weg. „Er ist unser Herr über Leben und Tod!" Totenberge zum Einschaufeln, Tag für Tag. Das Krematorium steht still, es gibt kein Material mehr zum Heizen. Die Erde ist gefroren. R. U. Rückkehr unerwünscht.

Die Kinder verstummten, wenn Viktors Gedanken in die Vergangenheit tauchten, so viele Nebenpfade, die ihn weiter und weiter von ihnen entfernten. Er sprach nicht wirr, er kam nur weit herum. Zurück bis Gavrilo Princip, der 1914 in Sarajevo das Attentat auf den Thronfolger Franz Ferdinand verübt hatte und nach vier Jahren Gefängnis in der Festung Terezin gestorben war.

„Unsere Geister werden durch Wien wandern, am Hofe herumirren, die Herrschaften erschrecken."

Es waren die Worte, die man an der Wand von Gavrilo Princips Gefängniszelle eingeritzt gefunden hatte. Leni hielt ihn fest, sie als Einzige verstand, was er sagen wollte. Sie teilte die Hölle, die nicht vergessen werden konnte, nicht vergessen werden durfte. Hatte das die Krankheit ausgelöst? Der Schmerz, Sturz in den Abgrund, so schwer der Weg zurück zu ihnen. Oder der nie behandelte Streifschuss, wirkte er auf das Gehirn?

1957 hatte einer, der Rudischer hieß, einen Bettelbrief geschrieben. Viktor sollte ihm bestätigen, dass er gut behandelt worden war. Vor den Schlägen der Beamten habe Rudischer ihn geschützt, ihm einen Fauteuil zum Ausruhen angeboten.

„Einen Persilschein soll ich ihm geben? Weißt du, wer das ist, der Rudischer, das war der Chef der Wiener Neustädter Gestapo! Nach dem Verhör hat er mich in ein Besenkammerl gestoßen, dort war ein Kübel mit nassen Fetzen, damit hab' ich mir das Blut aus dem Gesicht gewischt. Dort hab' ich dann meine Ruhe gehabt, das ist wahr."

Ein Leben lang so viele Worte. Geschichten, die sie einander erzählten, wieder und wieder, um sie aus dem Kopf zu bekommen. Lenis Angst, ihre Kinder zu verlieren, weil sie die anderen, die Kinder in Ravensbrück, nicht hatte retten können. Die Herzensqual, dass die anderen hatten sterben müssen. Und sie lebte. Es war nicht nur ein Glück, auch ein furchtbares Vermächtnis.

Die Lagergemeinschaft fuhr nach Ravensbrück. Die DDR lud die Opfer ein. Sie wohnten in einem schönen Hotel. Machten einen Ausflug auf der Spree. Ließen weiße Rosen über den Schwedtsee treiben.

„Und dräut der Winter noch so sehr mit trotzigen Gebärden, und streut er Eis und Schnee umher, es muss doch Frühling werden. Und drängen die Nebel noch so dicht sich vor den Blick der Sonne, sie wecket doch mit ihrem Licht einmal die Welt zur Wonne."

Es gab kein Ravensbrück mehr. Keine Baracken, keinen Stacheldraht, nur mehr die schwarze Schlacke, die Leni damals in ihrer ersten Nacht unter den Füßen gespürt hatte, nass vom Regen, glatt wie Schmierseife. Im Totengang.

So viele ihrer Lieben hatte sie begraben müssen. Ihre Mutter jung, nicht einmal halb so alt wie Leni nun war. Vater, in ihren Armen, obwohl er sein schlampiges Verhältnis zuletzt doch geheiratet hatte, doch als es mit ihm zu Ende ging, war sie ausgeflogen, nur Leni blieb bei ihm.

Nane, die wichtigste Frau ihrer Kindheit und Mädchenzeit, ihr Trost im Gefängnis, der Mensch, der ihr die Kraft gab, durchzuhalten, die Erinnerung, die sie am Leben erhielt. Magdalena Kolonovits, nach der Leni ihren Namen trug. Fünfzig Jahre war Nane Witwe gewesen. An der Seite ihres kroatischen Ehemanns hatte sie gegen den Verbleib des Burgenlands bei Ungarn gekämpft. Großvater Kolonovits, Schustermeister und Freiheitskämpfer, der sich nicht mit der gefälschten Abstimmung um Sopron abfinden konnte. Dafür drei Jahre im Gefängnis absitzen musste. Drei Jahre ohne ein Körnchen Salz, davon kam die Herzkrankheit, die ihn tötete. Nane hatte ein langes Leben gehabt. Fünfundneunzig Jahre.

„Mir keinen Grabstein, ich bitt' euch", sagte sie. „Ich hab' mein Leben lang so viel Kopfweh gehabt, der Stein, der druckt mich noch im Tod."

Ein Kreuz wünschte sie sich. Leni ließ es von einem Kunstschlosser in Lichtenbach anfertigen. Es dauerte, bis es fertig war. Nane durfte nicht zu ihrem Gatten, eine Bestimmung, die nur im Burgenland galt, jedem Toten sein eigenes Grab. Nanes Grab bekam wie alle anderen einen Stein. Als das Kreuz fertig war, stand er schon. Leni nahm das Kreuz wieder mit. Jetzt lag es über ihrem Kopf, auf dem Dachboden. So blieb ein Stück Nane für immer bei ihr.

Viktor aber sollte nicht gehen. Ein Mann wie ein Bär, wie konnte er sterben? Leni zurücklassen. Ihr Herz brechen.

„Bleib bei mir, mein einziger, mein geliebter Mann!"

Ein kalter, klarer Morgen vor Weihnachten. Wie blass er ist, spricht nicht, kann nicht sprechen. Gehirnblutung. Aber noch ist er am Leben. Heimlich läuft er aus dem Spital, mitten in der Nacht kommt er nach Hause zurück. Bei ihr will er bleiben. Er weiß, wer sie ist, seine Leni. Sie erkennt er, auch wenn sich der Rest der Welt verdunkelt hat.

Einsperren muss sie ihn, ihren Viktor, der das Gefängnis sein Leben lang mit sich herumgeschleppt hat. Was soll sie machen, es geht nicht anders, damit er sich nicht verletzt, sich nicht verirrt, keinen Schaden anrichtet. Es geht zu Ende. Sie steigt zu ihm in sein Gitterbett hinein. Legt seinen Kopf in ihren Schoß. In ihren Armen stirbt er.

Eine sorglose Kindheit hatte sie sich für ihre Kinder gewünscht. Keine Politik! Sie bestand darauf, gegen den Willen Viktors und seiner Mutter. Nicht einmal zu den Kinderfreunden durften sie in den Ferien. Ein Schachklub für den Vikerl, etwas Politischeres erlaubte sie nicht. Und hatte ihnen dennoch nichts ersparen können.

Jeden Tag ging sie zu Viktors Grab und sprach mit ihm. Sie blieb und horchte in sich hinein, bis sie die Antwort verstand. Die Tränen hörten nicht auf zu fließen. Aber wie ungerecht war sie! Wollte sie das Schicksal versuchen? Sie hatte ihre Tochter und ihren Sohn, Viktors Ebenbild. Die Enkel und deren Kinder. Drei Generationen von Nachkommen. Und den Garten. Ein Windstoß blies eine Handvoll der roten Pfingstrosenblätter zu ihr. Sie leuchteten hell.

Sie ging in die Schulen. Eine Zeitzeugin war sie nun, eine der Letzten, die noch mit eigenen Augen gesehen hatten, wie Österreich aus Feigheit, Verrat und Irrtum untergegangen war.

Als Leni acht Jahre gewesen war, im Jahr 1934, hatte die Mutter sie zu den Schutzbündlern in die Quellenstraße geschickt. Es war am Tag nach dem Beginn der Revolution, ein Gemeindebau. Leni trug eine Milchkanne, angefüllt mit Suppe und Knödeln, Essen für die Männer, die gegen die Dollfuß-Regierung kämpften. Vor dem Gemeindebau standen Panzer, die Männer trugen Hüte mit nach hinten gebogenen Federn, Gewehre in ihren Händen. Hatte ihre Mutter recht getan, ihr kleines Mädchen zu den Februarkämpfern zu schicken? Ihre Großeltern, Mutter, Vater, sie selbst, alle lebten für ein politisches Ideal.

Sie erzählte den Schulkindern die Geschichte ihres Lebens. Von Gestapohaft, Folter und Konzentrationslager.

Sie sahen sie an wie ihre eigenen Kinder, ihre Enkel und jetzt auch die Urenkel, mit neugierigem, gespanntem Blick. Was für Geschichten, wie in einem Film! Welche Fragen sie stellten. Die Jungen waren unschuldig, aber würden sie widerstehen können, wenn es noch einmal losging? Was waren sie bereit aufzugeben? Woran hing ihr Herz? Von Politik verstanden sie nichts, das ließ sie kalt. Nur die Freunde zählten und die Feste, ihre Freiheit, ihre Musik. Was war von ihnen zu erwarten? Was hatten sie zu erwarten?

Leni sprach zu ihnen, sie wurde nicht müde davon, sie wusste, wenn ihre Worte sie erreichten, gab es Hoffnung.

Epilog

Die Post brachte ein dickes Kuvert. Ein Mann vom Wiener Stadt- und Landesarchiv schrieb Leni. Er bat sie, sich die abgebildeten Fotos genau anzusehen. Vielleicht gab es Personen darauf, an die sie sich noch erinnern konnte. Sie schlug den Ordner auf. Auf einen Blick wusste sie, was sie vor sich hatte: die Fotos der Gestapoausstellung nach dem Krieg. Diesmal waren den Zahlen unter den Bildern die Namen beigefügt. Leni blätterte, bis sie das Gesicht des Mannes, der sich Schiller genannt hatte, entdeckte. Punz hieß er, Franz Punz. Keine Vorstrafen. Aber ihr Blut befleckte seine weiße Weste. Er hatte nicht dafür gebüßt. Und die anderen, so viele. Blatt um Blatt. Die Handlanger, die Anschaffer, mörderisches Gesindel, Hunderte von ihnen, die niemals für ihre Verbrechen belangt worden waren. Nun sollten Leni und die wenigen anderen, die nach dieser langen Zeit noch am Leben waren, sie identifizieren und ihre Verbrechen für das Archiv dokumentieren.

Sie warf das Kuvert zur Seite. Am liebsten hätte sie es im Ofen verbrannt. Doch das war nur die ohnmächtige Wut, sie konnte noch immer lodern, ein Dreivierteljahrhundert später. Und verrauchte wieder. Gut, dass Viktor das nicht erlebte. Er hätte sie getröstet und gleichzeitig wäre ihr beim Blick in seine Augen bang geworden. Der alte Schmerz. Sie war stärker. Alles hatte sie ausgehalten.

Der alte SS-Mann, der dem Naziverbrecher Brödl Unterschlupf gewährt hatte, lebte immer noch. Leni sah ihn, wenn sie auf den Friedhof ging. Er zog den Hut und sie grüßte, obwohl es ihr den Magen dabei umdrehte. Neunzig Jahre war er schon.

Leni buk eine Biskuitroulade und kochte Kaffee. Vikerl kam zur Jause und ihre Enkelin Wilma, später Sonja, ihr Urenkerl. Der Kuchen duftete süß. Er schmeckte ihnen. Auch Leni aß ein Stückchen und sah auf das Kuvert hinüber.

Am Abend, wenn sie nach Hause gegangen waren, wollte sie sich den Ordner noch einmal vornehmen und die Fotos studieren. Vielleicht überlegte sie es sich doch und meldete sich bei dem höflichen Herrn vom Archiv.

ENDE